W0217227

ANDREAS STAMMKÖTTER

Messewalzer

FLUCH DER VERGANGENHEIT Buchmesse in Leipzig. Die ganze Stadt fiebert der Präsentation des neuen Romans von Bestsellerautor Willi Lachmann entgegen. Doch die Lesung endet im Fiasko: Vor den Augen von mehr als 100 Gästen wird der Leipziger Autor kaltblütig erschossen.

Kommissar Kroll übernimmt die Ermittlungen. Der erste Verdacht fällt auf Lachmanns Verleger, zu dem der Schriftsteller offenbar nicht das beste Verhältnis hatte. Aber dann findet Kroll heraus, dass Lachmann mit Recherchen zu einem Mordfall beschäftigt war, der bereits 16 Jahre zurückliegt. Das Verfahren wurde durch die Organisation ›human rights prison‹ neu aufgerollt. Kommissar Kroll stößt bei seinen Ermittlungen auf viele Ungereimtheiten: Sein inzwischen pensionierter Kollege, der den Fall damals bearbeitet hat, verschweigt Kroll wichtige Ermittlungsergebnisse, die auch nicht in den offiziellen Akten stehen …

Dr. Andreas Stammkötter, Jahrgang 1962, lebt als Rechtsanwalt in Leipzig. Er war dort viele Jahre Dozent an der Fachschule für Bauwesen und ist Autor zahlreicher Fachveröffentlichungen. Bislang hat er vier Krimis um den Leipziger Kommissar Kroll veröffentlicht. »Messewalzer« ist sein erster Roman im Gmeiner-Verlag.

ANDREAS STAMMKÖTTER

Messewalzer

Ein Leipzig-Krimi

GMEINER *Original*

Besuchen Sie uns im Internet:
www.gmeiner-verlag.de

© 2011 – Gmeiner-Verlag GmbH
Im Ehnried 5, 88605 Meßkirch
Telefon 07575/2095-0
info@gmeiner-verlag.de
Alle Rechte vorbehalten
1. Auflage 2011

Lektorat: Claudia Senghaas, Kirchardt
Herstellung / Korrekturen: Julia Franze / Doreen Fröhlich
Umschlaggestaltung: U.O.R.G. Lutz Eberle, Stuttgart
unter Verwendung eines Fotos von: © mzacha / sxc.hu
Druck: Fuldaer Verlagsanstalt, Fulda
Printed in Germany
ISBN 978-3-8392-1126-7

Personen und Handlung sind frei erfunden.
Ähnlichkeiten mit lebenden oder toten Personen
sind rein zufällig und nicht beabsichtigt.

EINS

März in Leipzig! Leipzig liest! 150.000 Besucher strömen in die Stadt, um die Leipziger Buchmesse zu besuchen. Die Taxifahrer sind gut gelaunt, die Hoteliers freuen sich über ausgebuchte Zimmer, die Gastwirte und Restaurantbesitzer genießen die Melodie der klingenden Kassen. Niemand kann sich in diesen Tagen dem Bann des Buches entziehen. Das liegt vor allem daran, dass unter dem Dach der Leipziger Buchmesse das Lesefestival LEIPZIG LIEST veranstaltet wird, 1.500 Lesungen an drei Tagen, verteilt in der ganzen Stadt und an den ungewöhnlichsten Orten: Nicht nur in Restaurants, Kneipen und Buchhandlungen wird gelesen, sondern auch in Läden, Metzgereien, Galerien, auf Schiffen und überhaupt Orten, an denen man sonst nie jemanden mit einem Buch in der Hand antrifft.

Einer der Höhepunkte war für den morgigen Nachmittag angekündigt: Der Leipziger Autor Willi Lachmann präsentiert in der Glashalle des neuen Messegeländes seinen aktuellen Roman ›Im Glashaus‹. Es war *das* Ereignis für die Besucher: Willi Lachmann war in Leipzig geboren, seiner Stadt immer treu geblieben und mit Sicherheit ihr bekanntester noch lebender Sohn. Alle seine Kriminalromane waren Bestseller von internationalem Rang, wurden in sämtliche Sprachen der Welt übersetzt und eroberten die Bestsellerlisten im Sturm. Die Rekorde nahmen kein Ende:

Kein deutscher Autor hatte bislang im In- und Ausland mehr Bücher verkauft als Lachmann. Die Leipziger waren stolz und liebten ihn nicht nur wegen seines Erfolges und seiner Berühmtheit, sondern auch, weil er stets bescheiden und normal geblieben war und einen Großteil seines Vermögens in soziale Zwecke investierte. ›Das Geld, das ich verdiene, kommt von den Menschen und ich möchte es den Menschen zurückgeben‹, war sein Credo. Besonders engagierte er sich für ältere Menschen: Er war Erfinder und Förderer der Stiftung ›Herbstvilla‹, die es sich zur Aufgabe gemacht hatte, alten Menschen, egal, ob arm oder reich, ein schönes Zuhause zu bieten. Er hatte ein großes Areal am Rande der Leipziger Innenstadt erworben und dort mehrere Alten- und Pflegeheime errichtet, die so manches Hotel in den Schatten stellten: Zur Standardausrüstung gehörten unter anderem ein Schwimmbad mit Sauna- und Wellnessbereich, ein Fitnessraum, Ruheräume und Konzertsäle.

Hauptkommissar Kroll saß in der dunkelsten Ecke des McCormacks auf einem Barhocker an einem Bistrotisch. Vor ihm stand ein leeres Whiskeyglas und ein halb leeres Glas Kilkenny. Im Aschenbecher qualmte eine Zigarette. Auf dem Bierdeckel vor ihm hatte die Kellnerin bereits vier Kreuze und vier Striche gemalt. Kroll führte das Glas mit aufgestütztem Ellenbogen zum Mund und trank nachdenklich das dunkle Bier.

Es war noch keine vier Monate her, dass seine Freundin Claudia nach Kiel gezogen war, um dort als wissenschaftliche Mitarbeiterin am Lehrstuhl für Meeresbiologie zu arbeiten. Ewige Treue hatten sie sich geschworen. Claudia hatte sich entgegen ihrer sonstigen Gewohnheiten seit ein paar Tagen nicht mehr gemeldet. Kroll hatte sich daraufhin spontan entschlossen, ihr einen Überraschungsbesuch abzustatten, sich freigenommen und war heute Morgen nach Kiel gefahren. Keine gute Idee, wie sich im Nachhinein herausstellte: Weil Claudia nicht in ihrer Wohnung war, beschloss er, in einem Café in der Nachbarschaft auf sie zu warten. Als er das Café betrat, traute er seinen Augen nicht. Seine Freundin saß mit einem jungen Mann, vermutlich ein Kollege oder Student, eng umschlungen auf einer Eckbank und tauschte Zärtlichkeiten aus. Kroll wusste nicht einmal, ob sie ihn überhaupt bemerkt hatte. Er verließ fluchtartig das Café, setzte sich in sein Auto und fuhr zurück nach Leipzig. Sein Handy hatte er ausgestellt.

Kroll setzte das Glas wieder an. *Fucking* Kiel, *fucking* Biologie, *fucking* Studenten, *fucking* Weiber.

Die Kellnerin Moni brachte ihm einen weiteren Whiskey und ein frisches Bier. »Willst du dich heute volllaufen lassen?«

Kroll starrte auf den Tisch und zuckte mit den Schultern.

Moni sah ihn besorgt an. »Geht's dir nicht gut, Kroll?«

Er drehte langsam seinen Kopf in ihre Richtung. Seine Augen waren trüb. »Mir geht's *fucking* gut!«

Moni lächelte freudlos und kümmerte sich um die anderen Gäste.

Willi Lachmann hatte sich für den Abend, den Vorabend seiner offiziellen Buchpräsentation, etwas ganz Besonderes ausgedacht. Er wollte seinen neuen Roman in einer privaten Lesung vorstellen und hatte nur die Personen eingeladen, die ihn am Anfang seiner schriftstellerischen Karriere, als er noch ein unbekannter Autor war, unterstützt hatten: Das Team des kleinen Brumme Verlages, das den Mut hatte, mit einem jungen Autor auf den Markt zu gehen. Frau Funker, die seine Romane gerne an repräsentativer Stelle in ihrer Buchhandlung auslegte und ihm nicht erklärte, sie habe vor lauter Harry-Potter-Besen eigentlich keinen Platz mehr für seine Bücher. Die Leipziger Unternehmer, die sich dazu entschieden hatten, ihren Kunden zu Weihnachten keine Kalender, sondern seine Bücher zu schenken. Den Unternehmensberater, der ihn regelmäßig zu Veranstaltungen eingeladen und ihm so eine Plattform geschaffen hatte, um wichtige Kontakte zu knüpfen. Eingeladen hatte er auch seinen alten Schulfreund Wiggins, jetzt Hauptkommissar bei der Kripo Leipzig, der jedes seiner Manuskripte geduldig auf Rechtschreibfehler durchgesehen hatte. Die Presse war aus gutem Grund nicht zugegen: Als er sie gebraucht hatte, hatte sich kein einziger Reporter für ihn interessiert. Und jetzt, wo er berühmt war, rannten sie ihm die Bude ein und gingen ihm häufig auf die Nerven.

Geladen waren ungefähr 100 Personen, für jeden

Einzelnen hatte Lachmann seinen neuen Roman mit einer persönlichen Widmung versehen. Als Veranstaltungsort hatte Lachmann die Sächsische Pfeifenstube im Petersteinweg ausgesucht, ein traditioneller Tabak- und Pfeifenladen, in dem noch liebevoll handgefertigte Pfeifen verkauft wurden. Lachmann liebte die Pfeifenstube aus mehreren Gründen. Zum einen hatte er dort seine Lesungen in den Anfangszeiten abgehalten und verband mit ihr angenehme Erinnerungen. Zum anderen gab der aromatische Duft des Tabaks und die unendliche Menge der Pfeifen der Veranstaltung eine Sherlock-Holmes-Atmosphäre, die ausgezeichnet zu seinen Kriminalromanen passte. Ein weiterer Vorteil lag darin, dass sich schräg gegenüber eine Kneipe befand, in der er mit seinen Gästen nach der Lesung noch die Premiere feiern wollte. Es sollte ein runder Abend werden.

In der Sächsischen Pfeifenstube konnte man nicht mehr als 50 Stühle aufstellen, circa 30 Personen würden sich auf die Treppe setzen, der Rest musste sich mit einem Stehplatz zufriedengeben.

Wiggins war früh gekommen und hatte sich dadurch einen Platz in der ersten Reihe ergattert. Er streckte langsam seine langen Beine aus. Die Wartezeit überbrückte der Polizist, indem er seine runde Brille säuberte, die ihm zusammen mit den gescheitelten Haaren ein intellektuelles Aussehen verschaffte. Ein Eindruck der durchaus nicht täuschte. Wiggins war Anfang vierzig, sah aber deutlich jünger aus. Lediglich seine allmählich größer werdenden Geheimratsecken ließen auf sein wahres Alter schließen. Neben ihm hatte Liane Mühlenberg, die Lebensgefährtin und persönliche Referentin des Autors, Platz genommen. Wiggins begrüßte sie lächelnd mit einem Kuss auf die Wange und begann ein freundschaftliches Gespräch.

Kurze Zeit später war kein Sitz- oder Stehplatz mehr frei und Lachmann wurde mit einem freundlichen Beifall begrüßt, als er die Sächsische Pfeifenstube betrat. Er war Anfang vierzig. Für sein Alter waren seine schwarzen Haare schon von ungewöhnlich vielen grauen Fäden durchzogen. Im Bereich der Stirn hatte er sie mit ein wenig Gel zurückgekämmt. Er trug braune Halbschuhe, Jeans, ein Oberhemd mit offenem Kragen und ein helles Sakko, das auf Grund seiner hageren Figur ein wenig zu groß wirkte. Willi Lachmann begrüßte seine Gäste freundlich, erzählte, wie sehr er sich auf diesen Abend im Kreis seiner Freunde gefreut hatte und versprach, nicht allzu lange zu lesen, weil die Anwesenden doch sicherlich durstig seien.

Er setzte sich an den Tisch vor der Schaufensterscheibe des Ladens. Das spärliche Licht wurde durch eine kleine Schreibtischlampe gespendet. Er fing an zu lesen und begann – wie immer – am Anfang des Buches.

Das Klirren des Glases war kaum zu hören gewesen, als das Projektil die Scheibe durchschlug. Es drang in den vierten Halswirbel ein, den es zertrümmerte. Lachmann war sofort tot. Er fiel nach vorne und schlug mit dem Kopf auf der Tischplatte auf.

Wiggins reagierte als Erster. Er lief zu Lachmann

und versuchte, seinen Puls zu fühlen. Vergeblich! Dennoch wählte er die 112. Anschließend rannte er auf die Straße. Niemand war zu sehen. Er wartete noch einen Moment, konnte aber nichts Verdächtiges feststellen. Dann informierte er die Bereitschaftspolizei und Staatsanwalt Reis. Seinen Kollegen Kroll konnte er nicht erreichen, weil der sein Handy ausgestellt hatte.

Als Wiggins wieder die Pfeifenstube betrat, erwartete ihn ein heilloses Durcheinander. Eine Handvoll Gäste lief hysterisch schreiend umher, andere waren weinend in sich zusammengefallen. Die meisten Besucher saßen wie versteinert auf ihren Plätzen, der Schock des eben Erlebten hatte sich tief in ihre Gesichter gegraben. Liane Mühlenberg umarmte den toten Körper ihres Freundes und schluchzte lautlos. Einige Gäste waren aufgestanden und standen ratlos um den Schreibtisch herum, wie um ihr Trost zu spenden.

Wiggins war noch nicht in der Lage, seine eigenen Gefühle einzuordnen. Obwohl vor wenigen Minuten sein alter Freund erschossen worden war, konnte er keine persönliche Betroffenheit spüren. Wie ein Schutzmechanismus legte sich seine berufliche Routine über alle Empfindungen und blockierte seine Emotionen. Er verrichtete seine Arbeit, so als handelte es sich um einen alltäglichen Fall.

Er konnte in der Pfeifenstube nichts mehr tun. Er brauchte keine Zeugen zu vernehmen, weil er selbst alles genauestens mit angesehen hatte. Die Wahrscheinlichkeit, dass einer der Gäste auf der Straße etwas gesehen hatte, war sehr gering. Er würde sich eine Gästeliste geben lassen. Die Befragung konnten die Kollegen auch später noch durchführen.

Die Leute von der Spurensicherung verrichteten ihre Arbeit, die Leiche von Willi Lachmann lag schon in dem Transportsarg aus Zink. Um Liane konnte er sich nicht kümmern, weil sie nicht ansprechbar war. Der Rechtsmediziner Dr. Schmidt hatte ihr eine Infusion in die Vene gelegt und entschieden, sie ins Krankenhaus einliefern zu lassen. Wiggins versuchte, erneut vergeblich, Kroll telefonisch zu erreichen. Er beschloss, in die gemeinsame Wohnung von Willi und Liane in der Ferdinand-Lassalle-Straße zu fahren. Den Schlüsselbund hatte der Autor auf dem Schreibtisch in der Pfeifenstube abgelegt. Wie er zu der Adresse gelangte, wusste er. Er war schon oft genug da gewesen.

Die Wohnung des Paares lag im dritten Stock eines imposanten Gründerzeithauses. Wiggins erkannte sofort die Einbruchspuren an der Wohnungstür. Jemand hatte mit einem Stemmeisen das Schloss überwunden. Wie oft hatte Wiggins seinen Freunden geraten, noch ein oder besser zwei Sicherheitsschlösser anbringen zu lassen, aber sie hatten seinen Ratschlag immer als beruflich bedingte Panikmache abgetan. Er betrat die Wohnung. Im Flur konnte er nichts Ungewöhnliches entdecken. Er überlegte einen Moment, ob es nicht besser wäre, zunächst auf Verstärkung zu warten. Wiggins war allein, und seine Dienstwaffe lag im Präsidium. Sollte sich noch jemand in der Wohnung aufhalten, befand er sich in einer nicht zu unterschätzenden Gefahr. Er entschied sich, weiterzugehen, schaltete das Licht im Flur an und zog die Wohnungstür hinter sich zu. Im Wohnzimmer war auch nichts Auffälliges zu erkennen. Es herrschte die normale Unordnung, wie er sie schon früher erlebt hatte. Nach einem Einbruch, insbesondere einem Diebstahl, sah es anders aus, das wusste er. Er nahm sein Handy und benachrichtigte die Spurensicherung.

Das Arbeitszimmer ließ deutlichere Spuren der Verwüstung erkennen. Die Schreibtischschubladen lagen auf dem Boden, und ihr Inhalt verteilte sich im ganzen Zimmer. Papiere waren überall verstreut. Im Bücherregal stand kein Buch mehr neben dem anderen, es war wie leer gefegt. Der Bildschirm, der normalerweise auf der rechten Seite des Schreibtisches stand, lag mit zersprungener Scheibe auf dem Fußboden. Der Computer fehlte. Wiggins wusste, dass der Laptop des Autors immer im Regal lag, wenn er nicht in Benutzung war. Dieser war ebenfalls verschwunden. Ihm war jetzt klar, wonach der oder die Täter gesucht hatten. Er sah sich die Papiere an, die auf dem Boden verstreut herumlagen. Es waren alles alte Manuskripte, versehen mit vielen handschriftlichen Anmerkungen des Autors. Ein aktuelles Manuskript konnte Wiggins nicht entdecken. Sämtliche Texte kamen Wiggins, der alle Bücher von Lachmann gelesen hatte, bekannt vor. Die weiteren Nachforschungen überließ er den Mitarbeitern der Spurensicherung.

ZWEI

Am nächsten Morgen gegen acht Uhr strapazierte Wiggins die Klingel an Krolls Wohnungstür. Es dauerte über fünf Minuten, bis ihm sein übermüdeter und zerknitterter Kollege öffnete. Er hatte nur eine Boxershorts an. Trotz seiner inzwischen 45 Jahre war Krolls Körper noch erstaunlich gut in Schuss. Dies lag daran, dass er ein leidenschaftlicher Kampfsportler war, schwarzer Gürtel in Judo, Karate und Taekwondo. Das regelmäßige Training ließ dem Fett keine Chance, was bei Krolls Ernährungsverhalten schon an ein Wunder grenzte. Sein Oberkörper war muskulös, unterschied sich jedoch deutlich von den Proportionen eines Bodybuilders.

Kroll strich sich die dunkelblonden Haare aus dem Gesicht und schaute auf die Uhr. »Musst du mitten in der Nacht so einen Krach machen?«

Seine Alkoholfahne war deutlich zu riechen. »Scheiße, Kroll! Ausgerechnet heute! Musstest du dich gestern unbedingt vollllaufen lassen?«

Sie gingen in die Wohnung. Kroll durchsuchte die Küchenschublade nach Kopfschmerztabletten. »Was machst du überhaupt für ein Theater? Ich habe heute noch Urlaub!«

»Hat Reis gerade gestrichen!«

Kroll sah Wiggins ungläubig an. »Ist was passiert?«

Wiggins füllte Kaffeepulver in den Filter. »Du kannst dir gar nicht vorstellen, was bei uns los ist! Gestern Nacht wurde Lachmann erschossen. Vor meinen Augen!«

Kroll setzte sich auf den Küchenstuhl. »Lachmann … welcher Lachmann?«

Wiggins wurde ungeduldig. »LACHMANN!«

»Du meinst doch wohl nicht etwa den Schriftsteller?«

»Genau den meine ich!«

Langsam konnte Kroll Wiggins' Aufregung verstehen. Er wusste genau, was jetzt auf sie zukam. Lachmann war eine bekannte Leipziger Persönlichkeit. Natürlich erwartete die Bevölkerung eine schnelle Aufklärung. Und dann das Medieninteresse. An dieser Geschichte würden nicht nur die Lokalzeitungen dran sein, sondern *alle* Zeitungen im In- und Ausland. Von den Fernsehsendern ganz zu schweigen.

»Was ist passiert?«

»Du springst jetzt erst mal unter die Dusche. Hast du noch Pfefferminzbonbons?«

Vor dem Präsidium standen bereits fünf Übertragungswagen, die sich auf die angekündigte Pressekonferenz vorbereiteten. Lachmanns Leiche war noch in der Nacht obduziert worden. Auf Krolls Schreibtisch lagen bereits der Obduktionsbericht, die Berichte der Spurensicherung von Tatort und Wohnung sowie der Bericht der Kriminaltechnischen Untersuchung. Das war ungewöhnlich. Alle Kollegen hatten eine Nachtschicht eingelegt. Dies war wohl der Brisanz des Falles geschuldet. Die Kugel, die in Lachmanns Halswirbel steckte, hatte das Kaliber 7,62 ×51 NATO Millimeter. Diese Munition konnte keiner bestimmten Waffe zugeordnet werden, es war jedoch das gängige Kaliber von Scharfschützengewehren. Mit großer Wahrscheinlichkeit war davon auszugehen, dass es sich bei der Tatwaffe um ein Präzisionsgewehr handelte.

Kroll blätterte die Protokolle durch. »Hast du schon mit der Lebensgefährtin gesprochen, dieser …?«

»Liane Mühlenberg! Nein, ich konnte noch nicht mit ihr reden. Sie stand gestern unter Schock. Dr. Schmidt hat sie ins St. Elisabeth-Krankenhaus eingewiesen.«

Staatsanwalt Reis betrat das Büro. »Morgen, meine Herren. Tut mir leid mit deinem Urlaub, Kroll!«

»Kein Problem, Chef!«

Der Staatsanwalt war erkennbar in Eile. »Also. Euch wurde offiziell die Leitung der Ermittlungen übertragen. Ich glaube, ich brauche euch nicht zu erklären, was hier in den nächsten Tagen und Wochen los sein wird. Natürlich richten wir eine SOKO ein. Ihr bekommt so viele Leute, wie ihr wollt.« Reis sah auf die Uhr. »In einer Stunde ist Pressekonferenz. Bereitet euch darauf ein bisschen vor. Wir müssen denen irgendwas erzählen. Ich glaube, jeder Journalist, der einen Stift oder ein Mikro halten kann, ist heute in Leipzig. Der Ansturm ist so groß, dass wir den großen Verhandlungssaal im Landgericht ausgeräumt und neu bestuhlt haben. Und das ist erst der Anfang. Vor dem Zimmer von Liane Mühlenberg im St. Elisabeth mussten wir zwei Beamte postieren, weil die selbst sie schon interviewen wollten!«

Staatsanwalt Reis saß in der Mitte. Rechts neben ihm Wiggins und links Kroll. Kroll zählte 14 Mikrofone, alle versehen mit dem Emblem der jeweiligen Rundfunk- und Fernsehanstalten auf den Speichelfängern. Eine Masse von ungefähr 120 Journalisten wartete bereits ungeduldig darauf, dass es endlich losging. Der Raum war brechend voll.

Reis begrüßte die Anwesenden und berichtete, dass dem ebenfalls im Raum befindlichen Kriminalhauptkommissar Kroll, einem erfahrenen und zuverlässigen Mitarbeiter, die Leitung der Ermittlungen übertragen worden sei. Kroll werde sie auch über den derzeitigen Stand unterrichten, natürlich stünden die Ermittlungen noch am Anfang. Die Anwesenden machten sich eifrig Notizen.

Kroll bemühte sich, nicht an seine Kopfschmerzen zu denken, was ihm dank der Tabletten auch einigermaßen gelang. Er blätterte langsam in der Akte und versuchte, sich zu konzentrieren.

»Gestern Abend um genau 20 Uhr 20 wurde der Schriftsteller Willi Lachmann in der Sächsischen Pfeifenstube im Petersteinweg erschossen. Der Schuss wurde von der gegenüberliegenden Straßenseite abgegeben. Der Täter verwendete ein Präzisionsgewehr, das überwiegend im militärischen Bereich und bei der Polizeiarbeit eingesetzt wird. Die Kugel durchschlug die Schaufensterscheibe und traf Herrn Lachmann im Genick, er war sofort tot. Wir haben daraufhin die

Wohnung des Opfers durchsucht und konnten feststellen, dass sie aufgebrochen war. Ob etwas entwendet wurde, können wir noch nicht sagen. Wir sind in dieser Frage auf Informationen der Lebensgefährtin des Autors angewiesen, die jedoch noch nicht ansprechbar ist, weil sie immer noch unter Schock steht. Ich darf Sie bitten, hierauf bei der Ausübung Ihrer Arbeit Rücksicht zu nehmen.« Kroll sah in die Menge. »Das war's von meiner Seite erst einmal. Haben Sie noch Fragen?«

»Der Schuss war sehr präzise! Gehen Sie von einem Profikiller aus?«

»Wir gehen von einem geübten Schützen aus.«

»Hatte der Mord etwas mit der Arbeit Lachmanns zu tun?«

»Das können wir noch nicht sagen.«

»Wurden Wertsachen entwendet?«

»Der abschließende Bericht der Spurensicherung liegt noch nicht vor.«

»In welche Richtung ermitteln Sie?«

»In alle Richtungen!«

Plötzlich kehrte Ruhe ein. Die Journalisten schienen sich damit abgefunden zu haben, dass zumindest am heutigen Tage keine weiteren Informationen zu erlangen waren und waren gedanklich bereits damit beschäftigt, die spärlichen Informationen von Kroll zu einem spannenden Artikel oder einem interessanten Bericht zu verarbeiten.

In der ersten Reihe meldete sich Heiner Porwall von der Morgenpost, der in der Branche nur Pottwal genannt wurde. Sein Äußeres war abstoßend: Er war extrem übergewichtig, seine schwarzen Haare klebten an Kopfhaut und Schläfe und wurden durch eine Mischung aus Fett und Schweiß fixiert. Sein spärlicher und lückenhafter Bartwuchs legte rote Ekzeme im Gesicht frei, die wohl auf fehlende Hygiene zurückzuführen waren. Seine Zähne waren braun und krumm, er roch nicht nur aus dem Mund, sondern aus allen Poren. Daher war es auch kein Zufall, dass trotz des überfüllten Saales die beiden Plätze links und rechts neben ihm frei waren.

»Ich hätte da mal eine Frage an den Staatsanwalt!«

Reis sah in seine Richtung.

»Wäre es nicht sinnvoll gewesen, wenn der Leiter der Ermittlungen sich den Tatort einmal angesehen hätte?«

Der Staatsanwalt blieb gelassen. »Herr Hauptkommissar Kroll hatte am gestrigen Tage noch Urlaub und hielt sich daher leider nicht in Leipzig auf.«

Pottwal sah sich um, um sich zu vergewissern, dass er die ungeteilte Aufmerksamkeit genoss. »Das ist aber eigenartig! Nach meinen Informationen saß er gestern bis ein Uhr im McCormacks und hat anschließend das Taxi über die Motorhaube bestiegen!«

Im Saal brach ein ohrenbetäubendes Gelächter aus.

»Wenn mir dieses fette Schwein das nächste Mal über den Weg läuft, bringe ich es eigenhändig um! Aber besser mit einer Zange, weil man diesen stinkenden

Bakterienberg nicht anfassen kann, ohne einen Seuchenalarm auszulösen! Der ist doch die personifizierte Schweinegrippe! Dem sind jetzt wohl alle Fettliposomen ins Gehirn gekrochen!«

Kroll beruhigte sich erst im Büro wieder, weil ihn Wiggins letztendlich mit dem Argument besänftigen konnte, dass die Journalisten jetzt sicherlich über wichtigere Dinge zu berichten hätten als über sein Trinkverhalten. Sie hofften beide, dass er recht behielt.

»Wir müssen unbedingt diese Liane Mühlenberg sprechen«, kam Kroll zurück zum Thema, »aber die ist ja nicht vernehmungsfähig!«

Wiggins dachte einen Moment nach. »Lass mich alleine zu ihr gehen. Schließlich sind wir befreundet. Ich werde das nicht als offizielle Vernehmung hinstellen, sondern als ganz normalen Krankenbesuch.«

Kroll fasste sich an die Stirn. »Scheiße, Wiggins! Ich hab ganz vergessen, dass du mit Lachmann befreundet warst. Tut mir leid. Wie kommst du denn überhaupt mit der Sache klar?«

Wiggins zuckte mit den Schultern. »Schwer zu sagen. Bisher hatte ich noch keine Zeit zum Nachdenken. Ich muss jetzt ohnehin versuchen, die Gefühle außen vor zu lassen. Sonst könnte ich den Fall doch gleich abgeben. Und das will ich ganz bestimmt nicht. Das bin ich Willi und Liane einfach schuldig.« Er griff nach seiner Jacke und ging zur Tür. »Und was machst du jetzt?«

»Ich gehe auf die Buchmesse!«

Kroll betrat das neue Messegelände durch den Haupteingang in der Glashalle. Diese überdimensional große Halle mit den nicht enden wollenden gläsernen Wänden und dem runden Dach bildete den Mittelpunkt des Leipziger Messegeländes. An den Seiten der oberen Etage befanden sich die Zugänge zu den fünf eigentlichen Messehallen. In der Glashalle waren während der Buchmesse keine Verlage angesiedelt, sondern sie wurde für kulinarische Genüsse, Veranstaltungen von Funk und Fernsehen sowie kleinere Programme von Ausstellern genutzt.

Schon auf dem Weg zum Messegelände merkte Kroll, dass die Buchmesse auch in diesem Jahr gut besucht war. Er reihte sich in den Besucherstrom ein, der sich an der rechten Seite der Halle in Richtung des anderen Endes bewegte. Er wusste, dass sich der Verlag des Autors, der Zeitraub-Verlag mit Sitz in München, in der Messehalle fünf befand. Er fuhr die Rolltreppe zur Gangway hoch und bog rechts ab, immer den anderen hinterher. Als er in der gesuchten Messehalle angekommen war, betrachtete er noch einmal seinen Plan. Der Stand von Zeitraub war eigentlich ganz einfach zu erreichen. Links an der Wand entlang und dann zweiter Gang rechts. Zur genaueren Identifizierung des Verlagsstandortes brauchte Kroll seinen Plan allerdings nicht mehr. Es war nämlich genau das eingetreten, was er befürchtet hatte: Sämtliche Medienvertreter, die schon bei der Pressekonferenz im Präsidium anwesend waren, hatten sich offensichtlich dazu entschlossen, den Rest des Tages am Stand des Zeitraub-

Verlages verbringen zu wollen. Die Reporter und Journalisten standen mindestens in Fünferreihen vor der Ausstellungsfläche, und Kroll konnte erkennen, dass der Stand mit Scheinwerfern ausgeleuchtet wurde.

Der Hauptkommissar schlängelte sich an der Meute vorbei und erreichte die Rückseite des Messestandes, eine Wand aus Pressspanplatten. Zwischen dem Ende der Holzkonstruktion und der seitlichen Standbegrenzung machte er einen circa 40 Zentimeter breiten Spalt ausfindig, der nur mit einem gespannten Tuch verschlossen war. Kroll löste die seitliche Befestigung des Tuches und betrat die Ausstellungsfläche. Sofort wurde er vom Licht der Scheinwerfer geblendet. Eine junge Dame im Hosenanzug und mit strengem Seitenscheitel kam mit erbostem Gesichtsausdruck auf ihn zu. Er hielt ihr seinen Ausweis direkt vor die Augen, was dazu führte, dass sie sich zögerlich wieder von ihm abwandte und er die Szenerie aus nächster Nähe beobachten konnte.

Der Geschäftsführer des Zeitraub-Verlages, Elmar Gutbrot, saß lässig zurückgelehnt in einem Regiestuhl und stellte sich geduldig den Fragen des Reporters. Die Kamera, die ständig vor seinem Gesicht herumfuhr, schien ihn nicht im Geringsten zu stören. Obwohl Gutbrot die 50 noch nicht lange überschritten hatte, schien alles an ihm grau zu sein: graue nach hinten geglättete Haare, grauer gepflegter Schnauzer, dunkelgraues Brillengestell, grauer Anzug. Gutbrot war erkennbar darum bemüht, einen sehr gepflegten und korrekten Eindruck zu vermitteln. Kroll war der Meinung, dass er dabei übers Ziel hinausgeschossen war und eher steril wirkte.

Der Kommissar wollte die Aufnahme nicht stören. Er hielt sich abwartend in seiner Ecke auf und beobachtete das Treiben vor ihm. Verstehen konnte er nur Bruchstücke, das war ihm aber auch egal, er konnte erahnen, was Inhalt des Gespräches war.

Es dauerte noch ungefähr zehn Minuten, bis der Reporter seinem Kameramann ein Zeichen gab, dass das Interview beendet sei. Kroll nutzte den Moment, um sich Gutbrot zu nähern. Er zeigte ihm seinen Ausweis und bat um ein Gespräch.

»Hallo, Kroll! Nicht mehr auf der Motorhaube?«, dröhnte es aus der Menge.

Es war offensichtlich, dass Gutbrot den Kommentar nicht einordnen konnte und das Gelächter hielt sich zu Krolls Beruhigung in Grenzen.

Elmar Gutbrot betrachtete Krolls Ausweis im Stile eines Grenzsoldaten. Dann gab er ihm das Papier zurück und sah ihn bedeutungsvoll an. »Herr Hauptkommissar, Ihnen dürfte nicht entgangen sein, dass der tragische Tod von Willi Lachmann, den wir als sein Verlag natürlich sehr bedauern, ein außerordentlich großes Medieninteresse hervorgerufen hat! Ich bin der Auffassung, die Öffentlichkeit, die internationale Öffentlichkeit, sollte jetzt ihrem Recht, ihrem Grundrecht auf Informationsfreiheit, entsprechende Beachtung finden. Ich gehe davon aus, dass Ihre Fragen noch ein wenig warten können, bis ich das Informationsbedürfnis der Presse befriedigt habe.«

Kroll wurde ungeduldig. »Herr Gutbrot! Es ist noch keine 20 Stunden her, dass Willi Lachmann ermordet wurde. Ich leite die Ermittlungen und ich bin mir sicher, dass auch Sie nichts auf dieser Welt mehr interessiert, als dass wir seinen Mörder schnell finden! Ich erwarte Sie in zehn Minuten am Bayerischen Stand in der Glashalle.« Kroll verließ den Zeitraub-Verlag. Diesmal benutzte er nicht den Hintereingang. Demonstrativ zwängte er sich durch die Journalisten.
Seine Hoffnung, er könnte am Bayerischen Stand einen Latte Macchiato bekommen, erfüllte sich nicht. Die Alternative – Weißbier – stellte sich ihm nicht. Er trank grundsätzlich im Dienst keinen Alkohol, und bei der Menge Restalkohol, die er noch in seinem Blut vermutete, wäre ein Bier ohnehin verheerend gewesen. Er entschied sich für eine Cola Light.

Kroll lehnte sich an einen Bistrotisch und beobachtete das muntere Treiben um ihn herum. Wenige Meter von ihm entfernt führte eine Gruppe Jugendlicher, die als Mangafiguren verkleidet waren, eine Art Tanz auf.

Der Geschäftsführer brauchte exakt zehn Minuten. Er entdeckte Kroll sofort und stellte sich zu ihm an den Tisch. Anzug und Krawatte saßen korrekt.

Kroll kam gleich zur Sache. »Wann haben Sie Lachmann zuletzt gesehen?«

Gutbrot musste nicht lange überlegen. »Gesehen habe ich Lachmann seit Wochen nicht mehr. Ich bin doch nur sein Verleger. Die Arbeitskontakte laufen alle telefonisch oder per Mail. Hauptansprechpartner ist hierbei unser Lektorat.« Er machte mit dem Handballen den Tisch sauber. »Natürlich waren wir für heute auf der Buchmesse verabredet, er wollte gegen zehn bei uns vorbeikommen.«

Kroll beobachtete ihn einen Moment. »Lachmanns Tod scheint Sie persönlich nicht zu berühren?«

»Das mag für Sie jetzt eigenartig klingen, aber Lachmann und ich hatten ausschließlich beruflich miteinander zu tun. Keine persönliche Beziehung und erst recht keine Freundschaft oder etwas in der Art. Er war unser Autor. Nicht mehr und nicht weniger. Natürlich bedauere ich seinen Tod. Aber ich habe in erster Linie ein Geschäft zu betreiben und die Zeiten sind nicht einfacher geworden!«

Kroll stellte fest, dass er sein Gegenüber nicht besonders sympathisch fand. Er nippte an seiner Cola. »Unterhalten wir uns doch mal übers Geschäft.«

»Lachmann war natürlich unser bestes Pferd im Stall, wie Sie sich sicherlich denken können. Wir reden über den erfolgreichsten deutschen Autor seit Simmel. Selbstverständlich hat unser Verlag mit seinen Titeln gut verdient. Vor allem hat er andere Titel mitgezogen. Wir müssen uns jetzt genau überlegen, wie es weitergeht.«

»Aber die Titel, die Sie schon haben, werden doch jetzt bestimmt Ihre Bestsellerquoten noch einmal übertreffen.«

Gutbrot nickte. »Ja, aber das ist doch nur ein kurzfristiger Effekt.« Er lächelte verlegen. »Was glauben Sie denn, warum ich mich gerade so rührend um die

Medienvertreter kümmere? Wir müssen jetzt für den Absatz sorgen!«

Kroll konnte sich die Provokation nicht verkneifen. »Also profitieren Sie erst einmal von Lachmanns Tod.«

Gutbrot sah ungeduldig auf die Uhr. »Ich sagte doch bereits, ein kurzfristiger Effekt. Wir planen langfristig.«

Er wollte sich bereits abwenden, aber Kroll ließ ihn nicht gehen. »Ist es denn überhaupt sicher, dass Lachmann auch die nächsten Bücher bei Zeitraub veröffentlicht hätte?«

»Wir standen gerade in Verhandlungen, ihn dauerhaft an uns zu binden. Die Gespräche standen unmittelbar vor dem Abschluss. Ich denke, die offenen Punkte hätten wir noch während der Buchmesse klären können.«

Kroll sah ihn an. »Das ist ja interessant!«

Der Verleger sah wieder auf die Uhr. »Wenn Sie mich jetzt bitte entschuldigen würden?«

Kroll ließ ihn gehen.

Liane Mühlenberg hatte das Rückenteil ihres Bettes hochgefahren. Sie lag da und starrte an die Decke des Zimmers. Die Farbe ihrer Haut unterschied sich kaum von dem weißen Kopfkissen, auf dem zerwühlt ihre langen schwarzen Haare lagen. Ihre braunen Augen waren gerötet. Die Nase und die Oberlippe waren wund. In der rechten Hand zerknüllte sie unaufhörlich ein Taschentuch.

Wiggins setzte sich auf die Bettkante und wandte sich ihr zu. Ganz langsam wanderten ihre Augen von der Zimmerdecke zu ihm herüber. Sie sah ihn an. Ein hilfloser, ein flehender Blick. Wiggins ergriff ihre Hand und drückte sie leicht. »Geht's wieder, ich meine … so einigermaßen?«

Liane nickte. Wasser lief aus ihrer Nase. Sie wischte es ab. »Ich kann immer noch nicht glauben, was gestern passiert ist. Es sollte doch ein so schöner Abend werden … dann die Scheibe … und dann … dann …« Sie atmete schwer. »Er wird mir so sehr fehlen. So unendlich viel.«

Wiggins kämpfte mit den Tränen. Er wollte nicht weinen. Liane brauchte jetzt eher einen Halt, als dass sie Mitleid wollte. Und gerade er. Irgendwann würde sie erfahren, dass er Willi Lachmanns Mörder finden musste. Er wollte keine Schwäche zeigen.

»Er wird uns allen fehlen!« Wiggins sah sich im Zimmer um. »Du musst jetzt erst mal hier rauskommen. Das macht die ganze Sache auch nicht besser, wenn du den lieben langen Tag herumliegst.«

Liane nickte. »Ich darf morgen raus. Heute habe ich noch so einen Tropf bekommen. Aber morgen bin ich wohl so weit. Kannst du dich jetzt ein bisschen um mich kümmern?«

Sie sahen sich lange an. »Wer kann das getan haben, Wiggins?«

»Das wissen wir noch nicht.«

Liane trank einen Schluck stilles Wasser. »Hilfst du mit, den Mörder zu finden?«

Wiggins zögerte einen Moment. Er versuchte, beruhigend zu wirken. »Kroll und ich haben die Leitung. Wir bilden eine SOKO mit vielen Kollegen.«

»Ihr werdet den Mörder doch finden, oder?«

»Ganz bestimmt ... aber du musst uns dabei helfen!«

Sie sah Wiggins fragend an. »Ich ... wieso ich? Ich hab doch gar keine Ahnung, wer das getan haben könnte.«

»Du warst nicht nur Willis Lebensgefährtin, du warst auch beruflich seine rechte Hand. Wir werden sicherlich eine Menge Fragen haben ... aber ruh dich erst mal aus. Das hat Zeit bis morgen!«

Liane nickte.

Wiggins hatte sich fest vorgenommen, heute und ganz bestimmt nicht im Krankenhaus dienstlich zu werden. Aber da sie jetzt schon einmal beim Thema waren, überwältigte ihn sein kriminalistischer Spürsinn und er konnte sich zumindest eine Frage nicht verkneifen. »Hatte Willi Feinde?«

»Feinde will ich nicht sagen. Willi war sehr erfolgreich und da gibt es natürlich viele Leute, die etwas vom Kuchen abhaben wollen ...« Sie griff wieder zum Taschentuch. »Hat das Zeit bis morgen?«

Wiggins bereute sofort, dass er sich zu dieser Frage hatte hinreißen lassen. »Aber natürlich!«

Er sah auf die Uhr und küsste sie auf die Wange. »Ich komm dich morgen besuchen!«

Die erste Sitzung der SOKO ›Autor‹ war auf 13 Uhr angesetzt. Die Leitung hatte Staatsanwalt Reis. Weiter waren zugegen die Hauptkommissare Kroll und Wiggins, die Kommissare Volker Schöck und Oskar Jäger sowie sechs weitere Beamte. Der Staatsanwalt begrüßte die Anwesenden und teilte ihnen zunächst mit, dass Hauptkommissar Kroll die Leitung der SOKO übertragen worden sei. Ihm war unmittelbar zu berichten. Mit Hilfe eines Beamers, der Fotos vom Tatort, von der Leiche, aus der Gerichtsmedizin, aus Lachmanns Wohnung und aus den Akten an die Wand warf, erläuterte er den bisherigen Stand der Ermittlungen. Danach übergab er an Kroll.

»Ich muss euch ja höchstwahrscheinlich nicht erklären, dass wir noch völlig im Dunkeln tappen. Der Tote war ein erfolgreicher Autor. Das heißt, wir sollten einen Schwerpunkt der Ermittlungen auf sein berufliches Umfeld legen.«

Er sah Schöck und Jäger an. »Volker und Oskar. Ihr seid die besten Recherchefreaks hier. Macht euch doch mal über die ganze Literaturszene schlau. Sein Verlag, Konkurrenz, wer hat welche Rechte und so weiter. Das private Umfeld grasen Wiggins und ich ab.«

Drei weitere Mitarbeiter beauftragte Kroll mit der üblichen Routinearbeit: Befragung der Anwohner des Tatortes, der Freunde und Familie, Auswertung der Spuren am Tatort und in der Wohnung. Die restlichen drei Beamten wurden mit der *Aktenfresserei* betraut: Durchsicht sämtlicher Akten des Bundeskriminalamtes und der Landeskriminalämter nach ähnlichen Fällen.

Nachdem Kroll seine Gruppeneinteilung vorgenommen hatte, ergriff Wiggins das Wort. »Ich hatte heute schon Gelegenheit, mit Liane Mühlenberg zu sprechen. Frau Mühlenberg war die Lebensgefährtin des Toten und gleichzeitig seine berufliche rechte Hand. Man könnte sie dementsprechend als seine Managerin bezeichnen. Natürlich stand sie noch unter Schock und konnte nicht viel sagen. Aber sie hat da so eine Andeutung gemacht, dass es viele Leute gibt, die von Lachmanns Erfolg profitieren wollten. Vielleicht ist das ja ein Hinweis!«

Alle machten sich Notizen. Kroll beraumte die nächste Sitzung auf den morgigen Tag an, wieder um 13 Uhr.

Bevor Kroll und Wiggins auf die Buchmesse gingen, machten sie noch einen kleinen Abstecher in das Büro des Staatsanwaltes. Die Sekretärin füllte am Computer das Formular VORLADUNG aus und klickte auf ›Drucken‹. Dann verschwand sie für eine Minute im Büro ihres Chefs und gab Kroll das unterzeichnete Schriftstück.

Der Stand des Zeitraub-Verlages war nicht mehr so stark von den Medien belagert wie am Vormittag. Die Situation schien sich zu normalisieren. Elmar Gutbrot stand vor einem Bücherregal und redete angeregt mit einem Journalisten, der sich eifrig Notizen machte. Kroll hatte keine Lust zu warten, bis Gutbrot sein Interview beendet hatte. Er hielt ihm das weiße Blatt Papier vors Gesicht.

»Herr Gutbrot, das ist eine Vorladung der Staatsanwaltschaft. Sie sind als Zeuge zu einer Vernehmung geladen. Ich darf Sie bitten, mich auf das Präsidium zu begleiten.«

Der Verleger blickte Kroll entgeistert an und suchte nach Worten. Seine Blicke wechselten zwischen Kroll und dem Journalisten hin und her. »Können Sie mir bitte erklären, was das zu bedeuten hat?«

Kroll wandte sich an den Reporter. »Sie brauchen wir jetzt nicht mehr, danke!«

Anschließend beantwortete er Gutbrots Frage. »Das will ich gerne tun. Wir spielen hier nicht Räuber und Gendarm, sondern wir müssen einen Mord aufklären. Und ich habe überhaupt keine Lust, mich hinter irgendwelchen Interviewwünschen von Medienleuten anzustellen.« Krolls Stimme wurde schärfer. »Und überhaupt keine Lust habe ich, dass meine Fragen nicht beantwortet werden und dass die Hälfte mir verschwiegen wird, nur weil Sie es für wichtiger halten, Ihre PR-Show abzuziehen, als den Tod Ihres Autors aufzuklären!«

Gutbrot entschied sich für den geordneten Rückzug. Er sprach mit leiser Stimme. »Verstehe! Aber bitte, meine Herren. Können wir das nicht hier besprechen? Ich versichere Ihnen, dass wir nicht gestört werden.«

Kroll sah auf die Uhr. »Wir gehen jetzt sofort zum Bayerischen Stand.«

Gutbrot sah die Polizisten fragend an. Kroll wusste immer noch nicht, wie er die Andeutungen von Liane Mühlenberg verstehen sollte und ob es überhaupt

Andeutungen waren. Er entschloss sich, Gutbrots Demut auszunutzen, um einen Schuss ins Blaue zu wagen. Sein Ton wurde wieder schärfer.

»Herr Gutbrot. Bei unserem Gespräch heute Vormittag haben Sie mir erzählt, die Vertragsverlängerung mit Lachmann sei nur noch Formsache. Inzwischen haben wir aber erfahren, dass Ihr Verhältnis nicht so harmonisch war! Und wir fragen uns nun natürlich, warum Sie uns wichtige Informationen verschweigen.«

Gutbrot murmelte vor sich hin. »Das hat Ihnen doch bestimmt dieser Zwerg vom Zuckerblume-Verlag erzählt.«

Krolls Augen blitzten auf. Er gab vor, darüber im Bilde zu sein. »Wir möchten die Geschichte aber auch gerne von Ihnen hören.«

Gutbrot fühlte, ob sein Krawattenknoten richtig saß. »Kennen Sie die Abenteuer der lustigen Teppichflieger?«

»Aber natürlich!«, antwortete Wiggins. »Pille, Palle und Pulle wirbeln den ganzen Orient durcheinander. Ich lese die Geschichten immer meinem Neffen vor.«

Gutbrot lachte. »Unser Haus ist sehr erfolgreich, was das Segment Belletristik für Heranwachsende und Erwachsene angeht. Unser Schwachpunkt ist seit Langem das Kinderbuch. Ich habe deshalb sehr intensiv meine Fühler ausgestreckt, um den Zuckerblume-Verlag zu übernehmen, natürlich wegen der Teppichflieger.« Gutbrot machte eine Pause und sah die Kommissare an. Dann fuhr er fort. »Dieser Verlag besteht aus vier Gesellschaftern. Mit dreien stand ich kurz vor einer Einigung. Der vierte Gesellschafter, der gleichzeitig Geschäftsführer ist, hat sich mit Händen und Füßen gewehrt. Aber das war mir egal. Eine Dreiviertelmehrheit hätte mir auch gereicht. Die Gesellschafter verschenken natürlich ihre Anteile nicht. Im Gegenteil: Die lassen sich das richtig gut bezahlen! Und dafür hätte unser Haus Fremdkapital bei einer Bank aufnehmen müssen.«

»Verstehe«, bemerkte Wiggins, der ahnte, was jetzt kommen würde.

Gutbrot fuhr fort. »Bei den Banken sitzt das Geld auch nicht mehr so locker wie früher. Unsere Hausbank hat die Kreditierung der Mittel von einer wesentlichen Bedingung abhängig gemacht. Der Vertrag mit Lachmann musste verlängert werden, um die Liquidität unseres Verlages mittelfristig zu gewährleisten.«

»Und genau da begannen die Probleme«, orakelte Kroll.

»Ganz genau. Der Geschäftsführer des Zuckerblume-Verlages ist quasi zum Gegenangriff übergegangen und wollte Lachmann als Autor für sich gewinnen.« Gutbrot schien einen Moment die Kontrolle zu verlieren. »Lachmann hatte doch immer diese sch… übertriebene soziale Einstellung. Das hat die Gegenseite natürlich ausgenutzt. Der Zwerg von Zuckerblume hat dem Lachmann ständig ein schlechtes Gewissen eingeredet, nach dem Motto, ob er es verantworten könne, dass sein Erfolg dafür missbraucht wird, dass ein kleiner ehrlicher und ehrbarer Verlag einfach geschluckt wird. Na ja, und irgendwann hat er Lachmann selbst ein Angebot unterbreitet. Das ist kein besonders großes Kunststück, weil die Absatzzahlen ja so gut wie garantiert sind. Da macht jede Bank mit.«

»Und wie hat Lachmann reagiert?«, fragte Kroll.

Gutbrot lachte auf. »Lachmann. Der entscheidet doch inzwischen gar nichts mehr selbst. Das macht doch jetzt alles seine rechte Hand, diese Frau Mühlenberg! Lachmann …«, der Verleger bohrte mit dem Zeigefinger Löcher in die Luft, »der hat sich Bedenkzeit ausgebeten und im Hintergrund fing seine hübsche Freundin an zu zocken. Die versuchte natürlich, den einen Verlag gegen den anderen auszuspielen!«

Für einen Moment trat Ruhe ein. »Also hat der Zuckerblume-Verlag zumindest mittelbar von Lachmanns Tod profitiert«, überlegte Kroll laut. »Ohne Lachmann als Flaggschiff haben Sie jetzt keine Mittel mehr, um ihren Konkurrenten zu schlucken!«

Zum ersten Mal kam etwas, das wie ein makaberes Lächeln aussah, auf Gutbrots Gesicht. »Natürlich! Jetzt können wir diesen Verlag nicht mehr übernehmen … er behält seine Teppichflieger!«

Die Gedanken des Verlegers wurden durch eine Bemerkung von Wiggins unterbrochen. »Aber wenn Lachmann tatsächlich gewechselt wäre. Das wäre für Sie doch einer Katastrophe gleichgekommen.«

Gutbrot holte durch die Nase Luft und ließ sich leicht nach hinten fallen. »Glauben Sie mir, Herr Kommissar. Natürlich wären wir über einen Abgang von

Lachmann alles andere als erfreut gewesen. Aber es wäre auch ohne ihn weitergegangen. Anders als bei Zuckerblume.«

Kroll wollte die Befragung beenden. »Jetzt noch eine letzte Frage für heute. Wo waren Sie eigentlich gestern Abend … so ab 19 Uhr?«

Der Geschäftsführer des Zeitraub-Verlages sah ihn überrascht an. Er konnte sich die Frage nach seinem Alibi nicht erklären, beschloss aber, keine Diskussion zu beginnen. »Ich war mit den Mitarbeitern meines Verlages in Auerbachs Keller. Das können Sie leicht überprüfen!«

Der Stand des Zuckerblume-Verlages war voller Teppichflieger. In jedem Regal, auf jedem Poster und auf jedem Tisch waren die Gesichter der drei Abenteurer zu entdecken. Die Ausrichtung des Verlages war unschwer zu erkennen. Um den Stand spielten Kinder, die T-Shirts und Basecaps mit dem Aufdruck von Pille, Palle und Pulle hatten.

Kroll und Wiggins fiel es nicht schwer herauszufinden, wen Gutbrot wohl mit Zwerg gemeint hatte. Der Geschäftsführer des Verlages, Werner Eigenrauch, dürfte geradeso die Einssechzig-Marke erreicht haben. Er war dick und rund, und sein Mondgesicht wurde von einem mächtigen Schnauzer zerteilt, der ein haariges Gegenstück zum äußerst spärlichen Haupthaar bildete.

Kroll zeigte ihm seinen Ausweis. »Mein Name ist Hauptkommissar Kroll und das ist mein Kollege Wiggins. Können wir Sie einen Moment sprechen?«

»Sie hat doch bestimmt der graue Pfau geschickt!«, raunzte er ihnen entgegen.

»Mir scheint, dass Sie und Herr Gutbrot sich nicht besonders nahestehen«, stellte Wiggins trocken fest.

Eigenrauch machte eine abwehrende Handbewegung. »Hören Sie mir bloß auf mit diesem Schnösel! Macht einen auf Graf Rotz, spielt den vornehmen Pinkel und benimmt sich wie die Axt im Wald! Irgendeiner hat so was mal Kaschmir-Proll genannt. Besser kann man den gar nicht beschreiben!« Er ging zu Kroll und rollte sich auf den Füßen nach vorne, sodass er auf den Zehenspitzen stand. Mit unterdrückter, zischender Stimme redete er weiter. »Und dieser Amateur wollte meinen Verlag übernehmen! Ausgerechnet *der*! Der hat doch bis heute nichts zustande gebracht. Sein Verlag ist doch 'ne bessere Pommesbude. Irgendwann ist dem der Lachmann zugelaufen. Reiner Zufall! Auch ein blindes Huhn findet mal ein Korn. Ja ja, und auf einmal war er *der Verleger*! Wissen Sie, wie sich das entwickelt hat?«

Eigenrauch gab die Antwort auf seine Frage gleich selbst. »Lachmann hat seine ersten fünf Romane nur sehr schleppend verkauft. Höchstens 2.000 Stück pro Jahr. Der graue Pfau war drauf und dran, ihn aus dem Programm zu nehmen. Und dann fielen die Bücher durch irgendeinen dummen Zufall einem Redakteur vom Fernsehen in die Hände. Und die haben sie verfilmt. Zur besten Sendezeit, Sonntagabend um 22 Uhr im Zweiten. Und das hat den Zeitraub-Verlag nach oben geschossen. Wie eine Rakete! Das war einfach nur Glück! Und der graue Pfau läuft jetzt als der Mann mit dem goldenen Näschen durch die Literaturszene und lässt sich feiern, als sei er der größte Entdecker seit Kolumbus. Das ist doch einfach nur lächerlich!«

Eigenrauch lief einen Halbkreis und stieß dabei eine Kaffeetasse um, die auf einem Tisch stand. Seine Mitarbeiter kannten die Situation schon. Eine junge Dame riss einige Tücher von einer Küchenrolle ab und beseitigte das Malheur.

Der Verleger ließ sich nicht ablenken. »Und dann hält dieser Schnösel noch meinen sogenannten Partnern Geldscheine unter die Nase und meint, er könne meinen Verlag schlucken! Das müssen Sie sich einmal vorstellen. Unfassbar!«

Kroll versuchte, den Redeschwall zu unterbrechen. »Herr Eigenrauch …«

»Wissen Sie, wie die Teppichflieger entstanden sind?« Wieder ließ der Verleger die Kommissare nicht zu Wort kommen. »Das war kein dummer Zufall! Dahinter stand ein Konzept! *Ich* habe den Autor von einem kleinen unbedeutenden Verlag herübergeholt. *Ich* habe sein Talent erkannt. *Ich* habe in die Werbung investiert. *Ich* bin ins Risiko gegangen. Da war zunächst nichts mit Fernsehen. Die kamen erst, als wir die Bestsellerlisten bereits gestürmt hatten. Und nicht umgekehrt!«

Kroll nahm erneut Anlauf, eine Frage zu stellen. »Was uns interessieren würde …«

Die Polizisten schienen für Eigenrauch Luft zu sein. »Und ausgerechnet dieser Schaumschläger, dieser Amateur, dieser Langweiler, dieses personifizierte Unentschieden bildet sich ein, meinen Verlag übernehmen zu können? Dass ich nicht lache! Mein Lebenswerk! Und wissen Sie, was das Schönste ist …«

Kroll wurde jetzt energisch. »Herr Eigenrauch! Wir wären Ihnen sehr dankbar, wenn Sie jetzt einfach unsere Fragen beantworten würden!«

Der Verleger atmete durch. »Natürlich … bitte verzeihen Sie. Mit mir sind wohl ein wenig die Pferde durchgegangen. Ich denke, Sie kommen wegen des Todes von Willi Lachmann. Wie kann ich Ihnen helfen?«

Krolls Ton wurde wieder sanfter. »Zunächst würde uns interessieren, wann Sie Lachmann zuletzt gesehen haben.«

Eigenrauch überlegte. »Das war … Moment … ja genau. Letzten Freitag. Wir haben zusammengesessen und geredet.«

»Ich nehme an, Sie wollten die Möglichkeiten einer zukünftigen Zusammenarbeit ausloten«, schaltete sich Wiggins ein.

»Ja, das war der Grund.« Eigenrauch wurde melancholisch. »Der Lachmann war ein guter Mensch. Der hatte sein Herz noch am rechten Fleck! Obwohl der reich war wie ein Scheich, schien den Geld überhaupt nicht zu interessieren. Wissen Sie, was der in dieser Stadt alles für die alten Menschen getan hat?«

Kroll und Wiggins bestätigten mit einem Nicken. Eigenrauch lachte kurz auf. »Ich glaube, wenn der die Mühlenberg nicht gehabt hätte, hätte der Zeit seines Lebens von der Hand in den Mund leben müssen.«

»Wie weit waren denn die Gespräche vorangeschritten?«, wollte Wiggins wissen.

»Ich glaube nicht, dass er zu uns gekommen wäre. Ich glaube außerdem nicht, dass Sie sich nur annähernd vorstellen können, von wie viel Verlagen so ein Autor angebaggert wird. Da reden wir nicht nur über Leipzig, sondern über die großen Kaliber aus Hamburg und München.«

Kroll konnte sich ein Lächeln nicht verkneifen. »Ich glaube, es ging Ihnen gar nicht darum, Lachmann an Ihren Verlag zu binden.«

»Natürlich nicht«, bestätigte Eigenrauch. »Ich wollte ihm nur klarmachen, dass er sich endlich von diesem dämlichen grauen Pfau trennen sollte. Man kann doch an den Fingern einer Hand abzählen, dass der Zeitraub-Verlag ohne Lachmann bei den Banken höchstens noch einen Kredit für ’ne Fanta kriegt.«

»Und?«, fragte Wiggins.

Der Verleger zuckte mit den Schultern. »Ich denke, er hatte großes Verständnis für unsere Situation. Und wie ich bereits sagte: Lachmann hatte eine gesunde soziale Einstellung. Aber wer weiß. Ich glaube, da fragen Sie besser Frau Mühlenberg.« Er hielt einen Moment inne. »Die Arme. Wie geht es ihr überhaupt?«

Die Kommissare beantworteten die Frage nicht. »Halten Sie sich bitte zu unserer Verfügung, Herr Eigenrauch. Auf Wiedersehen.«

Die Polizisten fuhren ins Büro und sahen die Unterlagen durch, die sich auf ihren Schreibtischen angesammelt hatten. Wiggins versuchte, im Internet etwas über die Verlage Zeitraub und Zuckerblume herauszufinden. Als er auf die Uhr sah, stellte er erschrocken fest, dass es 19 Uhr war. »Oh Schreck, schon so spät. Ich muss los. Ich will noch mit Nicole ins Kino.«

Kroll sah von der Akte auf. »Na dann! Viel Spaß und schöne Grüße!«

Wiggins hatte die Bürotür fast erreicht, als diese aufflog und ein Mitarbeiter der Kriminaltechnischen Untersuchung hereinstürmte. Er reckte triumphierend einen länglichen Gegenstand in die Höhe. »Wisst ihr, was das ist?«

Kroll und Wiggins sahen sich verständnislos an. Kroll ergriff schlussendlich erneut das Wort. »Sehr schwere Frage! Das ist ein Kugelschreiber.«

Peter grinste. »Hier, nimm den mal in die Hand.«

Koll ergriff den Kuli. Ihm fiel auf, dass er ein wenig breiter und schwerer war als die herkömmlichen Schreiber mit Werbeaufdruck, die er kannte. Aber das war nichts Ungewöhnliches. Es hätte auch ein teures Modell sein können. Die waren alle schwerer und dicker als die Plastikware.

Er gab den Kugelschreiber ratlos Wiggins, der ihn aufmerksam untersuchte.

»Versuch mal, damit zu schreiben!«, forderte der Kollege von der KU Wiggins nahezu triumphierend auf.

Wiggins probierte auf die Kappe zu drücken. Sie war unbeweglich. Instinktiv drehte er an der unteren Hälfte des Stiftes und die Mine kam zum Vorschein.

Wiggins kritzelte einige Wellen auf einen Block und sah den Kollegen von der Spurensicherung fragend an.

Der tat immer noch geheimnisvoll. »Fällt euch wirklich nichts auf?«

Kroll wurde ungeduldig. »Komm schon, Peter! Wiggins will noch ins Kino und ich habe ebenfalls nicht vor, heute im Büro zu übernachten!«

Peter erkannte, dass er allmählich die Katze aus dem Sack lassen musste. »Zieh doch mal die Kappe runter!«

Das ließ sich leicht bewerkstelligen. Zum Vorschein kam das metallene Ende eines USB-Sticks.

»Ich weiß nicht, wer bei Lachmann eingebrochen hat«, erklärte Peter, »aber mit Sicherheit hatte der nicht viel Ahnung von Computern!«

Zwischen Kroll und Wiggins wanderten verblüffte Blicke hin und her. Dann wandte Kroll sich an seinen Kollegen. »Und … habt ihr euch die Dateien schon in der Spurensicherung angeguckt?«

Peter nahm den Stick und steckte ihn in den Computer unter Wiggins' Schreibtisch. Der Laufwerksbuchstabe F:\ wurde dem Stift vom Rechner zugeteilt. Peter klickte sich mit der Maustaste zum Ziel. »Da ist eigentlich nicht so viel drauf. Ihr müsst euch sowieso noch in Ruhe ansehen, was für euch wichtig ist.« Er klickte weiter. »Hier, das wollte ich euch zeigen! Diese Datei ist überschrieben mit ›Stichpunkte/Roman/neu‹. Lachmann hat sie vor ziemlich genau einem Jahr angelegt.«

Er deutete auf den Bildschirm, und Kroll und Wiggins beugten sich vor. Die Datei enthielt die folgenden Wörter:

Eimnot
L.E.
AGMS
Goran

Kroll las die Begriffe laut und langsam vor.

Wiggins starrte auf den Bildschirm wie das Kaninchen auf die Schlange. »Das gibt's doch nicht. Der wollte einen Roman über Peter Eimnot schreiben!«

»Peter Eimnot?«, fragte der Kollege von der Spurensicherung.

»Liest du denn überhaupt keine Zeitung?«, rüffelte ihn Kroll. »Eimnot hat doch über Wochen und Monate die Schlagzeilen sämtlicher Zeitungen beherrscht! Das ist der Typ, der vor knapp zwei Jahren aus dem Knast entlassen wurde, weil sich nach 16 Jahren Haft herausgestellt hat, dass er unschuldig war.«

»Ist ja gut«, raunzte der Kollege freudlos und verließ das Büro. »Ich wollte eh schon lange Feierabend machen!«

»Und was bedeuten die anderen Begriffe?«, fragte Wiggins konzentriert.

»Keine Ahnung. L.E. ist doch so eine Bezeichnung für Leipzig. Das schreiben die Medien doch immer in Anlehnung an L.A.«

Wiggins dachte nach. »Kann sein. Kann auch was anderes sein. Und was bedeutet AGMS?«

»Du kannst Fragen fragen. Woher soll ich das wissen?«

Wiggins ließ sich nicht irritieren. »Und wer soll dieser Goran sein?«

»Ich hoffe, das kann uns Liane Mühlenberg erzählen.«

Wiggins sah zum wiederholten Male auf die Uhr. »Ich muss jetzt los. Die Werbung haben wir schon verpasst! Bis morgen.«

Kroll wandte seinen Blick nicht vom Bildschirm. Immer wieder las er die vier Begriffe. Was hatten sie zu bedeuten? Hatten sie überhaupt etwas zu bedeuten? Eimnot! Die Geschichte kannte er nur aus der Presse. Ein tragischer Fall von Justizirrtum. Ohne Frage ein guter Stoff für einen Roman. So etwas kam doch bestimmt an. Ein Mord, unaufgeklärt, ein Unschuldiger hinter Gittern, die Fehler der Justiz: alles sicherlich wunderbare Zutaten für einen Bestseller. Aber wurde Lachmann deswegen getötet? Und L.E.? Leipzig. Natürlich hatte Eimnot in Leipzig eingesessen, natürlich wurde das Verbrechen in Leipzig verübt, aber musste Lachmann sich das unbedingt notieren?

Kroll sah immer noch auf den Bildschirm. AGMS. Das musste eine Abkürzung sein. Aber für was? Er ging ins Internet und googelte sich durch. 215.000 Begriffe. Aber die Ergebnisse waren wenig erhellend: Anglo-German Medical Society, Avant-Garde Marketing Solutions oder Annual General Meetings.

Das machte alles keinen Sinn. Das Internet würde ihn wohl nicht weiterbringen. Zumindest nicht auf die Schnelle.

Seine Gedanken waren gerade zu Goran übergewechselt, als ihn der Klingelton seines Handys aus den Überlegungen riss. Er schaute aufs Display. *Claudia* blinkte auf. Kroll zögerte einen Moment, bevor er auf die grüne Taste drückte. »Hallo, Claudia!«

Sie meldete sich verzögert. »Hallo, Kroll … ich wollte mich nur mal melden.«

»Ja …« Claudia machte eine lange Pause, bevor sie weiterredete. »Du warst gestern in Kiel …«

»Du hast mich also gesehen?«

Wieder eine lange Pause. »Es ist nicht, wie du denkst, Kroll …«

»Du weißt also, was ich denke?«

Ihre Stimme wurde noch leiser. »Ich kann's mir vorstellen …«

Erneut entstand eine lange Pause, die Kroll unterbrach. »Hat sich echt gelohnt, die Fahrt nach Kiel.«

»Warum hast du nicht gesagt, dass du kommst?«

Kroll lag eine zynische Bemerkung auf den Lippen. Er schluckte sie hinunter. Es war schon genug Porzellan zu Bruch gegangen. Es machte keinen Sinn, den Scherbenhaufen noch weiter aufzutürmen.

»Ich brauch Zeit, Kroll …«

Kroll verdrehte die Augen. Das hatte er in dieser oder ähnlicher Form bereits zigmal gehört. Er wusste genau, dass diese Aussage der Anfang vom Ende war. »O.K. … du kannst dich wieder melden … wenn du meinst, dass du genug Zeit hattest, um zu wissen, ob dein Neuer der Richtige ist.«

Claudia ging auf die Bemerkung nicht ein. »Mach ich … Kroll?«

»Ja?«

»Ach nichts! Mach's gut!«

»Mach's gut!« Kroll sah wieder auf den Bildschirm. Er konnte sich aber nicht mehr konzentrieren. Für einen Moment überlegte er, ob er sich die Akte Eimnot noch bringen lassen sollte, verwarf den Gedanken aber schnell. Er fuhr den Computer herunter und ging nach Hause.

DREI

Kroll war schon um sieben Uhr im Büro, für ihn eine ungewöhnliche Zeit. Er hatte kaum geschlafen und lag seit fünf Uhr wach im Bett. Zwar hatte er in letzter Zeit nur wenig Schlaf gefunden, die aktuellen Ereignisse verdrängten jedoch sein Schlafbedürfnis. Es schwirrten einfach zu viele Gedanken in seinem Kopf herum: der neue Fall, der Druck, der nicht zuletzt durch die Medien auf ihnen lasten würde, die peinliche Äußerung in der Pressekonferenz und nicht zuletzt die Sache mit Claudia. Es hatte keinen Sinn, länger in den Federn zu bleiben. Also machte er sich auf den Weg ins Büro. Er ging die Tschaikowskistraße hinunter und kaufte sich beim Bäcker an der Ecke zwei belegte Brötchen. Er hatte keine Lust, sich alleine an den Frühstückstisch zu setzen. In Gedanken bereits bei der Arbeit, folgte er der Lessingstraße bis zum Dittrichring. Die Stadt schlief noch. Die Geschäfte öffneten erst in gut zwei Stunden, ihr Betrieb würde die morgendliche Ruhe in hektisches Treiben verwandeln. Ein Straßenkehrer in orangefarbener Uniform reinigte auf seiner Kehrmaschine die Fußgängerzone. Kroll ging den Ring entlang, an der Thomaskirche vorbei und bog hinter dem Neuen Rathaus Richtung Präsidium ab. Er genoss die frische Luft des Morgens.

Aus dem Archiv hatte er sich sämtliche Unterlagen bringen lassen, die mit Peter Eimnot zu tun hatten. Er biss in eins der Brötchen und schlürfte seinen Kaffee, während er in den Akten las.

Im Jahre 1982 nahm die tragische Entwicklung im Fall Peter Eimnot ihren Anfang. Der Student wurde 1957 in Leipzig geboren und war der einzige Sohn nigerianischer Einwanderer. Sein Vater, ein überzeugter Kommunist, war Ingenieur für Elektrotechnik und hatte gemeinsam mit seiner Frau beim VEB Kombinat Robotron in Leipzig gearbeitet. Eimnot war einer der wenigen dunkelhäutigen Menschen, die vor und kurz nach der Wende in Leipzig wohnten, ein Umstand, der ihm zum Verhängnis werden sollte.

Tatort war ein neu errichtetes Bürogebäude am Martin-Luther-Ring. Tatzeit war der 28. Juli 1982, 22.45 Uhr. Im dritten Stock wurde die Tochter eines bekannten Juweliers erdrosselt und ausgeraubt. Eimnot wurde beschuldigt, Annemarie Rosenthal, unmittelbar nachdem sie ihren Pkw bestiegen hatte, einen Schal um den Hals gewickelt und sie dadurch getötet zu haben. Anschließend soll er sein Opfer in den Kofferraum gelegt und mit dessen Pkw die Straße verlassen haben. Die Dienst habende Sicherheitsbeamtin hatte Eimnot beim Wegfahren zweifelsfrei wiedererkannt. Der Wagen von Annemarie Rosenthal wurde schon am nächsten Tag in einem Braunkohletagebaugebiet im Süden Leipzigs gefunden. Nach Auskunft des Juweliers Wilhelm Rosenthal fehlte ein Koffer mit wertvollem Schmuck, der versicherte Wert betrug 750.000 Ostmark. Die Bluse der Toten, die aus dem Kofferraum geborgen wurde, wies geringe Blutspuren auf.

Ein Gerichtsmediziner hielt es für denkbar, und zwar *›mit an Sicherheit grenzender Wahrscheinlichkeit‹*, dass es dem Opfer irgendwie noch gelungen sein musste, seinen Mörder zu beißen. Diese Annahme beruhte darauf, dass sich Annemarie offensichtlich mit der Bluse noch über den Mund gefahren war, denn neben den Blutflecken befanden sich Lippenstift und Speichel, der von der Toten stammte. Das Blut konnte ihr jedoch nicht zugeordnet werden. Tatsächlich befanden sich an Eimnots Unterarm frische Bisswunden, deren Herkunft er sich nicht erklären konnte. Er behauptete, am 28. Juli 1982 in den Leipziger Kneipen unterwegs gewesen zu sein. Sein Erinnerungsvermögen reichte allerdings nur bis circa 22.00 Uhr, danach hatte er einen alkoholbedingten Filmriss. Er besaß also für die Tatzeit kein Alibi. Eimnot konnte nur vermuten, dass er sich die Bisswunden am Unterarm zugezogen hatte, als er gegenüber einer jungen Dame zudringlich geworden war. Die Ermittlungen der Polizei, die wohl nicht allzu gründlich durchgeführt wurden, bestätigten diese Einlassung nicht.

Die Indizien belasteten Eimnot schwer: Er hatte kein Alibi, die Sicherheitsbeamtin hatte ihn wiedererkannt und die Bisswunde am Unterarm konnte er sich nicht erklären. Diesem Druck war er nicht gewachsen. Irgendwann begann er, selbst an seiner Unschuld zu zweifeln. Er hatte kein Erinnerungsvermögen, also konnte er sich auch nicht absolut sicher sein, dass er es *nicht* war. Er erfand immer neue Geschichten, die allesamt widerlegt wurden. Zuletzt hatte er sich sogar ein falsches Alibi von einer Bekannten geben lassen, die gegenüber der Polizei zu Protokoll gegeben hatte, dass Eimnot am Tattag ab 22.00 Uhr bei ihr gewesen sei. Diese Angabe ließ sich leicht widerlegen, da die Bekannte zu dieser Zeit auf einer Party gesehen wurde, sie war der Anlass für Eimnots Verurteilung. Warum sollte sich ein Unschuldiger ein falsches Alibi besorgen? Der Prozess war kurz: Lebenslänglich plus Sicherheitsverwahrung.

Krolls Kaffeetasse war längst leer. Er nippte gedankenversunken an dem leeren Becher und überlegte, ob er sich einen frischen Kaffee holen sollte. Er entschied sich jedoch dazu, weiterzulesen. Zu sehr nahm ihn die Geschichte des Studenten gefangen.

Die Zeit im Gefängnis und das viele Nachdenken hatten Eimnot neuerlich zu der festen Überzeugung kommen lassen, dass er mit der ganzen Sache nichts zu tun hatte. Er beschwor unaufhörlich seine Unschuld. Er begann damit, Briefe an alle möglichen Personen zu schreiben, von denen er sich Hilfe erhoffte. An den Bundeskanzler, den Bundespräsidenten, die Justizminister des Bundes und der Länder, die Ministerpräsidenten, an Prominente, an Organisationen, die Zeitungen und sogar an den Papst. Diese unbändigen Aktivitäten führten dazu, dass die Organisation *Prison Rights Watch* auf den Fall aufmerksam wurde, die ihre vorzüglichen Medienkontakte nutzte, um Eimnot in die Schlagzeilen zu bringen. Hinzu kam das Wahljahr. Der Justizminister des Freistaates Sachsen wagte einen zeitgemäßeren Schritt. Neue Methoden, die im Jahre 1982 noch unbekannt waren, brachten ein überraschendes Ergebnis: Die DNA des Blutes auf der Bluse von Annemarie Rosenthal war nicht identisch mit der von Eimnot. Eine nicht mehr aufzuhaltende Maschinerie wurde in Gang gesetzt. Der Druck der Medien auf die Politik war nicht mehr einzufangen. Die Leiche der Juwelierstochter musste exhumiert werden. Sie war mittlerweile vollständig verwest, nur die Knochen und die Zähne waren noch zu bergen. Aber das reichte: Die Staatsanwaltschaft gab drei Gutachten in Auftrag, um zu klären, ob die Narben an Eimnots Unterarm vom Gebiss der Toten stammen konnten. Die Gutachten wurden von den Direktoren der Gerichtsmedizinischen Fakultät der Universitäten Münster, Hamburg und Berlin erstellt. Alle drei kamen zu demselben Ergebnis: Es gab kleine, aber nicht unwesentliche Abweichungen. Die Bisswunden stammten zweifelsfrei nicht von der Toten.

Das Verfahren wurde neu aufgerollt. Plötzlich gab es nichts mehr, was gegen Eimnot sprach. Die wesentlichen Indizien, das Blut und die Bisswunde, waren widerlegt. Die Zeugin, die ihn wiedererkannt hatte, war zwischenzeitlich verstorben. Und war es nicht allzu verständlich, dass ein Mensch, der derart in die Enge getrieben wurde, versuchte, sich mit einem falschen Alibi zu retten? Das war zumindest die Überzeugung des Professors, der beauftragt wurde, ein psychologisches Gutachten zu erstellen. Das Urteil war reine Formsache. Dem Justizminister nützten seine Entschuldigungen nichts mehr. Er musste die politische Verantwortung für diesen Justizskandal übernehmen und sein Amt zur Verfügung stellen.

»Morgen!« Wiggins stürmte herein.

»Auch so! Wie war's im Kino?«

Wiggins ging auf Krolls Schreibtisch zu. Ihm waren die Dokumente aufgefallen, die dort lagen. »Wir haben's ausfallen lassen. Nicole hatte plötzlich keine Lust mehr. Wir waren ohnehin spät dran. Was sind denn das für alte Akten?«

»Alle über Eimnot. Interessante Geschichte!« Kroll ging zum Kaffeeautomaten und goss zwei große Tassen ein. Im Anschluss erzählte er Wiggins die Geschichte über den unschuldig verurteilten Studenten, zumindest so weit, als Kroll sich selbst einen Überblick verschaffen konnte.

Wiggins war beeindruckt. Er brauchte einen Moment, um sich zu sammeln. »Also gut … das ist eine außergewöhnliche Angelegenheit … natürlich eignet die sich erstklassig als Vorlage für einen Kriminalroman …«

Kroll unterbrach ihn. »Warum glaubst du das?«

Wiggins war zuerst überrascht, beim längeren Nachdenken wusste er auf einmal selbst nicht mehr genau, warum er spontan so reagiert hatte. »Du meinst … warum? Na ja, du hast einen Mord, ein unschuldiges Opfer, ein Happy End … ich glaube schon, dass man daraus einen guten Krimi stricken kann.«

Kroll gefiel es, zu widersprechen. »Aber das Wichtigste, das Elementarste eines Kriminalromans, hat diese Story doch gerade nicht!«

Wiggins nickte. »Ich weiß, was du meinst. Der Leser will natürlich wissen, wer der Täter ist.«

Kroll stellte die Kaffeetasse auf den Tisch. »Das ist für mich das A und O. Wenn Lachmann sich entschlossen hat, einen Krimi aus der Geschichte zu machen, kommen doch nur zwei Alternativen in Betracht …«

Wiggins führte den Satz zu Ende. »Entweder er hatte vor, etwas zu erfinden, oder er hatte Dinge herausbekommen, die nicht in diesen Akten stehen!«

»Da bin ich mir ganz sicher!«, bestätigte Kroll seinem Kollegen.

»Wir dürfen diese Spur keinesfalls aus den Augen lassen. Wir müssen auf jeden Fall mit Eimnot reden, mit den ermittelnden Beamten und vor allem müssen wir herauskriegen, wer dieser Goran ist.«

Wiggins' Handy klingelte und er nahm das Gespräch an. Nach wenigen Sätzen legte er auf. »Das war Liane. Sie ist wieder zu Hause und will uns sprechen!«

Liane Mühlenberg öffnete den Polizisten die Wohnungstür. Körperlich schien sie bereits halbwegs wiederhergestellt zu sein. In ihrem Gesicht allerdings spiegelte sich deutlich der Schmerz über den Tod ihres Lebensgefährten wider. Die langen schwarzen Haare hatte sie streng zu einem Pferdeschwanz gebunden, wobei es ihr nicht gelungen war, alle einzufangen. Sie war ungeschminkt, sodass ihre helle Haut unverhüllt zum Vorschein kam. Ihre Lippen waren rau. Sie trug eine Art Kimono, der lustlos an ihrer hageren Figur wie an einem Kleiderständer herunterhing, ohne eine weibliche Rundung aufzunehmen. Im Ausschnitt erkannte man die hervorstehenden Knochen des Schlüsselbeins. Wiggins nahm sie in den Arm und begrüßte sie mit einem Kuss auf die Wange, Kroll gab ihr die Hand. Sie setzten sich in die Küche.

»Ich hoffe, es geht wieder einigermaßen«, eröffnete Wiggins das Gespräch.

»Der Arzt im Krankenhaus hat gesagt, dass ich gesund bin!«

Wiggins suchte ihre Augen. »Das wird bestimmt noch eine Weile dauern. Wenn ich dir helfen kann, sag bitte Bescheid.«

»Ich weiß nicht, ob ich das alles jemals begreifen kann.« Sie atmete tief durch, um einem Weinkrampf vorzubeugen. »Ich kapier einfach nicht, was da passiert ist. Von jetzt auf gleich. Von einer Sekunde auf die andere. Was ist da bloß geschehen, Wiggins?«

Wiggins konnte die Frage nicht beantworten. Liane hatte keine Auskunft erwartet.

»Weißt du, die Zeit im Krankenhaus war schrecklich. So allein … mit meinen Gedanken. Wir haben so viel erlebt. Wir haben doch alles zusammen gemacht.« Nun ließ sie ihren Tränen freien Lauf. »Wir waren doch so ein gutes Team. Er hat geschrieben und ich habe mich um den Rest gekümmert. Wir haben uns so geliebt. Könnt ihr euch vorstellen, wie ein berühmter Autor angemacht wird? Aber er hatte keine Augen dafür. Da war gar nichts. Er hat sich nicht einmal nach einer anderen Frau umgedreht.«

Kroll und Wiggins merkten, dass Liane jemanden zum Reden brauchte. Sie unterbrachen sie nicht.

»Es war so schön. Willi war ja nicht immer berühmt gewesen. Als wir uns kennenlernten, hatte er gerade mal 3.000 Bücher verkauft. Wir haben von meinem kleinen Gehalt gelebt. Aber das war uns egal! Wir brauchten doch nicht viel. Wir hatten uns und das war alles, was wir wollten. Und dann kam der Erfolg wie ein Geschenk Gottes. Er verkaufte immer mehr Bücher. Das war so schön. Sein Traum, sein Lebenswerk ging langsam in Erfüllung. Aber nicht von heute auf morgen, sondern bedächtig, Schritt für Schritt. Er war so glücklich, wir waren so glücklich!« Sie nippte an dem Tee, der vor ihr stand. »Die erste Reise zu einem ausländischen Übersetzer ging nach Mailand. Ausgerechnet Mailand! Könnt ihr euch vorstellen, was das für ein Gefühl war? Die kleine Liane und der kleine Autor waren auf einmal in Italien … und wir haben es genossen. Wir waren die Könige, zumindest haben wir uns so gefühlt!«

»Willi hat mir oft von Mailand erzählt«, bestätigte Wiggins. »Das war bestimmt ein ganz besonderes Erlebnis für euch beide.«

»Ich könnte euch so viele Geschichten erzählen. Das erste Mal Amerika, das erste Mal Platz eins in den Bestsellerlisten, der erste Preis … aber deshalb habe ich dich nicht angerufen.«

Wiggins konnte nicht einschätzen, ob es der richtige Zeitpunkt war, über den Fall zu reden. Er wartete, bis Liane fortfuhr.

»Ich will wissen, wer Willi umgebracht hat. Ich finde bestimmt keine Ruhe, bis ihr den Mörder geschnappt habt. Und dabei will ich euch helfen.« Zum ersten Mal sah sie Kroll an. »Oh, Entschuldigung. Ist es in Ordnung, wenn wir *du* zueinander sagen?«

»Kein Problem«, beruhigte sie Kroll.

»Fragt mich bitte, was ihr wissen müsst.«

Wiggins sah Kroll an. Offensichtlich war es ihm lieber, dass sein Kollege den dienstlichen Teil übernahm.

Krolls Stimme war einfühlsam. Er gab sich Mühe, auf den Zustand der Trauernden einzugehen. »Liane, wir konnten in Erfahrung bringen, dass Willi Lachmann für einige Unruhe in der Verlagsszene gesorgt hat. Zeitraub wollte ihn unbedingt halten und Zuckerblume hatte Angst vor einer feindlichen Übernahme.«

Liane stand auf und holte einen Leitzordner aus dem Regal im Wohnzimmer. »Jetzt zeig ich euch mal was!« Schnell fand sie, wonach sie gesucht hatte. »Das ist der erste Vertrag, den Willi mit einem Verlag abgeschlossen hat, einem sehr kleinen Verlag, den es gar nicht mehr gibt.« Sie fuhr mit dem Finger über eine Seite und blätterte um, um den Finger auch die zweite Seite herunterfahren zu lassen. »Das ist nur Paragraf fünf, Rechteübertragung. Jetzt habt ihr vielleicht eine Vorstellung, über was wir hier reden.«

Wiggins war erstaunt. »Ich dachte, ein Verlag macht Bücher?«

»Wenn das so einfach wäre!« Liane war in ihrem

Element. Die berufliche Ablenkung schien die Trauer zu überlagern. »*Bücher* bedeutet, die erste Ausgabe kommt als Hardcover und, wenn der Markt sich ein wenig beruhigt hat, folgt die Taschenbuchausgabe. Da hätten wir schon mal zwei Rechte. Aber es geht weiter: Denn da hast du noch kein Hörbuch, keine CD, keine Kassette!«

Wiggins sah Kroll nachdenklich an.

Liane fuhr fort. »Aber da sind wir noch lange nicht am Ende. Ich mach's kurz: Wir hatten eine sehr konkrete Anfrage vom Fernsehen, beste Sendezeit: Der Samstag- oder Sonntagabend. Aber das ist noch nicht alles! Aus Amerika kam das Interesse, Willis Roman ›Wolfsangeln‹ zu verfilmen. Das sind keine Peanuts! Es geht um bares Geld … um sehr viel Geld!«

Wiggins schüttelte den Kopf. »Und sonst …?«

»Na ja, es geht hier nicht nur um Deutschland, sondern um die wichtigsten Märkte in der Welt: USA, Frankreich, England, Italien, Japan und natürlich China.« Liane musste für einen Augenblick lächeln. »Die Japaner lieben zwei Deutsche: Bach und Lachmann.«

»Kann das alles denn überhaupt ein Verlag wie Zeitraub oder Zuckerblume bewältigen?«, fragte Kroll neugierig.

Liane schlürfte ihren Tee. »Den deutschen Markt sicherlich, aber nur was die Buchrechte angeht. Die ausländischen Titel werden ohnehin über Kooperationsverlage abgewickelt.«

»Und da gab es doch bestimmt das erste Problem«, orakelte Kroll.

»Ganz richtig! Der Chef von Zeitraub, dieser schnöselige Gutbrot, hat sich natürlich alles zugetraut, was nach Geld riecht! Und wollte auch alles haben.« Liane stand auf und schenkte sich Tee nach. »Aber da gab es ja noch mich! Ich habe Gutbrot von Anfang an zu verstehen gegeben, dass es hier nur um den deutschen Markt und auch nur um die Buchrechte geht.«

»Da war der wohl nicht begeistert«, prophezeite diesmal Wiggins.

Liane Mühlenberg wog den Kopf hin und her. »Dem blieb eigentlich nichts anderes übrig, als unsere Bedingungen zu akzeptieren. Er musste Willi auf jeden Fall halten und der deutsche Markt war immerhin besser als gar nichts. Ich glaube, mit dem Spatz in der Hand wäre der schon zufrieden gewesen ... das war ja auch ein fetter Spatz!«

»Und Zuckerblume?«, hakte Wiggins nach.

Liane verzog den Mund zu einem Lächeln. »Der kleine Eigenrauch ist schon ein komischer Vogel! Dem war alles egal. Der hat uns gesagt, er will den Lachmann unbedingt haben, Vertragsbedingungen seien egal, er wolle nur keinen Verlust machen. Wir sollten ihm nur die Buchrechte geben und schriftlich bestätigen, dass wir keinen Fuß mehr in den Zeitraub-Verlag setzen!«

»Du weißt bestimmt, warum!«, warf Kroll ein.

»Na klar, der Gutbrot wollte den schlucken! Aber Eigenrauch ist ein dicker Happen, im wahrsten Sinne des Wortes!«

»Und wie hat Willi reagiert?«, fragte Wiggins.

»Dem war das alles ziemlich egal. Der Eigenrauch hatte natürlich geringfügig bessere Bedingungen. Aber für Willi war Geld nicht so wichtig. Ich hatte den Eindruck, Eigenrauch hatte ihn an seiner sozialen Ader gepackt. Und das zählte schon mehr.« Liane strich sich die Haare aus dem Gesicht. »Darüber hinaus gab es natürlich noch ganz andere Kandidaten, vor allem die aus Hamburg und München.«

»Aber Willi muss doch eine Meinung gehabt haben!«

Liane zuckte mit den Schultern. »Das war schwierig. Der Eigenrauch war ihm durchaus sympathisch. Andererseits gab es gute Gründe, die für Zeitraub sprachen. Immerhin hatte er jahrelang mit dem Verlag zusammengearbeitet und er hatte eine Lektorin, von der Willi überzeugt war. Das ist nicht zu unterschätzen. Jeder Autor ist auf ein gutes Lektorat angewiesen und die Zusammenarbeit zwischen Autor und Lektor ist nicht immer so einfach. Da macht kein Autor gerne Experimente. Das war mit Sicherheit Gutbrots größtes Pfand.«

»Bis wann musste Willi sich entscheiden?«, wollte Kroll wissen.

Liane winkte ab. »Sein nächster Roman sollte zur Leipziger Buchmesse im kommenden Jahr erscheinen. Für die Vertragsunterzeichnung hätten wir mit Sicherheit noch ein halbes Jahr Zeit gehabt.«

»Ein halbes Jahr Zittern und Bangen für Gutbrot«, überlegte Wiggins laut.

Die Polizisten beschlossen, den pensionierten Kollegen Bernd Vogelsang, inzwischen 85 Jahre, aufzusuchen. Vogelsang war Witwer, er litt an einer schweren Arthrose, die ihn an einen Rollstuhl fesselte. Kroll kannte Vogelsang gut, weil er ihm zu Beginn seiner Laufbahn für drei Jahre zur Ausbildung zugeteilt war. Für Kroll sehr wertvolle Jahre, in denen er viel gelernt hatte.

Kroll wusste, dass sein alter Ausbilder inzwischen in einem Seniorenheim wohnte. Zu ihrer Überraschung fanden sie heraus, dass es sich hierbei um die Herbstvilla handelte, dem sozialen Projekt von Willi Lachmann.

Vogelsang wurde gerade mit einem Lift aus dem Schwimmbad gehoben und im Anschluss von einem Pfleger auf einer Liege sitzend abgetrocknet. Danach half ihm der Pfleger in die Freizeitkleidung und hievte den alten Mann mit einer geübten Bewegung in den Rollstuhl. Kroll und Wiggins hielten sich bewusst im Hintergrund auf. Sie wussten, dass es ihrem alten Kollegen sicherlich unangenehm sein würde, wenn sie ihn in so einem hilflosen Zustand sahen.

Sie gingen auf den ehemaligen Polizisten zu, als er sich im Rollstuhl aus dem Schwimmbadbereich entfernte. Vogelsang war überrascht, Kroll wiederzusehen. »Das gibt's ja nicht! Mein Lieblingsschüler Kroll! Wie komme ich zu der Ehre?«

»Hallo, Bernd.« begrüßte Kroll seinen ehemaligen Ausbilder und zeigte auf Wiggins. »Das ist mein Kollege …«

»Ich weiß, ich weiß!«, wehrte Vogelsang ab. »Glaubt ihr etwa, ich lese keine Zeitung? Auch wenn ich jetzt in einer Seniorenresidenz wohne, gebe ich mir immer noch Mühe, das Tagesgeschehen zu verfolgen. Glaubt bloß nicht, dass ihr mit einem verkalkten Greis redet.«

Kroll erkannte sofort, dass Vogelsang Recht hatte. Seinem scharfen Verstand war das Alter nicht anzumerken. Er versuchte das Gespräch aufzulockern. »Du machst mir nicht den Eindruck, als wärst du ein alter Tattergreis! Aber ich wusste ja schon immer, dass du eine rege Person bist. Geht's dir gut?«

Vogelsang schlug mit der Hand auf seinen Oberschenkel. »Ein guter Tipp unter Kollegen! Wenn eure Beine nicht mehr so wollen wie euer Kopf, dann seht bloß zu, dass ihr euch entweder aus dieser Welt verabschiedet oder ebenfalls hierhin verpflanzen lasst. Das ist der Mercedes unter den Sterbehotels!«

Kroll betrachtete seinen ehemaligen Ausbilder nachdenklich. Ihn plagte ein schlechtes Gewissen, weil er sich in den letzten zehn Jahren nicht mehr um Vogelsang gekümmert hatte, ihn nicht einmal besucht hatte. Vor zehn Jahren war Vogelsangs Frau gestorben, die ihn bis ans Ende ihrer eigenen Kräfte versorgt und gepflegt hatte. Weil sie keine Kinder hatten, wurde mit dem Tod der Frau die Einlieferung in ein Seniorenheim unausweichlich. Für Vogelsang war das bestimmt eine außergewöhnliche Belastung in einer schmerzvollen Situation. Und Kroll hatte nicht ein einziges Mal Zeit für einen Besuch gefunden. Das war wirklich beschämend.

Vogelsang schien Kroll seine Vernachlässigung nicht übel zu nehmen, er war noch nie nachtragend gewesen. Sein Ton war freundlich. »Ich glaube, man muss nicht einmal bei der Polizei gewesen sein, um zu erraten, warum ihr hier seid!«

Kroll munterte ihn mit einer Handbewegung auf fortzufahren.

»Peter Eimnot!«, kam es daraufhin wie aus der Pistole geschossen.

»Wie kommst du darauf?«, fragte Kroll.

»Weil man mich mit dieser Geschichte nervt, seit der Fall Eimnot wieder aufgerollt wurde.« Er dachte nach. »Eigentlich hatte das auch seine Vorteile. Horden von Journalisten sind über mich hergefallen. Das war eine ganz willkommene Abwechslung zu dem Leben im Heim.« Er lächelte. »Hat mir sogar einen Heiratsantrag von einer Mitbewohnerin eingebracht, aber die war noch älter als ich.«

»Und ... was hältst du von der Sache?«, fragte Kroll.

Vogelsang zuckte mit den Schultern. »Keine Ahnung. Im Nachhinein sieht es so aus, als hätte ich mich da tatsächlich nicht mit Ruhm bekleckert.«

Kroll hakte nach. »Aber Bernd, das ist doch zu einfach. Du warst einer unserer besten Leute. Dir hat doch niemand etwas vorgemacht. Du warst die Gründlichkeit in Person.«

Vogelsang schien durch die Polizisten hindurchzusehen. »Ach Kroll! Der Nachteil an diesem Leben hier ist, dass man einfach viel zu viel Zeit zum Nachdenken hat. Weißt du, wie oft ich mir den Kopf über diesen Fall zerbrochen habe? Ich denke, der wird mich noch bis an mein Lebensende beschäftigen.« Er richtete sich auf. »Da waren natürlich die erdrückenden Indizien: Die Parkplatzwärterin hatte ihn erkannt, er hatte diese Bisswunde am Arm, die er sich nicht erklären konnte … und als zu allem Überfluss sein Alibi aufflog, kam das einem Schuldeingeständnis gleich. Auf der anderen Seite war die Kriminaltechnik noch nicht so weit wie heute. Eine DNA-Untersuchung des Blutes kannten wir früher noch nicht. Und dass heute Experten noch Gebissabdrücke anhand von Narben zuordnen können, ist im Vergleich zur Technik von früher eine Revolution.«

Kroll ließ nicht locker. »Und was glaubst du jetzt?«

Vogelsang musste nicht lange überlegen. »Ich glaube nach wie vor, er war es, Kroll.« Er lächelte verlegen. »Aber nenne es von mir aus Altersstarrsinn oder die fehlende Fähigkeit eines Menschen, der ohne Zweifel nicht mehr lange zu leben hat, kurz vor dem Ende einzugestehen, dass er einen Riesenfehler gemacht hat, der einen Menschen für viele Jahre unschuldig hinter Gitter gebracht hat.« Er sah seinen früheren Kollegen hilflos an. »Es ist verdammt schwierig, Kroll!«

Für einen Moment trat eine beklemmende Stille ein, die Vogelsang selbst unterbrach. »Seid ihr denn jetzt mit dem Fall Eimnot beschäftigt?«

Wiggins schaltete sich zum ersten Mal in das Gespräch ein. »Herr Vogelsang, wir kommen gar nicht wegen Peter Eimnot, zumindest nicht unmittelbar. Sie haben doch bestimmt bereits davon gehört, dass Willi Lachmann erschossen wurde.«

»Ich heiße Bernd!«, korrigierte ihn der pensionierte Kollege.

»Ja, natürlich … vielen Dank. Also, Bernd … du hast doch bestimmt schon von Lachmanns Tod erfahren?«

Die Frage amüsierte Vogelsang. »Ihr wisst doch, wo wir hier sind? Glaubt ihr etwa, es gibt noch ein anderes Gesprächsthema?«

Jetzt musste auch Kroll schmunzeln.

Wiggins versuchte, beim Thema zu bleiben. Er kramte in seinen Notizen. »Wir haben in Lachmanns Wohnung Aufzeichnungen gefunden, bei denen wir davon ausgehen müssen, dass es sich um Stichpunkte für seinen nächsten Roman handelt.« Er gab Vogelsang den Zettel mit den vier Begriffen. Der alte Mann überlegte laut, während er auf das Papier sah.

»Peter Eimnot. Wollte der tatsächlich einen Roman über Peter Eimnot schreiben?«

»Davon müssen wir ausgehen, zumindest bis wir neue Anhaltspunkte haben. Aber Lachmann war halt Schriftsteller. Warum sonst sollte er sich den Namen notiert haben?«

»War er mal bei dir?«, insistierte Kroll.

Vogelsang schüttelte den Kopf.

»Aber das hätte doch nahegelegen. Der ermittelnde Beamte, hier in seinem Reich!«

Bernd Vogelsang verneinte erneut. »Er war definitiv nicht bei mir … vielleicht hat das alles auch gar nichts zu bedeuten!«

Wieder verging ein Moment der Stille.

»Und die anderen Begriffe?«, fragte Wiggins.

Vogelsang sah sich erneut die Notizen an. »Na ja … L. E. steht wohl für Leipzig. Goran?« Er schüttelte abermals den Kopf. »Keine Ahnung. Und dieses AGMS … ne, Freunde, da habe ich keinen blassen Schimmer.« Er gab Wiggins den Zettel zurück. »Tut mir leid, dass ich euch nicht mehr helfen konnte.«

»Goran klingt nach dem ehemaligen Jugoslawien«, überlegte Kroll laut.

»Ja, das glaube ich auch. Aber mehr kann ich dazu wirklich nicht sagen.«

Die Polizisten verabschiedeten sich und Kroll nutzte die Gelegenheit, seinem ehemaligen Ausbilder nochmals die Hand zu schütteln. »Ruf mich bitte an, wenn dir noch etwas einfällt.«

Die Dienstbesprechung der SOKO ›Autor‹ war für 13 Uhr angesetzt. Die einzelnen Gruppen berichteten von ihrer bisherigen Arbeit, jedoch ohne nennenswerte Ergebnisse zu präsentieren. Kroll entschloss sich, die Gruppen neu einzuteilen. Er beauftragte ein Team, ausschließlich die Notizen Lachmanns zu recherchieren. Die Leitung dieser Gruppe übertrug er Volker Schöck und Oskar Jäger.

Peter Eimnot wohnte in einer kleinen Zwei-Raum-Wohnung im Leipziger Plattenbauviertel Grünau.

Kroll und Wiggins hatten Mühe, die Wohnungstür in der neunten Etage zu finden, weil weder im Flur noch in den Aufzügen entsprechende Hinweise angebracht waren. Eimnot öffnete ihnen in einem grauen Jogginganzug die Tür. Seine Begeisterung über den Besuch der Polizisten hielt sich in Grenzen, dennoch führte er die Kommissare in sein Wohnzimmer. Sie setzten sich auf ein abgewetztes Sofa. Eimnot schaltete den Fernseher aus und griff nach der Flasche Bier, die vor ihm auf dem Tisch stand. Dann zündete er sich eine Zigarette an. Die Zeit im Gefängnis war nicht spurlos an ihm vorübergegangen. Seine kurzen, lockigen Haare waren ergraut, sein Körper war aufgeschwemmt, seine schiefe Haltung ließ auf ein Rückenleiden schließen.

Er stellte die Bierflasche auf den Tisch zurück. »Sie können sicher verstehen, dass ich nach meinen Erfahrungen mit der hiesigen Polizei nicht böse bin, wenn ich die geballte Ordnungsmacht höchstens noch aus der Ferne sehe.«

Kroll war bemüht, die Situation zu entschärfen. »Das kann ich gut verstehen. Ich hoffe nur, Sie verteufeln jetzt nicht die gesamte Polizei. Sicherlich wurden in Ihrem Fall Fehler gemacht. Das ist sehr bedauerlich. Aber es gibt noch wichtige Aufgaben für die Polizei zu erledigen.«

»Bedauerlich!«, lachte Eimnot. »Ich saß 16 Jahre unschuldig im Knast und Sie finden das bedauerlich.«

»Wir sind nicht gekommen, um über Ihre Vergangenheit zu reden«, versuchte Wiggins, das Thema zu wechseln.

»Ist mir eigentlich ganz angenehm.« Eimnot griff wieder nach der Bierflasche. »Sie sind doch bestimmt wegen dem toten Autor hier.«

Kroll konnte seine Überraschtheit nicht verbergen. »Wie … wie kommen Sie denn darauf?«

Eimnot stand auf und holte aus einem Regal ein paar Zeitungen. »Hier! Die habe ich alle gesammelt. Der Mord ist immerhin das Topthema in den Zeitungen. Weiß die Polizei eigentlich schon, wer ihn auf dem Gewissen hat?«

Wiggins verneinte. »Aber warum glauben Sie, dass wir gerade mit Ihnen über Willi Lachmann sprechen wollten?«

»Sie werden doch herausgefunden haben, dass der einen Roman über meine Geschichte schreiben wollte!«

»Ja, aber woher wissen Sie das?«, fragte Kroll.

»Ja, weil er es mir erzählt hat, natürlich.«

»Er war also bei Ihnen?«

»Ja, hier in meiner Wohnung.« Eimnot deutete mit der Bierflasche auf das Sofa. »Hat da gesessen, wo Sie jetzt gerade sitzen.«

»Und wie oft hat er Sie besucht?«

Peter Eimnot überlegte. »Drei-, vielleicht viermal.«

Kroll stand auf und ging zum Fenster. »Und über was haben Sie sich unterhalten?«

»Über meinen Fall natürlich. Unschuldig im Knast! Das ist doch ein netter Stoff für eine Abendunterhaltung.« Er lachte hämisch. »Zu irgendetwas musste mein Schicksal ja getaugt haben.«

»Was genau haben Sie ihm erzählt?«

»Meine ganze Geschichte. Von der Festnahme, den Verhören, über die Gerichtsverhandlung und natürlich mein Leben im Knast. Keine besonders lustige Erzählung. Aber Lachmann wollte alles haargenau wissen. Der war an jeder Kleinigkeit interessiert. Noch viel mehr als die Journalisten, die mich interviewt haben.«

»Können Sie sich das erklären?«, fragte Wiggins.

»Ich glaube, der wollte einfach nur recherchieren. War eben ein gründlicher Mensch. Der Lachmann war auch sonst in Ordnung.«

Eimnot rieb mit dem Daumen über den Zeigefinger. »Hat mir immer was mitgebracht. Geizig war der nie!«

Kroll lehnte sich an die Fensterbank. »Hat Lachmann mal den Namen Goran erwähnt?«

»Nicht, dass ich wüsste!«

»Kennen Sie einen Goran?«, hakte Wiggins nach.

»Ich kenne niemanden«, war die knappe Antwort.

»Und sagt Ihnen die Abkürzung AGMS etwas?«

»Nie gehört.«

»Worüber haben Sie außerdem geredet?«, wollte Kroll wissen.

»Über Gott und die Welt.«

»Geht es ein bisschen genauer?«

Eimnot steckte sich eine Zigarette an. »Eins war in der Tat eigenartig. Der Lachmann wollte von mir immer wissen, ob ich etwas über den Mord von damals wusste. Aber da war der bei mir natürlich an der falschen Stelle. Ich habe die Tat schließlich nicht begangen, wie sich Gott sei Dank herausgestellt hat.« Er streifte die Asche ab. »Ganz hartnäckig hat er mich immer gefragt, ob ich wüsste, wer das kleine Mädchen war. Aber wie gesagt. Das war nicht meine Baustelle.«

Kroll ging auf Eimnot zu. »Was für ein kleines Mädchen?«

»Der Lachmann meinte, bei dem Mord im Bürogebäude damals habe noch ein Kind auf dem Rücksitz gesessen. Aber fragen Sie nicht mich. Wie gesagt, ich war nicht dabei.«

Wiggins gab sich mit der Antwort nicht zufrieden. »Was war Ihre Reaktion?«

Eimnot schien das Thema unangenehm zu werden. »Ich sagte Ihnen doch bereits, dass ich mit dem Mord von damals nichts zu tun hatte. Geht die Scheiße etwa schon wieder los?« Er griff demonstrativ nach seiner Bierflasche.

Kroll ließ den Motor des Dienstwagens nicht an. Er wollte sich noch mit Wiggins abstimmen, bevor er losfuhr. »Von einem Kind auf dem Rücksitz steht nichts in den Akten. Warum nicht?«

»Das kann zwei Gründe haben: Entweder sollte etwas verheimlicht werden oder das Mädchen gab es gar nicht. Ein Romanautor ist jetzt auch nicht gerade die belastbarste Quelle.«

Krolls Zweifel wurden immer größer. »Woher wusste Lachmann von dem Mädchen und vor allem, warum taucht das Kind verdammt noch mal nicht in den Akten auf?« Er startete den Motor. »Ich werde das Gefühl nicht los, dass der Mord an Lachmann und der Fall Annemarie Rosenthal zusammenhängen … was hat der Lachmann nur herausgefunden?«

»Ein Königreich für das verschwundene Manuskript«, bemerkte Wiggins lakonisch.

Kroll schlug mit der Hand auf das Lenkrad. »Aber das ist doch genau das, was ich meine! Der Lachmann schnüffelt in einem Verbrechen herum, das über 20 Jahre zurückliegt. Und seine Aufzeichnungen darüber sind weg. Und uns stellen sich mehr Fragen als Antworten! Wir müssen noch mal mit Liane sprechen.«

Wiggins rief Lachmanns Lebensgefährtin auf dem Handy an und erfuhr, dass sie gerade in der Innenstadt war und Einkäufe erledigte. Sie verabredeten sich am Bachdenkmal auf dem Thomaskirchhof.

Das eiserne Abbild des großen Komponisten, der hinter seiner Orgel stand, schien auf sie herabzublicken. Sie hatten sich auf eine Bank gesetzt. Die hohen Mauern der Thomaskirche spendeten kühlen Schatten.

Liane sah zum Denkmal. »Wisst ihr, wie oft Willi mit Bach verglichen wurde? Der schreibende Bach … der Schriftsteller, der seine Sätze platziert wie Bach seine Fugen … der Autor, der die Melancholie der Matthäuspassion in Worte fasst … und all so ein Mist. Willi war das peinlich. Er sagte immer, wenn man ihn mit Bach vergleiche, sei das so, als würde man den Absolventen eines Erste-Hilfe-Kurses mit Robert Koch auf eine Stufe stellen. Willi hat oft Bach beim Schreiben gehört. Damit konnte er besser abschalten.«

Liane lachte. »Ich glaube, bei seinem letzten Manuskript habe ich mir monatelang die Goldbergvariationen von Glenn Gould anhören müssen. Aber gerade diese ständigen Wiederholungen, bei denen er unablässig etwas Neues entdeckte, hatten Willi wohl ganz besonders inspiriert.«

Kroll griff das Thema auf. »Sein letztes Manuskript, das ja leider verschwunden ist, ist ein gutes Stichwort. Wir sind uns jetzt ziemlich sicher, dass Willi Lachmann an der Geschichte von Peter Eimnot dran war und vor allem auch an dem Mord von Annemarie Rosenthal. Es ist kein Zufall, dass gerade dieses Manuskript gestohlen wurde und sonst nichts!«

Liane Mühlenberg war verunsichert. »Aber ich habe euch doch bereits gesagt, dass Willi nie mit mir über seine laufenden Arbeiten gesprochen hat.«

»Wirklich keinen Ton?«, fragte Wiggins.

»Keinen Ton!«, wiederholte Liane. »Er wollte sein Ding ohne den geringsten Einfluss von außen machen. Erst wenn seine Arbeit abgeschlossen war, hat er mit anderen drüber gesprochen oder sein Manuskript zum Korrekturlesen herausgerückt. Das war der früheste Zeitpunkt, zu dem ich von seinem aktuellen Projekt erfahren habe.«

Wiggins wollte das nicht glauben. »Aber Liane! Willi hat an einem der spektakulärsten Kriminalfälle der letzten Jahre recherchiert und er hat mit dir auch nicht ein Sterbenswörtchen darüber geredet. Das ist wirklich kaum vorstellbar!«

Liane zuckte mit den Schultern. »Willi war da ein gebranntes Kind. Bei seinem ersten Roman hat er den Stoff mit allen möglichen Leuten besprochen. Mit seinen engsten Freunden, mit seiner Familie und, und, und. Das Resultat war, dass jeder glaubte, die besten Ideen zu haben und am Ende eingeschnappt war, wenn Willi die nicht umgesetzt hat. Das war wenig produktiv und nicht im Geringsten geeignet, Kontakte zu pflegen. Daraufhin hat sich Willi entschlossen, erst einmal alles allein zu machen. Das war wirklich die bessere Alternative und das Selbstbewusstsein hatte er alle Mal.«

Kroll sah ein, dass es wenig Sinn machte, das Thema weiter zu vertiefen. »Was mich noch interessieren würde: Was hat Willi in der letzten Zeit so unternommen? War irgendetwas anders als sonst? Ist dir irgendetwas eigenartig oder komisch vorgekommen?«

»Ich weiß nicht … das Einzige, was mir komisch vorkam, war, dass er viel nach Berlin gefahren ist.«

»Berlin«, wiederholte Wiggins. »Was wollte er in Berlin?«

Liane schien die Fragerei langsam auf die Nerven zu gehen. »Ich habe euch doch schon 100 Mal gesagt, dass er mit niemandem über seine Arbeit gesprochen hat. Warum könnt ihr das nicht akzeptieren?«

Kroll fuhr den Dienstwagen über die steile Ausfahrt vor dem Parkhaus an der Thomaskirche und bog auf den Innenstadtring ab. »Ich bin mir jetzt noch sicherer als zuvor, dass der Mord an Willi Lachmann etwas mit der Geschichte um Annemarie Rosenthal zu tun hat. Er war häufig in der Hauptstadt gewesen, dort zentriert sich doch alles. Vor allem die ganzen Archive! Wo kann man besser in der Vergangenheit stöbern als in Berlin?«

Wiggins war sich nicht so sicher wie sein Kollege. »Kann sein, vielleicht auch nicht. Auf jeden Fall sollten wir herauskriegen, was er dort gemacht hat.«

Kroll ließ sich nicht beirren. »Ich will mehr über die Rosenthal erfahren. Die muss doch Verwandtschaft gehabt haben. Versuch doch mal herauszubekommen, wer davon noch greifbar ist.«

Wiggins nahm sein Handy und wählte die Nummer seines Kollegen Volker Schöck. Der hatte Annemarie Rosenthal bereits in seine Recherchen einbezogen. Wiggins erfuhr, dass das Juwelierehepaar Rosenthal seit Langem verstorben war. Annemarie hatte jedoch eine leibliche Schwester, die in Bremen wohnte. Schöck hatte die Adresse und sämtliche Telefonnummern ermittelt. Die Polizisten hatten Glück. Sarah Bräutigam hielt sich in Leipzig auf, um die Buchmesse zu besuchen. Als Wiggins sie auf dem Handy erreichte, hatte sie gerade einen Abstecher in die Leipziger Innenstadt gemacht, um sich die Nikolaikirche anzusehen. Sie war also ganz in der Nähe. Wiggins bat sie, in der Nikolaikirche auf sie zu warten. Wenig begeistert stimmte sie zu und gab eine kurze Beschreibung ihrer Kleidung, damit die Polizisten sie erkennen konnten.

Sarah Bräutigam saß in der ersten Reihe vor dem Altarraum. Kroll und Wiggins stellten sich kurz vor und nahmen neben ihr Platz. Die Kommissare schätzten Sarah Bräutigam auf Mitte 60. Sie war, ihrem Alter angemessen, elegant gekleidet: weiße Bluse, hellgrünes, leichtes Kostüm. Um den Hals trug sie eine Perlenkette, die weißen Haare waren gescheitelt und an den Seiten nach hinten gefönt.

Sie schaute auf den Altarraum. Dem Beruf der Polizisten brachte sie genauso wenig Interesse entgegen wie dem Grund des Zusammentreffens.

»Nikolaikirche … benannt nach dem Heiligen Nikolaus.« Sie blickte Kroll an und sah dann wieder nach vorne. »Wissen Sie, was der Name Nikolaus bedeutet? Das Wort kommt aus dem Griechischen: nikao heißt siegen und Laos heißt das Volk. Der Sieger ist das Volk. So vorausschauend waren die Menschen im zwölften Jahrhundert gewesen, als sie dieser Kirche ihren Namen gegeben haben. Ist das nicht erstaunlich?«

Sarah Bräutigam hatte die Nikolaikirche aufgesucht, um sich die friedliche Revolution aus dem Jahre 1989 noch einmal an ihrem Ursprung gegenwärtig zu machen. Kroll wollte sie nicht aus ihren Gedanken reißen.

»Zuerst waren es nur Gebete, Montagsgebete. Am Anfang kamen nur wenige Menschen und innerhalb kurzer Zeit wurden es immer mehr. Gegen Ende haben sich über 100.000 Menschen um diese Kirche versammelt.« Sie deutete mit dem Finger in den Altarraum.

»Sehen Sie das Kreuz? Das ist jetzt über 800 Jahre alt. Es wurde über zehn Jahre restauriert. Und wissen Sie, wann es fertig wurde? Im September 1989!«

Kroll und Wiggins waren überrascht. Die Kenntnisse von Frau Bräutigam gingen weit über das hinaus, was man in den Touristenführern lesen konnte. Sie schien sich eingehend mit der friedlichen Revolution beschäftigt zu haben.

»Bei den Montagsgebeten waren immer mehr Nichtchristen als Christen in der Kirche. Aber das hat niemanden gestört. Dieser Raum ist offen für alle. Pfarrer Christian Führer hatte zwei Latten zu einem Kreuz zusammengezimmert und es auf den Boden vor dem Altar gelegt. Auf diese Weise konnten alle das Kreuz von oben betrachten. Neben dem Kreuz stand ein Wäschekorb voller Kerzen. Der Pfarrer hat die Besucher gebeten, eine Kerze am Altarlicht anzuzünden und sie auf das Kreuz zu stellen. Jeder sollte eine Bitte vortragen, einen Wunsch oder einfach seinen Unmut äußern. Die Christen haben noch ein kleines Gebet gesprochen. Und irgendwann war das Kreuz voller Kerzen. Das Mordwerkzeug der Römischen Macht war auf einmal ein Zeichen des Lichts, ein Zeichen der Hoffnung.« Sarah Bräutigam sah immer noch in den Altarraum. »Ja, so war das. Die Machthaber in der DDR hatten mit allem gerechnet. Nur nicht mit Gebeten! Und dann gingen die Montagsdemonstrationen los. Alles friedlich! Die Massen waren umzingelt von Soldaten und von der Polizei. Die hatten nur darauf gewartet, dass irgendeiner, irgendjemand von den

100.000 Menschen auch nur einen Stein wirft, und sie wären sofort brutal eingeschritten … aber es fiel kein Stein! Ist das nicht ein Wunder?«

Das Eintreffen einer japanischen Touristengruppe schien sie wieder in die Gegenwart zurückzuholen. Sie sah rasch auf die Uhr. »Reden wir draußen weiter.«

Sie setzten sich an einen der kleinen silbernen Tische vor einem Eiscafé nahe der Kirche und bestellten sich kühle Getränke.

Mit dem Verlassen der Kirche war Sarah Bräutigam wieder in die Gegenwart zurückgekehrt. Alle Gedanken an die friedliche Revolution hatte sie scheinbar an der Kirchentür abgestreift. Den Besuch der Polizisten empfand sie als Störung ihres Aufenthaltes.

»Warum wollten Sie mich sprechen?«

»Es geht um Ihre Schwester Annemarie Rosenthal«, antwortete Kroll.

»Meine Schwester ist seit über 25 Jahren tot. Ich denke, das ist kein Grund, mich bei meinem Aufenthalt in Leipzig zu behelligen.«

»Wir wollen Ihre Zeit auch nicht allzu lange in Anspruch nehmen, aber wenn Sie uns bitte ein paar Fragen beantworten könnten? Wir glauben, es ist wichtig«, versuchte Wiggins, die aufgebrachte Frau ein wenig zu beruhigen.

»Ich weiß nicht, was daran wichtig sein soll, einen alten Fall, über den längst Gras gewachsen ist, wieder aufzuwärmen.«

»Sie haben doch sicher erfahren, dass der mutmaßliche Mörder Ihrer Schwester, Peter Eimnot, aus dem

Gefängnis entlassen wurde, weil man jetzt von seiner Unschuld ausgeht«, kam Kroll zum Thema.

»Und wenn schon! Wenn er es nicht war, ist es gut so. Ich hatte noch nie Vertrauen in den Polizeiapparat, der hier vor und nach der Wende gearbeitet hat. Richtig ausgemistet hat hier doch keiner, genau wie nach den Nazis.«

Die Polizisten taten so, als hätten sie die letzte Bemerkung nicht gehört.

»Hatten Sie ein enges Verhältnis zu Ihrer Schwester?«, fragte Wiggins.

Sarah Bräutigam lachte hämisch. »Ich war früher eine gute Sportlerin, Leichtathletik! 1963 war das Deutsche Turnfest in Essen. Da bin ich im Westen geblieben. Ich war damals 17 Jahre alt. Seitdem hatte ich kaum noch Kontakt zu meiner Schwester und meinen Eltern, der Eiserne Vorhang stand zwischen uns. Ich fürchte, ich habe meiner Familie damals mehr Probleme bereitet, als mir bewusst war.«

»Hatten Sie noch mehr Verwandte?«, wollte Kroll wissen.

Sie schüttelte mit dem Kopf. »Geschwister nicht. Natürlich noch Tanten und Onkel. Aber die sind mit Sicherheit schon alle tot.« Sie sah die Kommissare mit einem strengen Blick an. »Sie haben mir noch immer nicht gesagt, warum Sie jetzt in dieser alten Geschichte herumstochern!«

»Wir ermitteln in dem Mord an Willi Lachmann«, antwortete Wiggins trocken.

Der Name Willi Lachmann schien bei Sarah Bräutigam eine emotionale Veränderung zu bewirken. Sie gab ihre reservierte Zurückhaltung auf. »Willi Lachmann. Das kann ich kaum glauben! Wegen dem bin ich hauptsächlich hierhergekommen. Ich hatte nämlich Karten für seine offizielle Buchpräsentation auf der Messe. Leider ist daraus ja nichts geworden. Aber was hat das alles mit meiner Schwester zu tun?«

Kroll hielt es für angebracht, ihr den Grund der Frage zu erklären. Eine Geheimnistuerei hätte sicherlich die Gesprächsbereitschaft von Frau Bräutigam nicht gefördert. »Wir hatten gerade schon erwähnt, dass es noch eine ganze Menge Wirbel um den mutmaßlichen Mörder Ihrer Schwester gab.«

»Ja, ja, ich weiß! Peter Eimnot!«, wiederholte Sarah Bräutigam ein wenig genervt.

»Dann wissen Sie auch, dass eben dieser Peter Eimnot in einem umfangreichen Wiederaufnahmeverfahren nach langer Haftzeit freigesprochen wurde.«

»Das stand immerhin in allen Zeitungen. Aber was hat das mit dem Mord an Willi Lachmann zu tun?«

»Wir müssen derzeit davon ausgehen«, ergänzte Wiggins, »dass Lachmann in dieser alten Geschichte recherchiert hat, um sie als Romanvorlage zu verwenden.«

Sarah Bräutigam sah die Polizisten fassungslos an. »Aber das … aber das würde ja bedeuten, dass meine Schwester irgendetwas mit der Sache zu tun hat.«

»Nein, das mit Sicherheit nicht«, versuchte Wiggins, die Angelegenheit zu versachlichen. »Wir ermitteln in viele Richtungen und eine davon sind die Recherchen von Lachmann. Aber wir können noch nicht einmal sagen, ob das überhaupt etwas zu bedeuten hat. Und wenn, geht es mit Sicherheit nicht um Ihre Schwester, sondern um die Umstände ihres Todes.«

»Verstehe …«, flüsterte Sarah Bräutigam.

»Hat Sie in der Vergangenheit irgendjemand auf den Tod Ihrer Schwester angesprochen?«, fragte Kroll.

Sarah Bräutigam schüttelte den Kopf. Ihr war immer noch nicht klar, wie sie die neuen Informationen einordnen sollte.

»Haben Sie jemals etwas davon gehört, dass Ihre Schwester eine Tochter hatte?«

Sarah kramte in ihrer Handtasche. »Die kleine Amelie. Ich habe sie nie persönlich kennengelernt. Das ist das Einzige, was ich von ihr habe. Damals war sie sechs Jahre alt.« Sie gab Kroll ein altes Schwarz-Weiß-Foto. Darauf war ein Kind mit einer Zuckertüte abgebildet, das offensichtlich den Tag seiner Einschulung erlebte. Kroll hielt das Foto so, dass Wiggins es auch betrachten konnte. Das Mädchen hatte schulterlange Haare, deren Farbe auf der körnigen Abbildung nicht zu erkennen war, sie musste irgendwo zwischen dunkelblond und dunkelbraun gelegen haben. Unter dem linken Auge trug das Mädchen einen dunklen, erbsengroßen Fleck, wohl einen Leberfleck oder ein Blutschwämmchen. Die Polizisten suchten in den Gesichtszügen des Mädchens nach einer ihnen bekannten Person, wurden jedoch nicht fündig.

»Wir würden dieses Foto gerne behalten …«

Kroll hatte den Satz noch nicht zu Ende gesprochen, da hatte Sarah Bräutigam ihm die Fotografie auch schon wieder entrissen und in ihrer Handtasche verstaut. »Das kommt gar nicht infrage. Die gebe ich niemals her. Sie ist das Einzige, was man mir von meiner Schwester gelassen hat!«

»O.K.« Die Polizisten akzeptierten Sarahs Einwände. »Gehen Sie aber bitte auf das nächste Polizeirevier in Ihrer Heimatstadt und lassen das Foto einscannen, damit man es uns übermitteln kann.«

Sarah sah sie abermals ungläubig an.

»Bitte! Vielleicht finden wir Ihre Nichte und Sie könnten sie wiedersehen. Ich glaube, Sie haben sich viel zu erzählen.«

Der pensionierte Hauptkommissar Bernd Vogelsang saß in seinem Zimmer in der Herbstvilla. Er studierte eine umfangreiche Tageszeitung, neben ihm stand auf einem kleinen Tischchen eine Kanne Tee nebst der dazugehörigen Tasse. Er war überrascht, seine Kollegen so schnell wiederzusehen.

»So viel Sehnsucht hatte ich gar nicht von euch erwartet.«

Kroll kam gleich zum Thema. »Wir sind da bei unseren Ermittlungen auf etwas gestoßen. Als Annemarie Rosenthal getötet wurde, soll ihre Tochter Amelie im Auto gesessen haben!«

Vogelsang tauchte die Teebeutel mehrfach in die Kanne, zog sie heraus und legte sie umständlich auf eine Untertasse. »Wie habt ihr denn das herausbekommen?«

Kroll beantwortete die Frage nicht. »Mich würde viel mehr interessieren, warum du uns nichts davon erzählt hast!«

Vogelsang überhörte den Vorwurf der Kollegen. Er blieb ruhig und höflich. »Ihr habt mich doch nur gefragt, was ich von der Sache halte. Ja, da saß ein Kind auf dem Rücksitz. Die Tochter von Frau Rosenthal war damals acht Jahre alt, wenn ich mich richtig erinnere. Was sollte die mit der Geschichte zu tun haben?«

»Zum Beispiel, dass sie den Mord an ihrer Mutter mit angesehen hat und sich an Dinge erinnern könnte, die für einige Leute unangenehm sind!«

»Du meinst, für Eimnot?«

»Ist doch denkbar!«

Vogelsang schenkte sich Tee nach. »Ach, Kroll. Lass doch die alten Geschichten ruhen. Wem nützt das jetzt noch was? Eimnot ist wieder auf freiem Fuß. Die Richter haben entschieden. Müssen wir immer schlauer sein?«

Kroll war überrascht, eine derartige Aussage von seinem ehemaligen Ausbilder zu hören. Vogelsang merkte das und fuhr unaufgefordert fort. »Das Mädchen stand unter Schock. Sie war tagelang nicht vernehmungsfähig und als wir sie endlich ansprechen durften, konnte sie sich an nichts erinnern. Die Ärzte hatten dafür sogar eine medizinische Erklärung. Aber den Fachbegriff habe ich vergessen.«

Wiggins deutete mit dem Zeigefinger auf eine Stelle unterhalb seines linken Auges. »Was hatte sie hier?«

»Ihr seid gut informiert«, bemerkte Vogelsang,

bemüht, seine Überraschung zu verbergen. »Sie hatte dort einen Leberfleck.«

Kroll ging zum Fenster und sah in den gepflegten Garten. »Bleiben nur noch drei Fragen zu klären: Warum taucht Amelie nicht in den Akten auf, wo ist sie jetzt und wer ist ihr Vater?«

Vogelsang fuhr mit seinem Rollstuhl neben Kroll und blickte ebenfalls in den Hof. »Ihr seid gerade dabei, in einem der dunkelsten und abscheulichsten Kapitel der DDR-Geschichte zu blättern.«

Kroll wusste nicht, worauf sein alter Kollege hinauswollte.

»Die Tante von Amelie Rosenthal war in den Westen geflüchtet, ihre Mutter tot.«

»Aber sie musste doch noch einen Vater gehabt haben!«

»Der hatte schon vorher rübergemacht.«

Kroll versuchte, seine Gedanken zu sammeln. »Aber es gab doch noch Großeltern, die sich um das Kind kümmern konnten.«

Vogelsang winkte ab. »Die hatten sich auch ganz energisch um das Sorgerecht bemüht.« Er lächelte bitter. »Aber stellt euch doch bitte einmal vor, wie das Kind aus Sicht der Staatsorgane betrachtet wurde: Vater rübergemacht, die einzige Tante rübergemacht und die Mutter tot. Die engsten Bezugspersonen der Mutter, der Mann und die Schwester, beide im Westen. Das war mehr als verdächtig und reichte locker aus, um eine der empfindlichsten Sanktionen auszusprechen, die das Regime hier parat hatte.«

»Die Zwangsadoption!«, warf Wiggins mit bitterer Stimme ein.

Vogelsang nickte. Er sah immer noch aus dem Fenster. »Amelie Rosenthal war einfach weg. Von einem auf den anderen Tag. Kurz nach dem Tod ihrer Mutter war sie verschwunden. Niemand wusste, wo sie war, niemand konnte sie mehr erreichen! Nicht einmal wir … keine Chance. Und dann wurden die amtlichen Unterlagen bearbeitet. Sie wurde aus den Polizeiakten gelöscht. Offiziell hatte Annemarie Rosenthal nie eine Tochter.«

Kroll war fassungslos. »Aber im Wiederaufnahmeverfahren! Da muss doch spätestens jemand nach ihr gesucht haben! Sie war doch schließlich eine Tatzeugin!«

»Niemand ist jemals auf die Idee gekommen, nach ihr zu suchen. Vergesst bitte nicht, sie tauchte in keiner Akte mehr auf. Das Verfahren ging schnell und die Öffentlichkeit war durch die Medien aufgescheucht. Da hatte man keine Zeit nach Lücken in alten DDR-Akten zu forschen.«

Wiggins konnte das alles nicht begreifen. »Aber irgendwo müssen doch selbst die Zwangsadoptionen in der ehemaligen DDR registriert worden sein!«

»Na klar wurden die registriert. Zentral beim MfS in Berlin. Später hat der Berliner Senat die Akten übernommen und eine sogenannte Clearingstelle eingerichtet, um die Familienzusammenführungen zu ermöglichen. Aber ihr dürft eines nicht vergessen: Als ein gewisser Herr Modrow die Regierungsgeschäfte übernahm, war eine seiner ersten Amtshandlungen, die Stasi-Dokumente zu vernichten. Und er war nicht gerade kleinlich: Man weiß heute, dass circa sechs Millionen Dateien in den Computern der Stasi unwiederbringlich gelöscht wurden. Von den Akten, die vernichtet wurden, ganz zu schweigen. Und die Unterlagen über die Zwangsadoptionen waren ganz vorne mit dabei. Als Allererstes hat Modrow nämlich die Unterlagen der HVA, der Hauptverwaltung Aufklärung der Stasi, verschwinden lassen. Damit war alles, was einen Auslandsbezug hatte, so gut wie verloren.«

Wiggins überlegte laut. »Lachmann war in der letzten Zeit häufiger in Berlin gewesen. Vielleicht war er gerade auf der Suche nach diesen Unterlagen.«

Kroll stand immer noch am Fenster. »Wir müssen der Sache auf jeden Fall nachgehen.« Er wandte sich Bernd Vogelsang zu. »Was weißt du über Amelies Vater?«

Der Mann im Rollstuhl zuckte mit den Schultern. »Nur das, was ich euch bereits gesagt habe. Er hat irgendwann rübergemacht. Es gab immer so Gerüchte, dass er ein bekannter Sportler war. Aber wie gesagt: Das waren nur Gerüchte!«

Die Sitzung der SOKO ›Autor‹, die Kroll auf 16 Uhr verschoben hatte, dauerte nur eine halbe Stunde, weil kein Mitarbeiter Neuigkeiten zu berichten hatte, die die Ermittlungen voranbrachten. Kroll teilte die Gruppen wegen der neuen Erkenntnisse, die er durch die Auskünfte von Sarah Bräutigam und über die

Zwangsadoption ihrer Nichte gewonnen hatte, neu ein. Schöck und Jäger sollten jetzt ausschließlich im familiären Umfeld von Annemarie Rosenthal recherchieren. Kroll und Wiggins beschlossen, noch einmal die Buchmesse zu besuchen. Es gab keinen konkreten neuen Anlass, sie wollten jedoch die Gelegenheit nutzen, um sich vor der Abreise der Verlage und Verleger einen Eindruck über die Atmosphäre nach Lachmanns Tod zu machen.

Unauffällig gingen sie an den Ständen des Zeitraub- und des Zuckerblume-Verlages vorbei. Dort bot sich kein ungewöhnliches Bild, abgesehen von dem Umstand, dass der Zeitraub-Verlag nunmehr ausschließlich mit Willi Lachmanns Romanen warb und derzeit auch keine anderen Bücher zu verkaufen schien. Die Inhaber der Verlage, der graue Elmar Gutbrot und Werner Eigenrauch, der Zwerg, waren mit Kunden oder Geschäftspartnern in Gespräche vertieft.

Kroll und Wiggins gingen in die Halle 4, in der überwiegend die großen Verlage untergebracht waren. Auch hier schien der Tod Willi Lachmanns das alles beherrschende Thema zu sein. Die Beamten schnappten nahezu an jeder Ecke Gesprächsfetzen auf, die sich mit dem Autor befassten. Am pompösen Stand des Schröder-Verlages entdeckten sie Liane Mühlenberg. Sie unterhielt sich mit einem eleganten Herrn, sicherlich der Geschäftsführer, und machte sich während des Gesprächs eifrig Notizen. Kroll und Wiggins beschlossen, sie nicht zu unterbrechen.

Das alte Krematorium auf dem Südfriedhof, das vor 100 Jahren erbaut wurde, sah nicht so aus, als wäre es noch in Betrieb. Das wuchtige Gebäude mit den vielen Türmen erinnerte eher an eine Kirche oder ein kleines Schloss. Seine Fassade, die auch in dieser Nacht beleuchtet wurde, verlieh dem ganzen Friedhof einen sanften Eindruck von Ruhe und Frieden.

Der alte Mann wartete an der Bank, die von dem Licht des Krematoriums nicht mehr erfasst wurde und vollständig vom dunklen Schatten der Nacht umgeben war. Er schaute in eine kohlrabenschwarze Wand. In der Ferne entdeckte er die rote Glut einer Zigarette, die auf ihn zukam.

Der Besucher setzte sich neben ihn. Er redete in gebrochenem Akzent. »Warum wolltest du mich sprechen?«

Der Mann sah weiter in die Nacht. »Es wäre besser, wenn du aus Leipzig verschwindest. Am besten ins Ausland.«

»Wieso?«

»Weil es besser ist.«

»Wurden nicht alle Spuren beseitigt?«

»Nie werden alle Spuren beseitigt!«

Der Mann trat die Zigarettenkippe auf dem Boden aus und steckte sich eine neue an. »Wovor hast du Angst?«

Der alte Mann sah zu ihm rüber. Beim Aufglühen der Zigarette konnte er das Gesicht seines Besuchers erkennen. »In meinem Alter hat man keine Angst mehr.«

»Aber was hast du dann?«

»Die Toten soll man ruhen lassen!«

VIER

Als Kroll am nächsten Morgen das Büro betrat, warteten Wiggins und der Kollege Oskar Jäger schon auf ihn.

»Hör dir doch mal an, was der Oskar zu erzählen hat«, begrüßte ihn Wiggins.

Kroll ging zum Kaffeeautomaten und füllte seinen Pott mit dem Bild des Leipziger Weihnachtsmarktes. »Schieß los!«

»Vielleicht ist das alles nur Quatsch!«, versuchte Jäger, die Sache herunterzuspielen. »Ich hatte nur gestern Abend noch so eine fixe Idee. Mir ist halt die Sache mit der Zwangsadoption nicht aus dem Kopf gegangen. Ich musste die ganze Zeit an deine Ausführungen in der Mitarbeiterbesprechung denken. Ehrlich gesagt, es war wirklich nur so ein spontaner Einfall.«

»Erzähl schon«, wurde Kroll ungeduldig. »Wir tappen doch eh noch völlig im Dunkeln. Schlimmer werden kann es auf gar keinen Fall.«

Jäger machte eine Pause und sah die Kommissare abwechselnd an. Er räusperte sich. »Also … ich habe mir gestern die ganze Nacht den Kopf darüber zerbrochen, ob hinter der Zwangsadoption von diesem kleinen Mädchen nicht noch mehr stecken könnte, zum Beispiel persönliche Befindlichkeiten.«

»Persönliche Befindlichkeiten?«, wiederholte Kroll ungläubig. »Von wem?«

»Vermutlich ist die ganze Sache wirklich zu fantasievoll. Ich denke, ich mach mit meinen Recherchen weiter.«

Wiggins wurde energisch. »Du bleibst gefälligst hier und erzählst Kroll deine Geschichte!«

Oskar Jäger räusperte sich erneut, was er immer tat, wenn er verlegen war. »Also ... es ist doch allgemein bekannt, dass Erich Mielke ein großer Fan des Fußballvereins FC Dynamo Berlin war. Alle guten Fußballer aus der DDR mussten dort spielen. Der Verein stellte fast den kompletten Nationalkader. Fußballer, die dort spielen ›durften‹, mussten dies von Amts wegen als große persönliche Ehre empfinden!« Jäger machte wieder eine rhetorische Pause. Kroll forderte ihn mit einer Geste auf, fortzufahren. »Umgekehrt war es für Mielke natürlich eine unvorstellbar große persönliche Kränkung, wenn ein Fußballer, der durch Mielkes Gnaden nach Berlin geholt wurde, den Verein wieder verließ oder sogar in den Westen floh. Dies ist, so weit ich weiß, auch nur einmal vorgekommen, nämlich 1981. Mielke musste nicht nur die Schande ertragen, dass ein Fußballspieler, den er persönlich unterstützt und gefördert hatte, in das kapitalistische Ausland abgehauen war, nein, die Fans im Stadion hatten auch regelmäßig die Anonymität der Masse genutzt, um ihren Protest gegen das System kundzutun. Bei Spielen waren monatelang hämische Sprechchöre wie ›Wo ist Ehrentraut‹ zu hören.«

Kroll stellte seine Tasse auf den Schreibtisch. »Ich verstehe immer noch nicht.«

»Der Ehrentraut ist 1981 nach einem Fußballspiel der Nationalmannschaft in München im Westen geblieben. Von dort ist er nach Bremen übergesiedelt und hat beim SV Werder gekickt. Zwei Jahre später starb er unter ganz mysteriösen Umständen.«

Kroll wurde neugierig, obwohl er noch immer nicht abschätzen konnte, was das mit dem Mord an Willi Lachmann oder mit dem Fall Annemarie Rosenthal zu tun hatte. »Und was waren das für mysteriöse Umstände?«

»Ehrentraut starb bei einem Autounfall. Er wurde mit seinem Wagen in einem Straßengraben gefunden. In seinem Blut konnten über drei Promille festgestellt werden. Das Eigenartige daran ist nur, dass Ehrentraut an diesem Abend, nur wenige Stunden vor dem Unfall, auf einer Vereinsfeier war. Und er hatte dort keinen einzigen Tropfen Alkohol getrunken. Das haben viele Zeugen übereinstimmend ausgesagt. Überhaupt hat er ohnehin nie etwas getrunken. Der war durch und durch Sportler. Und selbst wenn er sich nach dem Verlassen der Feier hemmungslos zugeschüttet hätte, hätte in der Kürze der Zeit nie ein Blutalkohol von über drei Promille anfluten können. Das wäre medizinisch gesehen gar nicht möglich.«

»Du vermutest also, dass der lange Arm der Stasi den Ehrentraut auf dem Gewissen hat?«, fragte Kroll nachdenklich.

»Das denke nicht nur ich. Das gilt als gesichert. Nur beweisen kann es keiner, weil sämtliche Unterlagen, die sich mit dem Fall Ehrentraut befassen, verschwunden sind.« Oskar Jäger stand auf und ging durch den Raum. Seine anfänglichen Zweifel waren wie weggewischt. Mit jedem weiteren Wort, das er über den Fall berichtete, steigerte sich seine eigene Überzeugung von seiner Theorie. »Es ist doch völlig klar und wird von niemandem mehr in Zweifel gezogen, dass die Stasi prominente Überläufer auch im Westen weiterhin verfolgt hat. Davon berichten doch viele ehemalige Sportler und Trainer. Ich könnte dir unzählige Beispiele nennen …«

»Ich weiß, ich weiß«, wiegelte Kroll ab. »Aber wenn dieser Ehrentraut in den Straßengraben gefahren ist, wie soll die Stasi das angestellt haben?«

»Der Autounfall des berühmten Fußballers war natürlich das Thema im Westen. Unzählige Experten wurden zu dem Fall befragt. Und nicht wenige sind der Auffassung, dass es für die Alkoholkonzentration im Blut von Ehrentraut nur eine medizinische Erklärung geben kann, nämlich dass ihm der Alkohol direkt in die Adern gespritzt wurde.«

Kroll wirkte immer noch nachdenklich. »Aber war das nicht viel zu riskant? Ich meine, nicht jeder, der besoffen Auto fährt, fährt in den Graben. Warum haben die den nicht einfach erschossen? Das wäre doch viel sicherer gewesen.«

Oskar Jäger wiegelte ab. »Aber das hätte doch viel zu viel Aufsehen erregt. Man wäre sofort darauf gekommen, wer den Mord begangen hat. Das wollte die DDR nicht. Sie wollte international nicht als Mörderstaat dastehen. Nein, alle ›Auslandseinsätze‹ der

Stasi wurden äußerst diskret abgewickelt und dazu gehörte vor allem, eine unauffällige Beseitigung der Opfer: Vergiftungen, radioaktive Verstrahlungen … oder eben Unfälle.«

»Aber …«, versuchte Kroll einzuhaken, doch Jäger ließ sich jetzt nicht mehr aufhalten. »Die Stasi hatte eine Technik, die man ›Verblenden‹ nennt. Ein entgegenkommender Autofahrer wird an einer unübersichtlichen, kurvenreichen Stelle geblendet, meist mit dem Fernlicht.« Er zuckte mit den Achseln. »Stell dir vor, du hast drei Promille im Blut und siehst auf einmal nichts mehr …«

Wiggins beobachtete Kroll aus den Augenwinkeln, er war neugierig, ob ihn die Erzählungen interessieren. »Und wie wurde ihm der Alkohol gespritzt?«

Jäger war ratlos. »Das kann man natürlich nur vermuten. Sie müssen ihn irgendwann nach der Vereinsfeier angehalten haben. Vermutlich unter einem Vorwand. Vielleicht hatten die einen Unfall vorgetäuscht und Ehrentraut hielt an um zu helfen.«

Kroll wusste immer noch nicht, was er von der Geschichte halten sollte. »Ich bin mir nicht sicher, ob uns das alles weiterhilft …«

Jetzt unterbrach ihn Wiggins. »Denk doch an die Abkürzung L.E. Wir sind die ganze Zeit davon ausgegangen, dass das Leipzig heißt. Der vollständige Name des Fußballers ist Lars Ehrentraut.« Wiggins stand auf und ging auf Kroll zu. »Und denk an die Zwangsadoption der kleinen Amelie Rosenthal. Das war eine Bestrafung für die Flucht des Vaters. Außerdem wusste dein ehemaliger Ausbilder Vogelsang, dass Amelies Vater definitiv rübergemacht hatte. Und er hat auch gesagt, dass es Gerüchte gab, er sei ein berühmter Sportler gewesen. Das passt wie die Faust aufs Auge!«

Kroll musste einräumen, dass an der Theorie durchaus etwas dran sein könnte. Seine Zweifel waren jedoch nicht beseitigt. »Amelie die Tochter von Ehrentraut? Ich weiß nicht, vielleicht ist das ja alles nur Zufall. Außerdem ist das schon lange her.«

»Wir müssen der Spur nachgehen!«, forderte Wiggins eindringlich.

Kroll dachte laut nach. »Auf dem USB-Stick stand Eimnot, L.E., AGMS und Goran. Also, selbst wenn wir einmal unterstellen, dass L.E. die Abkürzung von Lars Ehrentraut ist, was hat das mit Eimnot zu tun? Der hat doch mit Sicherheit nie in der BRD gelebt und bei der Stasi war der bestimmt auch nicht.«

Für einen Moment kehrte Ruhe ein. Auch Wiggins musste einräumen, dass das Argument seines Kollegen nicht von der Hand zu weisen war.

Kroll unterbrach das Schweigen. »Bleib da dran, Oskar. Wir müssen dieser Spur nachgehen! Alles andere wäre fahrlässig. Fahr nach Berlin und dreh da jeden Stein um. Rede mit Leuten, die wissen, wie die Auslandsabteilung der Stasi gearbeitet hat. Lass dir alles erklären und schnüffle noch mal in den Archiven der Birthler-Behörde und im Senat herum. Ich möchte aber, dass du dich nicht nur auf die Akten Ehrentraut stürzt, sondern dich auch um die Zwangsadoptionen kümmerst.«

Oskar Jäger war erfreut. »Bin schon weg, Chef!«

»Wenn wir den nicht hätten …«, bemerkte Wiggins, als die Tür wieder zugefallen war.

Kroll nickte. »Ich bin froh, dass ich die ganze Recherchescheiße nicht machen muss! Aber jetzt sollten wir vielleicht in die Gegenwart zurückkehren.«

»Wie meinst du das?«, fragte Wiggins.

»Ich meine, dass der Tod von Willi Lachmann vielleicht gar nichts mit dieser Datei zu tun hat. Vielleicht ist es ja viel banaler! Eifersucht, Konkurrenzkampf oder was weiß ich.«

»Was schlägst du vor?«

»Heute ist der letzte Tag der Buchmesse. Wir sollten uns da noch ein bisschen umhören, bevor die alle wieder weg sind.«

Sie waren gerade aufgestanden, als Staatsanwalt Reis ihr Büro betrat. In der Hand hielt er ein Bündel Tageszeitungen. »Habt ihr gelesen, was heute so alles in der Zeitung steht?«

Kroll und Wiggins betrachteten die Überschriften der Zeitungen, die Reis sorgfältig auf dem Schreibtisch ausgebreitet hatte. Je nach Anspruch des jeweiligen Blattes war die Titelstory mehr oder weniger reißerisch. Aber der Tenor war immer der gleiche: Willi Lachmann wurde wegen seines nächsten Romans ermordet.

Der Staatsanwalt wurde ironisch. »Ich zeige euch das nur, damit ihr genau wisst, in welche Richtung ihr ermitteln müsst. Scheint ja ziemlich eindeutig zu sein!«

»Woher weiß die Presse das?«, murmelte Wiggins.

»Ich fürchte, unsere Freundin Liane ist in letzter Zeit zu vielen Journalisten begegnet«, antwortete Kroll. Er sah den Staatsanwalt an. »So sicher sind wir uns da allerdings nicht. Das ist eine Spur, aber …«

Reis hob abwehrend die Hände. »Später. Ich muss in zehn Minuten im Landgericht sein.«

Kroll legte die Tageszeitungen zusammen und stopfte sie in den Papierkorb. »Komm, Wiggins, wir gehen auf die Buchmesse!«

Einem Bauchgefühl folgend, gingen die Polizisten zunächst in die Messehalle 4. Liane Mühlenberg saß abermals am Stand des Schröder-Verlages und unterhielt sich angeregt. Sie erkannte die Polizisten, die sie anzusteuern schienen, und brach abrupt ihr Gespräch ab. Sie kam den Kommissaren auf halbem Weg entgegen und strahlte sie freundlich an.

»Hallo, ihr zwei. Trinken wir einen Kaffee in der Cafeteria?«

Die korpulente Bedienung stellte freudlos einen schwarzen Kaffee, ein Wasser und eine Cola Light auf den runden Tisch. Liane kostete den Kaffee und verzog das Gesicht. »Entweder die haben eine gute Mikrowelle oder die Bohnen wurden noch mit einer Kogge angeschifft.« Sie schob die Tasse beiseite.

Kroll probierte seine Cola und stellte fest, dass sie keine Kohlensäure enthielt. »Ich vermute, die kam mit demselben Schiff aus Amerika!«

Wiggins hob sein Glas in die Höhe. »Ihr müsst eben stilles Wasser nehmen, damit kann man nichts falsch machen.«

»Das stimmt«, bemerkte Kroll. »Das Wasser im Waschraum hat immer die gleiche Qualität.«

»Was treibt euch auf die Buchmesse?«, fragte Liane.

»Uns würde zum Beispiel interessieren, warum du in letzter Zeit so viel mit dem Schröder-Verlag plauderst. Schließlich sind doch alle Manuskripte von Willi Lachmann veröffentlicht worden, bis auf das eine, das verschwunden ist.«

Liane überlegte kurz, ob sie noch mal an dem Kaffee nippen sollte, entschied sich jedoch dagegen. »Ihr seid ganz schön neugierig.«

»Das ist leider unser Job«, bedauerte Wiggins.

»Ich dachte, euer Job ist, einen Mörder zu finden.«

Kroll hatte keine Lust, den Sinn seiner Fragen zu diskutieren. »Wenn das so ein großes Geheimnis ist, wollen wir dich natürlich nicht in Verlegenheit bringen.«

»Schon gut.« Liane Mühlenberg wurde ein wenig verlegen. »Ich habe wirklich keine Geheimnisse. Es ging um zwei Dinge: Zum einen wollen die, dass ich eine Biografie über Willi schreibe. Und zum anderen will ich auch etwas von denen. Ich habe nämlich noch keine Lust, in den Ruhestand zu gehen. Ich würde gerne als Lektorin arbeiten, vor allem mit jungen, noch unbekannten Autoren.«

»Warum nicht mit den alten?«, fragte Wiggins.

Liane winkte ab. »Den Stress tu ich mir nicht an. Bei denen hast du mit jeder Zeile mehr Diskussionen als in allen Talkshows zusammen. Nein, es müssen noch junge Leute sein, die froh und dankbar sind und vor allem konstruktiv mit Kritik umgehen können. Da liegt auch meine Stärke. Wenn ich euch Willis ersten Roman vor meinem Lektorat zeigen würde, würdet ihr mit den Ohren schlackern.«

»Und wie läuft es mit dem Schröder-Verlag?«, wollte Kroll wissen.

»Gut! Das liegt natürlich daran, dass die unbedingt die Biografie machen wollen. Da habe ich natürlich eine sehr starke Verhandlungsposition.« Sie lächelte provozierend. »Und verhandeln kann ich ziemlich gut!«

Wiggins nickte anerkennend. »Das wird den Herren Gutbrot und Eigenrauch aber gar nicht gefallen. Die haben sich doch bestimmt auch schon Gedanken über eine Biografie von Willi Lachmann gemacht.«

Liane musste nicht lange überlegen. »Bei Eigenrauch bin ich mir gar nicht so sicher. Ich glaube, der ist einfach nur froh, dass das Kapitel Lachmann und Zeitraub zu Ende ist und er sich wieder in aller Ruhe auf seine Teppichflieger konzentrieren kann. Der Gutbrot hat mich natürlich angesprochen und gefragt, wie es aussieht. Dem kam die Idee mit der Biografie schon, als ich an so was noch gar nicht gedacht habe.«

»Und …?«, fragte Kroll.

»Ich konnte den blöden Kerl eigentlich noch nie leiden. Und wenn ich die Leichenfledderei sehe, die der zurzeit betreibt, wird mir immer noch ganz übel. Nein, mit dem mach ich definitiv keine Geschäfte mehr. Der soll die aktuellen Titel abrechnen und damit ist gut. Außerdem will ich ja ins Lektorat … und das bestimmt nicht bei Herrn Gutbrot. Eher würde ich mich erschießen.«

»Davon war der aber nicht begeistert«, hakte Kroll nach.

Liane zuckte mit den Schultern. »Mir doch egal!«

Das Klingeln von Krolls Handy unterbrach ihr Gespräch. Kroll drückte auf die grüne Taste und erfuhr von einem Kollegen der SOKO, dass Gutbrots Alibi geplatzt war. Der Zeitraub-Verlag hatte am Tattag tatsächlich eine Lesung in Auerbachs Keller abgehalten, Gutbrot hatte die Veranstaltung jedoch schon um 19.30 Uhr verlassen. Dies konnten mehrere Zeugen bestätigen. Der Fußweg von Auerbachs Keller zur Pfeifenstube betrug höchstens 15 Minuten. Gutbrot hätte also genug Zeit gehabt, zur Tatzeit vor dem Pfeifen- und Tabakladen zu sein, in dem Willi Lachmann seine ganz private Lesung veranstalten wollte.

Kroll beendete das Gespräch mit Liane Mühlenberg. »Ich glaube, wir müssen jetzt schnell zum Stand des Zeitraub-Verlages.« Dort angekommen, teilte man den Polizisten mit, dass Elmar Gutbrot zum Völkerschlachtdenkmal gefahren sei, er wollte sich dort mit jemandem treffen. Um wen es sich dabei handelte, wussten seine Mitarbeiter jedoch nicht.

Das 91 Meter hohe Denkmal, das an die entscheidende Schlacht der Befreiungskriege im Jahre 1813 erinnerte, in der Kaiser Napoleon eine empfindliche Niederlage gegen die Österreicher erlitten hatte, stand vor ihnen wie ein Fels in der Brandung. Bereits von Weitem waren die mächtigen Krieger zu erkennen, die seit nunmehr fast 100 Jahren von der oberen Außenseite des Denkmals aus Wache hielten.

Kroll und Wiggins gingen auf das Monument zu, wobei sie stets die Menschen in ihrer Nähe beobachteten. Gutbrot entdeckten sie nicht. Sie betraten zunächst die Krypta, die zum Gedenken an die über 100.000 Soldaten errichtet wurde, die während der Völkerschlacht zu Leipzig gefallen oder verwundet worden waren. Die acht Schicksalsmasken, deren brechende Augen den nahenden Tod der gefallenen Soldaten verkörpern, schienen die Besucher nicht zu beachten. Eine angenehme Kühle umgab die beiden Hauptkommissare.

»Lass uns mal nach oben auf die Aussichtsplattform fahren!«, schlug Wiggins vor. »Heute hat man einen tollen Ausblick. Im Anschluss können wir das ganze Denkmal systematisch von oben nach unten durchkämmen.«

Elmar Gutbrot lehnte in luftiger Höhe über der Brüstung und betrachtete gedankenversunken die Stadt. Kroll und Wiggins stellten sich neben ihn, der eine links, der andere rechts, und sahen gleichfalls in Richtung Innenstadt.

Gutbrot schien die unerbetene Gesellschaft nicht zu

stören. »Ich komme für gewöhnlich hierher, wenn ich in Leipzig bin. Dieser ganze Ort ist wie ein Roman: Vor dir das pulsierende Leben, unter dir das blutige Schlachtfeld, drum herum die Geschichte von Krieg und Frieden und über allem liegt der Geruch des Todes!«

»Klingt deprimierend«, bemerkte Kroll.

»Ich weiß jetzt auch, warum diese elenden Nazis hier waren. Du findest zu deinen Füßen alle Stimmungen, die man für eine verworrene Ideologie braucht: die Helden, die Opfer, den Kampf, den Sieg, die Treue, den Glauben, das Blut, die Ehre, den Tod, die Unterwerfung, das Schicksal.«

»Hier finden noch immer zu viele Menschen ihr persönliches Schicksal«, ergänzte Wiggins. »Das Denkmal ist leider auch bei Selbstmördern sehr beliebt.«

Gutbrot ließ sich nicht aus seiner nachdenklichen Stimmung reißen. »Mors est quies viatoris, finis est omnis laboris. Der Tod ist die Ruhe des Wanderers – er ist das Ende aller Mühsal. Der Tod. Wem gehorcht er wohl? Wem steht er zu Diensten?«

»Manche Menschen glauben wohl, dass der Tod geeignet sei, ihren persönlichen Interessen zu dienen«, bemerkte Kroll. »Meist ein großer Irrtum. Aber ich würde gern zur Sache kommen: Herr Gutbrot, Sie haben uns nicht die Wahrheit erzählt, was Ihr Alibi angeht. Sie haben Auerbachs Keller um 19.30 Uhr verlassen. Sie hatten genug Zeit, Lachmann zu töten.«

Gutbrot schien diese Neuigkeit nicht zu beeindrucken. Er wirkte immer noch abwesend. »Warum sollte ich Lachmann umbringen? Wir schlachten jetzt eine tote Kuh aus, die wir gerne noch viele Jahre gemolken hätten.«

Wiggins drehte sich um und sah Gutbrot an. »Zum Beispiel, weil wir von Frau Mühlenberg erfahren haben, dass Sie die Kuh, wie Sie es nennen, ohnehin nicht mehr lange gemolken hätten. Weder Herr Lachmann noch Frau Mühlenberg waren offensichtlich an einer weiteren Zusammenarbeit mit dem Zeitraub-Verlag interessiert. Die Biografie kriegt ja auch jemand anderes.«

Gutbrot lachte bitter. »Die Wege dieser Herrin sind unergründlich. Was soll das Ganze? Sie glauben doch nicht ernsthaft, dass ich ein Mörder bin!«

Kroll wurde ungeduldig. »Glaubensfragen gehören in die Kirche. Ich will einfach wissen, wo Sie wirklich waren, Herr Gutbrot!«

Der Verleger drehte sich um und lehnte mit dem Rücken an die Brüstung. »Ich war im Wasserturm.«

Der Wasserturm war ein großes Bordell in Leipzig an der Straße Richtung Taucha. Die Polizisten wussten genau, dass es nahezu unmöglich war, das Alibi zu hinterfragen. Der Wasserturm war das mit Abstand größte erotische Etablissement in Leipzig und Umgebung, in dem unzählbar viele Prostituierte arbeiteten. Zu Messezeiten herrschte sicherlich Hochbetrieb.

Kroll hakte nach. »Hat Sie dort jemand gesehen? Wie hieß denn die Dame, bei der Sie den Abend verbracht haben?«

»Es war ziemlich voll. Sicher haben mich viele Gäste

gesehen. Mir ist aber keiner namentlich bekannt. Die Dame hieß Mandy oder so ähnlich. Kann aber auch ein anderer Name gewesen sein. Ich war schließlich nicht dort, um mich zu unterhalten.«

Wiggins klappte seinen Notizblock zu. »Wir werden das überprüfen! Ich hoffe nur, Sie haben uns nicht schon wieder angelogen! Wann verlassen Sie Leipzig?«

»Morgen früh. Mein Flieger geht um 7.45 Uhr.«

»Halten Sie sich bitte bis zur Abreise zu unserer Verfügung«, verlangte Kroll zum Abschied.

Sie saßen bereits im Auto, als Krolls Handy klingelte. Kommissar Volker Schöck wollte ihn sprechen.

»Hallo, Kroll. Ich habe mir gerade die Videos von der Überwachungskamera angesehen, die bei uns vor dem Haupteingang hängt. Ich dachte, das kann nicht schaden. Vielleicht ist der Täter bei uns vorbeigekommen, schließlich liegt das Präsidium nur einen Steinwurf von der Pfeifenstube entfernt. Du wirst es nicht glauben: Ich hatte einen Treffer.«

»Mach's nicht so spannend!«, forderte ihn Kroll auf.

»Der Verleger Gutbrot ist genau um 19.58 Uhr durch das Blickfeld unserer Kamera gefahren, mit einem Fahrrad.«

»Bist du dir da ganz sicher?«

»100 Pro! Die Person stimmt genau mit dem Foto überein, das wir in der SOKO verteilt haben. Da besteht überhaupt kein Zweifel.«

Kroll sah Wiggins an. »Danke, Volker, du hast uns sehr geholfen! Schick bitte noch eine Truppe los, die sollen unbedingt das Fahrrad suchen.«

»Mach ich! Bis später.«

Kroll und Wiggins gingen zurück zum Völkerschlachtdenkmal. Schon von Weitem erkannten sie, dass sich vor dem Haupteingang eine große Menschenmenge versammelt hatte. Alle reckten ihre Köpfe in die Höhe. Elmar Gutbrot stand auf der Brüstung.

»Scheiße!«, fluchte Kroll. Er nahm sein Handy und informierte die Feuerwehr und die Kollegen. »Wir müssen da hoch!«

Die Polizisten wollten nicht auf den Fahrstuhl warten, sondern stürmten die Treppen hinauf. Außer Atem erreichten sie die Plattform. Wiggins zeigte seinen Ausweis und bat die anwesenden Touristen, sich zu entfernen. Kroll näherte sich Gutbrot bis auf eine Entfernung von drei Metern.

»Herr Gutbrot! Das bringt doch nichts! Kommen Sie da runter!«

Gutbrot schien den Beamten gar nicht wahrzunehmen. Er starrte in die Tiefe.

Kroll fühlte sich alles andere als wohl in seiner Haut. Er hätte alles dafür gegeben, jetzt einen erfahrenen Polizeipsychologen bei sich zu haben. Aber es war keiner da. Kroll fühlte sich überfordert. Mit einer derartigen Situation hatte er überhaupt keine Erfahrung. Was sollte er jetzt sagen? Bloß nicht das Falsche. Das war klar. Aber was war das Richtige? Er durfte Gutbrot auf keinen Fall erzählen, dass sein Alibi erneut geplatzt war. Das würde seine Ausweglosigkeit nur erhöhen. Aber irgendetwas musste er doch tun.

»Herr Gutbrot! Nichts auf dieser Welt kann so schlimm sein, dass es sich lohnen würde, da runterzuspringen.«

Der Verleger sah immer noch in die Tiefe. »Sie haben ja keine Ahnung!«

Kroll trat einen Schritt näher. »Natürlich habe ich keine Ahnung, aber ich weiß, dass es in jeder Situation Menschen gibt, die einem helfen können. Und ich weiß auch, dass das, was Sie vorhaben, keine Lösung ist. Denken Sie doch an Ihre Frau und Ihre Kinder!«

In der Ferne ertönte ein Martinshorn Die Feuerwehr rückte an. Unablässig starrte Gutbrot an seinen Füßen vorbei in Richtung Boden.

Kroll sah zu Wiggins. Der zuckte hilflos mit den Achseln.

»Herr Gutbrot. Kommen Sie jetzt bitte da runter! Wenn das etwas mit dem Tod von Willi Lachmann zu tun haben sollte, besteht mit Sicherheit kein Anlass, sich das Leben zu nehmen. Wir glauben nicht, dass Sie etwas mit dessen Tod zu tun haben.«

»Das weiß ich selbst«, murmelte Gutbrot mit monotoner Stimme.

Ratlos musterte Kroll den Geschäftsinhaber des Zeitraub-Verlages. »Aber was ist es denn dann?«

»Ich glaube nicht, dass das irgendjemanden etwas angeht«, waren die letzten Worte des Verlegers Elmar Gutbrot.

Das dumpfe Geräusch des Aufpralls war noch oben auf der Plattform zu hören. Die beiden Polizisten stürmten zur Brüstung. Gutbrots verdrehter Körper lag in einer Blutlache. Rettungssanitäter rannten auf ihn zu.

Langsam ließ sich Kroll zu Boden sinken und lehnte sich mit dem Rücken an die Wand. »Verdammte Scheiße! Musste das jetzt sein?«

Wiggins setzte sich neben seinen Kollegen. »War das jetzt ein Schuldeingeständnis?«

Erschöpft fuhr sich Kroll durch die Haare. »Keine Ahnung. Vielleicht ja, vielleicht nein.« Er sah Wiggins an. »Irgendjemand muss die Angehörigen benachrichtigen. Weißt du, wo der Gutbrot gewohnt hat?«

Wiggins blätterte in seinem Notizblock. »Der wohnt in Polling, einem kleinen Ort in der Nähe von Altötting.«

»Ruf die Kollegen im Präsidium an. Die sollen jemanden vorbeischicken, der die traurige Nachricht überbringt.«

Kroll stand auf und schaute über die Brüstung. Er beobachtete, wie ein Zinksarg in einen Leichenwagen geschoben wurde. Die Blutlache war noch deutlich zu sehen. »Ich glaube, heute brauche ich ein Bier!«

»Ich komm mit«, antwortete Wiggins.

Die Kommissare beschlossen, zunächst ins Präsidium zu fahren. Dort wurde ihnen mitgeteilt, dass Carola Gutbrot noch am heutigen Abend in Leipzig eintreffen würde. Ihr Zug wurde für 20.25 Uhr am Hauptbahnhof angekündigt. Kroll und Wiggins beschlossen, sie abzuholen.

Kroll rief alle Mitarbeiter der SOKO zusammen, um zu erfahren, ob sie etwas Brauchbares herausgefunden hatten. Die Ergebnisse waren jedoch wieder dürftig. Oskar Jäger hatte sich noch nicht gemeldet. Das war aber auch nicht zu erwarten, weil er sich erst seit wenigen Stunden in Berlin aufhielt.

Am Ende der Sitzung erhielten sie die Nachricht, dass vor einem Haus in der Härtelstraße ein Fahrrad entdeckt worden sei, das mit hoher Wahrscheinlichkeit mit dem Fahrrad auf der Videoaufzeichnung übereinstimme. Die Härtelstraße war nur wenige Meter von der Pfeifenstube entfernt. Kroll bat die Kollegen, nichts anzurühren. Sie wollten sich das Rad zunächst selbst ansehen, zumal die Härtelstraße auch vom Polizeipräsidium aus innerhalb von nur fünf Minuten Fußweg erreichbar war.

Das rote Mountainbike lehnte an der Wand eines alten Mehrfamilienhauses. Es war mit einem schwarzen Rundschloss an einem Fenstergitter angekettet. Ein uniformierter Beamter ging auf Kroll zu. »Das Rad ist registriert. Wir haben den Eigentümer schon abgeklärt. Es gehört einer gewissen Irma Finger.«

»Das ist die Autorin, die am Tatabend die Lesung im Auerbachs Keller gehalten hat«, erläuterte Wiggins. »Vermutlich hat Gutbrot das Fahrrad von ihr geliehen.«

Kroll wies mit dem Zeigefinger auf den Lenker. »Wir

hatten früher einen einfachen Tacho. Heute geht wohl nichts mehr ohne Computer!«

Der uniformierte Polizist war froh, den Kommissaren helfen zu können. »Mein Sohn hat genau das gleiche Gerät. Der fährt nämlich ständig diese Radrennen.« Er holte kurz Luft. »Wenn Sie denken, das Ding zeigt Ihnen nur, wie schnell und wie weit Sie gefahren sind, haben Sie sich gründlich getäuscht. Dieser Apparat misst Ihre Herzfrequenz und 1.000 andere Werte, außerdem enthält es ein komplettes Navigationssystem.«

Kroll nickte anerkennend. »Ab in die Kriminaltechnik damit. Sagen Sie denen, die sollen sich den Computer mal ganz genau ansehen.«

Kroll und Wiggins gingen zurück in das Präsidium. Mit einem Mitarbeiter der Spurensicherung sahen sie sich das Video an, auf dem Gutbrot zu sehen war, als er am Gebäude vorbeifuhr. Obwohl Einzelheiten nur sehr undeutlich zu erkennen waren, hatten sie keinen Zweifel, dass der Mann auf dem Fahrrad tatsächlich der Verleger war. Sie ließen sich die Aufnahme mehrmals zeigen und baten den Mitarbeiter, an verschiedenen Stellen anzuhalten, weil sie Gutbrots Gesichtsausdruck oder andere Auffälligkeiten zu entdecken hofften. Aber dafür war die Qualität der Überwachungskamera zu schlecht.

Nachdem der Kollege von der KTU gegangen war, blieben sie noch einen Moment in dem Raum sitzen. Kroll sah auf den dunklen Bildschirm. »Lachmann wurde mit einem Gewehr erschossen. Gutbrot hatte kein Gewehr dabei. Das hätten wir auf der Aufnahme gesehen.«

»Vielleicht hatte er es vorher irgendwo deponiert«, grübelte Wiggins.

»Vielleicht! Vielleicht aber auch nicht.« Kroll konnte die Möglichkeit nicht ausschließen, hielt sie aber auch nicht für sehr wahrscheinlich. Ein schussbereites Gewehr versteckt man schließlich nicht irgendwo im Garten.

»Lass nach der Waffe suchen! Was wissen wir über das Haus, wo Gutbrots Fahrrad angelehnt war?«

»Nicht viel. Ich lasse das gerade checken! Die Nachbarhäuser auch.«

Kroll war ungeduldig. »Klasse! Können wir irgendwann auch mal vorwärtskommen?«

Wiggins blieb gelassen. »Alles braucht seine Zeit.«

Als sie wider in ihrem Büro saßen, klingelte das Telefon. Oskar Jäger, der Kollege, der gerade in Berlin recherchierte, war dran. Kroll stellte den Lautsprecher an.

»Hallo, Kollegen. Ich bin mir jetzt ziemlich sicher, dass wir auf der richtigen Spur sind. Ich habe etwas rausbekommen!«

»So schnell?«, fragte Wiggins.

»Glaubt ihr etwa, ich mache Urlaub? Aber im Ernst: Das war gar nicht so aufwendig, ist mir wirklich schon beim Lesen der ersten Akten ins Auge gesprungen.«

»Was denn?«

»Also, bei der Abkürzung AGMS hat der Lachmann ein Zeichen weggelassen. Deshalb haben wir immer an der falschen Stelle gesucht. Beim Lesen der Unterlagen fiel mir sofort auf, das muss AGM/S« – er betonte den Schrägstrich – »heißen. Und dann ist die Sache schnell klar!«

»Und was bedeutet AGM/S?«, wollte Wiggins wissen.

»Das ist die Abkürzung für Arbeitsgruppe des Ministers für Staatssicherheit/Sonderfragen. Das war die Abteilung der Stasi, die für die Auslandseinsätze zuständig war. Jetzt passt vieles zusammen. Wir bewegen uns in die richtige Richtung. Jetzt bin ich mir ganz sicher.«

Kroll und Wiggins brauchten einen Moment, um die neue Information zu verarbeiten. Kroll rieb sich die Augen und suchte einen Notizzettel.

»Hallo … seid ihr noch da?«, tönte es aus dem Lautsprecher des Telefons.

Kroll kritzelte auf den Zettel. »Ja. Bleib dran, Oskar. Wir müssen die Sachen jetzt ein wenig sortieren. Fangen wir mit Lachmanns USB-Stick an.«

Wiggins führte die Gedanken weiter. »Als Allererstes stand da Eimnot drauf. Hier gibt es nur wenige Interpretationsmöglichkeiten. Eimnot ist weiß Gott kein alltäglicher Name. Das kann eigentlich nur unser alter Bekannter Peter Eimnot sein. Jahrelang unschuldig hinter Gittern wegen des angeblichen Mordes an der Juwelierstochter Annemarie Rosenthal.«

Kroll dachte laut. »Bei L.E. kann man sich nicht so sicher sein, diese Abkürzung kann vieles bedeuten. Aber unterstellen wir einmal, das sind tatsächlich die

Initialen des Fußballers Lars Ehrentraut. Was hat das mit Eimnot zu tun?«

»Eine ganze Menge!«, intervenierte die Stimme aus dem Telefon. »Denkt doch mal an die Zwangsadoption der kleinen Amelie. Lars Ehrentraut muss ihr Vater gewesen sein! Alles andere macht doch keinen Sinn. Und damit hätten wir auch die Verbindung zu Annemarie Rosenthal!«

Wiggins bremste die Euphorie seines Kollegen am Telefon. »Das ist bislang nicht mehr als eine Vermutung!«

Oskar Jäger ließ sich nicht von seinem Weg abbringen. »Wiggins, ich bitte dich! Das kann doch kein Zufall sein. Und jetzt denk doch bitte noch an die Abkürzung AGM/S. Die Auslandsabteilung der Stasi. Also, was wollt ihr noch mehr?«

Kroll zog das Gespräch wieder an sich. »Das war gute Arbeit bis jetzt, Oskar. Aber wenn du mich so fragst: Auf meinem Wunschzettel steht ganz oben die Frage, wo Amelie jetzt ist. Außerdem würde ich gerne mehr über die Hintergründe des Todes von Lars Ehrentraut erfahren. Und … wenn du schon einmal dabei bist, krieg doch bitte noch raus, wer dieser Goran ist. Über den wissen wir nämlich noch gar nichts!«

»Mach ich, Chef! Also bis dann!«

»Und, was hältst du von der ganzen Sache?«, fragte Kroll seinen Kollegen, nachdem Jäger aufgelegt hatte.

»Schwer zu sagen. Es scheint ja alles ganz gut zusammenzupassen. Aber irgendwie eine komische

Geschichte. Vielleicht liegt das auch daran, dass wir bislang noch nichts mit diesen Dingen zu tun hatten.«

Kroll stand auf und ging zum Fenster. »Wer ist dieser Goran?«

Wiggins zuckte mit den Achseln.

Ein Mitarbeiter der Kriminaltechnischen Untersuchung kam herein und legte ein Blatt auf Krolls Schreibtisch. »Wir dachten, euch interessiert die letzte Route von diesem Gutbrot. Die war relativ einfach herauszukriegen, weil der Computer am Fahrrad das automatisch abspeichert. Der Rest kommt später. Die Zielperson ist vom Auerbachs Keller durch die Fußgängerzone, am Gebäude der Deutschen Bank über den Ring und dann immer geradeaus über den Petersteinweg bei uns vorbei, schließlich links ab in die Härtelstraße. Eigentlich der kürzeste Weg.«

Kroll versuchte, sich Gutbrots Aussage in Erinnerung zu rufen. »Hat Herr Gutbrot irgendwann eine Pause gemacht?«

»Nein, das haben wir gecheckt. Der hat nur einmal für genau 26 Sekunden angehalten, bevor er den Ring überquert hat. Wahrscheinlich musste er an einer Ampel warten.«

»Sonst keine Pause?«, hakte Wiggins noch einmal nach.

»Definitiv nicht!«

Als sie wieder alleine im Büro waren, betrachtete Kroll erneut die Aufzeichnungen der KTU. »Der hat nicht angehalten und irgendwo ein Gewehr aus dem Versteck geholt.«

Wiggins stimmte seinem Kollegen zu. »Wir müssen allerdings noch abklären, was Gutbrot in der Härtelstraße gemacht hat. Theoretisch wäre es möglich, dass er das Gewehr dort gebunkert hat und anschließend zu Fuß Richtung Pfeifenstube gegangen ist. Sicher ist sicher!«

Kroll sah auf die Uhr. »Komm, wir müssen zum Bahnhof. Frau Gutbrot kommt in einer Viertelstunde an.«

Der Leipziger Hauptbahnhof wurde kurz nach Beginn des Ersten Weltkrieges fertiggestellt. Die 13-jährige Bauzeit war dem monumentalen Gebäude ohne Weiteres anzusehen. Da bis zum Jahre 1934 die rechte Hälfte des Gebäudes in sächsischer und die linke Hälfte in preußischer Verwaltung war, wurden sämtliche Anlagen doppelt ausgeführt. Die eine Seite ist das perfekte Spiegelbild der anderen.

Mit Frau Gutbrot hatten sie sich vor dem Blumengeschäft im Eingangsbereich der Westhalle verabredet. Sie zog einen Rollkoffer hinter sich her und ging direkt auf die Polizisten zu. Nach einer kurzen Begrüßung brachten Kroll und Wiggins die Witwe in das Hotel Michaelis im Zentrum-Süd. Sie warteten im Restaurant auf Frau Gutbrot, die zunächst ihren Koffer aufs Zimmer bringen wollte.

Als sie zurückgekehrt war, bestellte sie sich einen trockenen Rosé aus der Provence.

Frau Gutbrot begann nachdenklich das Gespräch, ohne die Fragen der Polizisten abzuwarten. »Irgendwie hatte ich schon lange die Befürchtung, dass es mal so weit kommen würde. Elmar wurde immer schwermütiger, depressiver.« Sie trank gierige Schlucke von ihrem Wein. »Keiner konnte ihm helfen, er tat mir einfach nur noch leid. Er war ja nicht einmal selbst schuld an seiner Situation.«

»Wie meinen Sie das?«, fragte Kroll.

»Das ganze Drama begann eigentlich vor gut drei Jahren.« Sie sah die Polizisten unsicher an und spielte dann an dem Serviettenring. »Ich wollte für ein paar Tage meine Schwester besuchen und fuhr von Polling Richtung Augsburg. Nachdem ich circa eine Stunde unterwegs war, fiel mir ein, dass ich wichtige Medikamente auf dem Küchentisch vergessen hatte. Die Medikamente sind verschreibungspflichtig, ich muss sie regelmäßig einnehmen. Mir blieb nichts anderes übrig, als nach Polling zurückzukehren.«

Frau Gutbrot pausierte und holte tief Luft. Sie malte mit dem Zeigefinger auf der weißen Tischdecke. »Ja … und als ich wieder nach Hause kam, entdeckte ich meinen Mann in unserem Ehebett …«

Wiggins wollte ihr die weitere Schilderung erleichtern. »Ich nehme an, mit einer anderen Frau.«

Frau Gutbrot schüttelte den Kopf. »Nein, mit einem anderen Mann!«

Kroll und Wiggins sahen sich ungläubig an.

»Aber das heißt ja … also dann muss er seine homosexuelle Neigung ja die ganze Zeit, die ganzen Jahre, geheim gehalten haben«, sagte Kroll zweifelnd.

»Für ihn war das bestimmt die Hölle. Vergessen Sie

bitte nicht, Herr Kommissar, wir wohnen in Polling, einem Nest im tiefsten Bayern. Das ist nicht Berlin, Köln oder Leipzig, man kann sich nicht einfach outen. Homosexualität ist dort noch absolut verpönt. Elmar muss Qualen ausgestanden haben. Er musste ein Leben lang seine Sexualität verleugnen und der Gesellschaft das sogenannte normale Leben vorspielen, mit Frau und Kindern.«

»Und wie haben Sie reagiert?«, fragte Kroll.

Frau Gutbrot bestellte ein weiteres Glas Rosé. »Für mich war die Situation natürlich alles andere als einfach. Mein Mann hatte mich betrogen. Das hat mich natürlich sehr verletzt. Da war es mir auch erst einmal egal, ob das mit einem Mann oder einer Frau passiert ist. Ich habe mich natürlich gefragt, ob er mir die ganzen Jahre unserer Ehe etwas vorgespielt hat. Aber das glaube ich eigentlich nicht. Ich bin mir sicher, dass er mich trotz seiner Veranlagung sehr geliebt hat.«

Die Kellnerin brachte den Wein.

»Zuerst war ich sauer, dann tat er mir leid, dann dachte ich, er hat eigentlich kein Mitleid verdient, schließlich hatte er mich ja betrogen, dann kamen viele Ratschläge von vielen Leuten und, und, und.«

»Aber Sie haben Ihren Mann schließlich verlassen«, orakelte Kroll.

Frau Gutbrot nickte. »Ja! Meine Enttäuschung war zu groß. Das war die emotionale Seite. Aber es gab noch ein rationales Argument: Wenn seine homosexuellen Gefühle so stark waren, machte es keinen Sinn mehr, ihn an mich zu binden.«

Wiggins hatte Mühe, die ganze Geschichte zu begreifen. »Aber Sie haben doch noch einen Sohn! Wie hat er die Sache aufgenommen?«

»Unser Sohn hatte leider überhaupt kein Verständnis für seinen Vater. Er hat ihm vorgeworfen, seine Familie jahrelang betrogen und belogen zu haben. Unser Sohn hat von einem auf den anderen Tag mit seinem Vater gebrochen … unwiderruflich.«

Es kehrte für einen Moment Stille ein. Kroll und Wiggins wurde klar, dass der Mensch, mit dem sie noch vor wenigen Stunden auf dem Völkerschlachtdenkmal geredet hatten, in tiefer Verzweiflung gelebt haben musste.

»Er hat an diesem Tag alles verloren«, bemerkte Kroll leise.

Frau Gutbrot schaute in ihr Weinglas. »Er hatte seine Familie verloren. Sein ein und alles. Ich habe noch viel mit ihm geredet. Aber ein Zurück kam für mich nicht infrage. Das ging einfach nicht mehr.« Frau Gutbrot kramte ein Taschentuch aus ihrer Handtasche und schnäuzte sich. »In letzter Zeit kamen finanzielle Probleme dazu. Der Verlag machte Verluste. Er hatte große Verpflichtungen. Die vielen Angestellten, die Kredite, der Unterhalt für unseren Sohn und mich. Ich glaube, das ist ihm alles über den Kopf gewachsen.«

Kroll überlegte einen Moment, ob auch er Gutbrot das Leben vielleicht zu schwer gemacht hatte. Hatte er ihn zu Unrecht verdächtigt? Hatte er ihn vielleicht zu hart angefasst? Aber woher sollte er denn wissen, dass sich Gutbrot in so einer bedrückenden Situation befand?

Frau Gutbrot unterbrach seine Gedanken. »Wenn Sie mich bitte entschuldigen. Ich bin müde und würde gerne zu Bett gehen. Wir sehen uns morgen früh. Ich möchte meinen Mann gerne verabschieden.«

Peter Eimnot war nicht überrascht, dass sein serbischer Freund ihn besuchte. Das tat er regelmäßig, wenn er in Leipzig war. Wie immer hatten sie sich in das kleine, schmuddelige Wohnzimmer gesetzt und becherten billiges Dosenbier. Der Serbe hatte noch eine Flasche Sliwowitz mitgebracht, den sie aus beschlagenen Wassergläsern tranken.

Der Serbe war groß und hager, mit breiten Schultern. Er schien nur aus Knochen, Muskelpaketen und Haut zu bestehen. Seine Arme waren bis zu den Fingern tätowiert, an der linken Halsseite saß eine Spinne. Die Tätowierung an der rechten Seite des Halses sollte wohl einen Vampirbiss darstellen, war aber nicht so gut gelungen. Unter dem rechten Auge hatte er sich eine Knastträne stechen lassen.

Als der Serbe eine Dose Bier öffnete, zischte es leise und Schaum trat aus der Öffnung im Blech heraus. Er nahm einen tiefen Schluck und wischte sich den Mund mit dem Unterarm ab. Sein lautes Aufstoßen unterdrückte er nicht. »Alte meint, ich sollte besser aus Staub machen.«

Mit geschickten Fingern drehte sich Eimnot eine Zigarette. Er sah seinen Freund verständnislos an. »Warum?«

»Er sagte, wegen Tod von diese Lachmann. Könnte

sein, dass Polizei jetzt wieder rumschnüffelt und da wäre besser, wenn ich von Bildfläche verschwinde.«

Eimnot schien das alles nicht aufzuregen. »Na ja, wenn der Alte das so denkt. Der wird schon wissen, was er sagt!«

Der Serbe zündete sich eine Zigarette an und inhalierte tief. Beim Sprechen trat der Qualm aus Mund und Nase. »Und was du denkst?«

Eimnot zuckte mit den Schultern. »Ich denke, uns kann nichts passieren, solange keiner Lachmanns Computer findet. Bist du sicher, dass du ihn gut versteckt hast?«

»Sicher wie Amen in Kirche!«

Ein Lächeln glitt über Eimnots Gesicht. »Gut! Denk dran, die Dateien sind sicherlich noch ein hübsches Sümmchen wert, wenn erst einmal Gras über die Sache gewachsen ist. Wüsstest du denn, wo du für eine Zeit untertauchen könntest?«

»Ich Soldat, mein Freund. Ich kann untertauchen überall.« Er zerdrückte die Bierdose und warf sie in die Ecke, bevor er eine neue öffnete.

Eimnot nahm die Flasche mit dem Sliwowitz und führte sie zum Mund. Der Schnaps schien wie Wasser in seinen Hals zu laufen, Eimnot verzog keine Miene und reichte die Flasche dem Serben. »Dann ist das wohl heute erstmal unser Abschiedstrunk. Wir bleiben über Handy in Kontakt. Brauchst du Asche?«

Der Serbe griff in seine Hosentasche und zeigte Eimnot ein dickes Bündel Geldscheine. »Hab genug!«

Kroll und Wiggins beschlossen, an diesem Abend im Spizz noch etwas zu trinken. Bevor Wiggins eine feste Freundin hatte, hatten sie sich häufiger mal auf ein Feierabendbier verabredet, in letzter Zeit aber immer seltener. Das Spizz lag in der Leipziger Innenstadt, direkt am Marktplatz gegenüber dem Alten Rathaus. Die Kneipe war stets gut besucht, im Sommer wie im Winter. An warmen Tagen hatte man erst recht Mühe, noch einen Platz zu ergattern, denn das Spizz lag außerdem am Eingang des Barfußgäßchens, einer äußerst beliebten Kneipenmeile, in der sich halb Leipzig zu versammeln schien. Kroll und Wiggins hatten Glück. Als sie kamen, wurde gerade ein Tisch mit Blick auf den Marktplatz frei.

»Hast du mal wieder was von Claudia gehört?«, fragte Wiggins.

Kroll antwortete gleichgültig. »Hat gestern, glaube ich, angerufen. Geht ihr ganz gut in Kiel. War zumindest mein Eindruck.«

Wiggins wollte sich mit der Antwort nicht zufriedengeben. »Und … sonst nichts?«

Kroll stellte sein Glas ab. »Du kennst doch die Weiber. Immer die gleiche Platte: Ich muss nachdenken, ich brauche Abstand, ich brauche Zeit, ich muss erst meine Gefühle sortieren, ich muss sehen, ob ich dich vermisse … ich, ich, ich …«, er lachte Wiggins freudlos an. »Die haben da sogar Robben im Institut, mit denen übt Claudia schon Kunststücke, und ihr Kollege frisst abends den Tintenfisch, den sie tagsüber seziert!«

Wiggins verzog das Gesicht. »Echt?«

»Na klar. Was glaubst du, wie frisch der ist!«

Wiggins wurde nachdenklich. »Und du? Wie geht es dir?«

»Geht so. Ich mach das alles nicht zum ersten Mal durch. Als Polizist kriegt man ja langsam Routine mit abgebrochenen Beziehungen.«

Für einen kurzen Moment erschrak Wiggins. Würde das auch für ihn gelten? Er nahm das Gespräch erneut auf. »Glaubst du denn, dass die Trennung endgültig ist?«

Kroll trank sein Glas leer und bestellte ein neues Bier, weil Wiggins Glas noch halb voll war. »Da bin ich mir sicher. Die kommt nicht mehr zurück. Und ich habe eigentlich mit der Geschichte auch abgeschlossen. War 'ne schöne Zeit … der Herr hat's gegeben, der Herr hat's genommen.« Kroll prostete Wiggins mit seinem frischen Bier zu. »Und bei dir und Nicole? Alles klar so weit?«

»Das läuft eigentlich ganz gut. Nicole recherchiert gerade für ihre Diplomarbeit. Abends kellnert sie noch im Bayerischen Bahnhof.«

»Heute Abend auch?«

»Nein, sie wollte mit einer Freundin ins Kino, irgend so ein Frauenfilm.«

»Seid ihr nicht erst im Kino gewesen?«

»Ne, da kam uns doch der USB-Stick in die Quere.«

»Und du hattest keinen Bock auf Kino?«

»Nicht auf diesen Film. Da geht es, glaub ich,

nur um Gefühle.« Wiggins lächelte. »Da geh ich lieber ein Bier trinken.« Er hielt es für angebracht, mit Rücksicht auf Krolls derzeitige Situation, das Thema Frauen nicht zu vertiefen und beschloss daher, über den Fall zu reden. Etwas Besseres fiel ihm nicht ein. »Besonders weit sind wir noch nicht gekommen.«

Kroll wischte sich mit dem Handrücken den Schaum vom Mund. »Ich bin mir jetzt ziemlich sicher, dass das Motiv für den Mord an Willi Lachmann weit in der Vergangenheit liegt.«

»Du meinst den Fall Peter Eimnot.«

»Nicht nur das!«

»Der Tod dieses Fußballers Ehrentraut?«

Kroll nickte. »Wir müssen herausbekommen, was damals vorgefallen ist und wie das alles zusammenhängt. Da gibt es vermutlich Verbindungen, von denen wir nichts ahnen. Wir müssen jetzt in die Geschichte eintauchen und Schicht für Schicht freilegen, bis wir der Sache auf den Grund gekommen sind.«

Wiggins stöhnte. »Kein leichtes Unterfangen bei der Geheimhaltungsstufe, mit der wir es zu tun haben.«

Kroll beachtete die letzte Bemerkung seines Kollegen nicht. »Und natürlich müssen wir herausfinden, wer dieser Goran ist. Um den hat sich bis jetzt noch niemand gekümmert.«

Wiggins Handy klingelte. Er drückte auf die grüne Taste. »Ehrlich … ach du Scheiße … ich komme!« Er sah Kroll um Verständnis bittend an. »Das war Nicole.

Die ist auf der Kinotreppe umgeknickt und das mit diesen blöden hohen Schuhen. Die sitzt jetzt in der Eingangshalle, schreit vor Schmerzen und kann nicht mehr laufen. Ich glaube, ich muss mit ihr noch zur Notaufnahme.«

»Hoffentlich nichts Ernstes! Soll ich mitkommen und dir helfen?«

Wiggins war schon aufgesprungen. »Wirklich nicht nötig. Das kleine Persönchen kann ich zur Not noch alleine tragen. Tut mir nur leid für unseren Abend.«

»Ist doch kein Problem. Da kann doch jetzt wirklich niemand was dafür. Ruf mich an, wenn du doch noch Hilfe brauchst.«

Nachdem Wiggins sich entfernt hatte, bestellte sich Kroll noch ein Weizenbier. Er lehnte sich zurück und genoss mit geschlossenen Augen die warme Luft des Sommerabends. Für einen Moment war er abwesend. Eine ihm nicht unbekannte Stimme riss ihn aus der geistigen Dämmerung.

»Hallo, Herr Kommissar. So spät noch alleine unterwegs? Ich hätte gewettet, bei dir stehen die Frauen Schlange.«

Kroll öffnete die Augen. »Die Zeiten sind lange vorbei. Wenn heute Frauen wegen mir Schlange stehen, dann nur, um durch die Ausgangstür zu verschwinden.« Er zeigte auf den freien Stuhl. »Aber im Ernst. Wiggins war gerade noch da, doch der musste zu seiner Freundin, weil die sich den Fuß verletzt hat und nicht mehr alleine laufen kann!«

Liane Mühlenberg nahm Platz. »Dann werde ich dir eben die Zeit vertreiben. Natürlich nur, wenn es dir Recht ist.«

Kroll war erfreut, dass er nicht länger alleine hier sitzen musste. »Aber natürlich, gerne. Was willst du trinken?«

Liane blätterte in der Karte und schaute abwägend in den Himmel. »Bei diesem Wetter …ich nehme einen trockenen Weißwein.« Sie lachte Kroll an. Von großer Trauer war bei ihr nichts mehr zu spüren. »Herrlicher Abend, oder? Ich liebe diese warmen Sommerabende, an denen man überhaupt nicht nach Hause möchte.«

»Das geht mir genauso«, stimmte ihr Kroll zu.

Es trat ein Moment Stille ein, der von Liane unterbrochen wurde. »Bist du öfter hier ?«

»Ich gehe ganz gerne mal abends raus. Hab so mehrere Kneipen, in denen ich mich am liebsten aufhalte. Das Spizz gehört ebenfalls dazu. Außerdem mag ich die Bedienung, die gerade im Einsatz ist. Die ist wirklich nett.«

Die letzte Bemerkung machte Liane neugierig. »Verzeih mir bitte, wenn ich indiskret bin, aber gibt es zurzeit nicht eine bessere Hälfte in deinem Leben?«

Kroll musste grinsen. »So etwas Ähnliches hat mich Wiggins auch gerade gefragt.«

»Und? Was hast du ihm geantwortet?«

Kroll wusste zwar nicht, warum Liane ihn plötzlich über sein Privatleben aushorchte, aber er hatte keine Lust auf irgendwelche Ratespielchen. Außerdem wollte er aus seinem Singledasein kein Geheimnis machen. Dazu bestand kein Anlass. »Ich bin seit Kurzem wieder solo. Meine Freundin und ich haben uns vor ein paar Tagen getrennt.«

»Oh, das tut mir leid!«

Kroll konnte Lianes Bemerkung nicht richtig einschätzen. Tat es ihr wirklich leid? Das konnte er sich nicht vorstellen, denn Liane und er kannten sich noch nicht lange. Oder hatte Liane diese Bemerkung einfach nur fallen lassen, weil sie es für angebracht hielt. Vielleicht wollte sie auch in Erfahrung bringen, ob Kroll unter der Trennung litt. Das würde bedeuten, dass sie in Erfahrung bringen wollte, wer die Beziehung beendet hatte. Er sah jedoch keinen Grund, sein Privatleben vor ihr auszubreiten. Außerdem war er durch ihr Interesse an seinem Beziehungsleben ein wenig irritiert, weil Liane Mühlenberg schließlich vor wenigen Tagen auf tragische Weise ihren Partner verloren hatte. Er versuchte daher, von sich abzulenken. »Kein Problem.« Er sah sie mitfühlend an. »Da hast du in letzter Zeit Schlimmeres durchgemacht.«

Liane stellte das Weinglas auf den Tisch und zog damit unförmige Kreise. »Das kann mal wohl sagen! Aber was bringt es, daheimzusitzen und das Kissen vollzuheulen? Ich muss mich ablenken, rausgehen, arbeiten und dann geht es irgendwie.« Sie suchte Blickkontakt zu Kroll. »Weißt du, Kroll, Willi und ich hatten immer eine Menge Spaß. Er würde nicht wollen, dass ich mich jetzt fertigmache!«

»Das bringt sowieso nichts«, stimmte der Hauptkommissar ihr zu. »Trinkst du noch einen Wein? Mein Bier ist auch gerade alle.«

»Klar.«

Weil das Thema schon auf Willi Lachmann gekommen war, nutzte er die Gunst der Stunde, seinem Ermittlungsdrang nachzugeben, obwohl er wusste, dass es nicht passend war. »Darf ich dir ein paar dienstliche Fragen stellen? Ich verspreche hoch und heilig, es kurz zu machen.«

Liane Mühlenberg war anzusehen, dass sie nicht begeistert war. »O.K., Kroll. Du hast genau drei Fragen und dann genießen wir den Abend, einverstanden?«

»Einverstanden! Also, Frage Nummer eins: Kommt dir der Name Amelie Rosenthal bekannt vor oder hat Willi ihn einmal erwähnt? Sie hat einen Leberfleck unter dem rechten Auge, vielleicht ist dir schon mal so jemand begegnet?«

Liane zählte in aller Ruhe mit ihren Fingern. »Das waren drei Fragen. Die Antwort ist nein.«

Kroll gab nicht auf. »Zweite Frage. Hast du mal was von dem Fußballer Lars Ehrentraut gehört?«

»Die Antwort ist erneut nein. Darf ich nun um die letzte Frage bitten?«

Kroll überlegte einen Moment. »Also gut. Hat sich Willi in letzter Zeit mit Leuten getroffen, die dir irgendwie verdächtig vorkamen? Vielleicht war jemand aus dem ehemaligen Jugoslawien darunter.«

»Letzte Antwort: Nicht, dass ich wüsste.«

Kroll hob zum Zeichen der Aufgabe die Hände. »Die Fragen hätte ich mir sparen können. Also gut. Der dienstliche Teil wäre hiermit offiziell beendet. Jetzt genießen wir den Abend. Und worüber reden wir nun?«

Liane streifte sich die Haare aus dem Gesicht. »Mich würde zum Beispiel interessieren, was du so machst, wenn du nicht Verbrecher jagst. Oder hast du nie Freizeit?«

»Ab und zu schon. Ich interessiere mich für Sport. Hauptsächlich Kampfsport und Fußball.«

Fußball schien Lianes Geschmack überhaupt nicht zu treffen. Das hatte Kroll auch nicht erwartet. Aber der Kampfsport weckte ihre Aufmerksamkeit.

Ihre Blicke glitten über Krolls Körper. »Also Kampfsport! Nur theoretisch, oder auch …?«

»Ich war früher mal ganz gut. Heute versuch ich, noch so einigermaßen fit zu bleiben.« Er lächelte Liane an. »Noch geht es ganz gut. Aber ich werde auch nicht jünger!«

»Ach du Armer«, seufzte Liane übertrieben. »Wenn du einen Platz im Seniorenheim brauchst, ich habe da gute Beziehungen!« Sie beugte sich vor und streichelte Krolls Oberarm. »Ich könnte dir bestimmt ein Doppelzimmer mit deinem alten Kollegen besorgen. Dann könnt ihr zusammen Bingo spielen.«

Kroll setzte das Bierglas ab. »Welcher alte Kollege?«

Liane Mühlenberg war immer noch gut gelaunt. »Na, in der Herbstvilla. Da hat doch Willi in letzter

Zeit ziemlich oft diesen alten Polizisten besucht … wie heißt der gleich? Irgendwas mit Vogel …«

Kroll half ihr mit einer deutlichen Stimme auf die Sprünge. »Bernd Vogelsang!«

Behutsam stellte Liane ihr Weinglas auf dem Tisch ab. »Ja, genau. Aber keine Sorge. Das war doch nur ein Spaß! Der sitzt schon im Rollstuhl.« Sie beugte sich wieder vor. »Da bist du doch noch ein bisschen beweglicher.«

»Komisch, das hat der uns gar nicht erzählt«, murmelte Kroll in Gedanken.

FÜNF

Am nächsten Morgen war Wiggins als Erster im Büro. Wie üblich schaltete er zuerst die Kaffeemaschine an und setzte sich danach an seinen Schreibtisch, um zu sehen, was die Beamten vom Verwaltungsdienst darauf deponiert hatten. Üblicherweise lagen dort Berichte, dienstliche Stellungnahmen, Auszüge aus der Presseschau und Ähnliches. Heute fiel sein Blick sofort auf den weißen, länglichen Briefumschlag, der nicht zu übersehen war, weil alle anderen Unterlagen zur Seite geschoben waren. Wiggins erkannte sofort das Wappen des Freistaates Sachsen. Daneben stand mit großen, förmlichen Buchstaben als Absender Innenministerium des Freistaates Sachsen, Staatssekretär notiert und darunter die Adresse aus Dresden.

Wiggins nahm den Umschlag in die Hand. Er runzelte die Stirn und atmete tief durch. Was wollte der Staatssekretär von ihm? Warum meldete sich die höchste politische Ebene ausgerechnet bei ihm? Was hatte das schon wieder zu bedeuten? Er schaute auf Krolls Seite des Schreibtisches, um in Erfahrung zu bringen, ob sein Kollege ebenfalls Post vom selben Absender hatte. Aber dort lag definitiv kein Schreiben, was die ganze Sache noch verdächtiger machte. Wiggins' erster Gedanke war, dass der Brief etwas mit ihrem aktuellen Fall zu tun hatte. Schließlich beschäftigten sie sich gerade mit Dingen wie DDR-Vergangenheit, Stasi und alten Übergriffen von DDR-Spionen. Wiggins hatte schon lange erwartet, dass ihre Tätigkeit irgendwann politische Kreise ziehen würde. Das wäre auch und gerade aufgrund der prominenten Beteiligten keine Überraschung gewesen. Aber damit wäre nicht zu erklären gewesen, warum offensichtlich nur er einen Brief erhalten hatte. Auf eines konnte man sich beim deutschen Behördenapparat verlassen: Der Dienstweg wurde immer eingehalten. Und dann hätte zumindest Kroll informiert werden müssen und auf jeden Fall Staatsanwalt Reis. Aber der hatte ihn bislang auch noch nicht angesprochen.

Wiggins stand auf und schenkte sich eine Tasse des frisch gebrühten Kaffees ein. Bedächtig ging er zu seinem Schreibtisch zurück und öffnete den Briefumschlag.

Sehr geehrter Herr Hauptkommissar Wiggins,

zunächst darf ich Ihnen die herzlichen Grüße des Staatsministers des Innern ausrichten.

Ich würde mich sehr freuen, wenn Sie es einrichten könnten, den Minister am kommenden Donnerstag um 16.30 Uhr in seinem Büro aufzusuchen.

Den Anlass des Gespräches möchte der Minister Ihnen gerne persönlich erklären.

Auch darf ich Sie bitten, niemanden über unser Gespräch zu unterrichten.

Ihr

Dr. Klaus Neumann
Staatssekretär

für

Dr. Klaus Hassemer
Staatsminister des Innern

Wiggins legte den Brief beiseite und dachte einen Moment nach. Er las das Schreiben erneut durch, in der Hoffnung, beim zweiten Lesen ein wenig schlauer zu werden. Vergebens! Er sah sich das Datum der Verabredung genauer an. Der nächste Donnerstag. Ach du Schreck! Das war ja schon morgen.

Als sich die Bürotür öffnete und sein Kollege eintrat, ließ er den Brief schnell und unauffällig in seiner Schreibtischschublade verschwinden. Kroll hatte keine Zeit für lange Ausführungen. »Los, komm. Wir fahren sofort zu dem alten Vogelsang! Ich erklär dir unterwegs, warum. Aber der kann sich auf was gefasst machen!«

Wiggins legte den Schalter um. Er folgte Kroll und verließ das Büro.

Bernd Vogelsang hatte das Frühstück beendet und war in die Tageszeitung vertieft.

Kroll war ungehalten. Er kam gleich zum Thema. »Verdammt noch mal, Bernd! Kannst du mir bitte mal erklären, was die ganze Scheiße soll?«

Vogelsang sah ihn mit einer Unschuldsmiene an, so als wüsste er gar nicht, worüber sein alter Kollege redete.

Krolls Ton blieb scharf. »Du verschweigst uns, dass ein Kind auf dem Rücksitz saß, jedes Wort müssen wir dir aus der Nase ziehen! Darüber hinaus erzählst du uns noch, Lachmann sei nicht bei dir gewesen. Das war eine glatte Lüge!« Im Bemühen, sich zu beruhigen, atmete Kroll tief durch. »Und ich frage mich jetzt, warum du uns so einen Mist erzählst!«

Vogelsang ließ sich nicht verunsichern. Er schenkte sich betont langsam Tee ein. Kroll vermutete, dass er eine kleine Denkpause brauchte.

»Also, jetzt komm erst einmal wieder runter, Kroll. Das mit der Kleinen habe ich wirklich nicht für wichtig gehalten. Die stand unter Schock. Konnte sich an nichts erinnern, nicht einmal an ihren Namen. Das war wirklich nicht der Rede wert. Von der haben wir nicht ein einziges Wort erfahren! Und Lachmann. Gut, der war einmal hier, vielleicht zweimal. Aber das ist doch nichts Besonderes. Der besucht alle seine Bewohner regelmäßig.« Vogelsang lies zwei Klumpen Kandiszucker in seine Tasse fallen und rührte langsam um. »Ihr könnt hier alle fragen. Der kommt zu jedem mindestens zweimal pro Jahr!« Er trank etwas Tee. »Ich dachte, ihr wolltet wissen, ob der aus einem speziellen Anlass zu mir gekommen ist. Nein! Das definitiv nicht!«

Mit dieser Antwort war Kroll alles andere als zufrieden. Sein Gefühl sagte ihm jedoch, dass es keinen Sinn machte, an dieser Stelle weiterzubohren. Lachmann war tot. Kroll würde nie herausbekommen, aus welchem Anlass der Autor den alten Kriminalbeamten besucht hatte. Außerdem hielt er es nicht für sinnvoll, Vogelsang vollends zu verärgern. Dann würde er mit Sicherheit gar nichts mehr erfahren. Er beschloss deshalb, den geordneten Rückzug anzutreten.

»Tut mir leid, Bernd. Ich glaub, ich war gerade ein wenig zu aufbrausend. Nimm es bitte nicht persönlich. Aber du kennst doch die Situation, wenn du nicht weiterkommst …«

Vogelsang war versöhnlich, zumindest tat er so. »Kein Problem, Kroll.« Er sah auf die Uhr. »Ich habe jetzt Physio.«

Sie gingen durch den großzügigen Garten zum Auto.

»Du hast dem doch die Geschichte nicht etwa abgenommen?«, fragte Wiggins.

»Natürlich nicht! Ruf mal den Oskar an. Der soll bei seinen Recherchen in Berlin darauf achten, ob der gute alte Bernd nicht eine Leiche im Keller hat!«

Als sie wieder im Auto saßen, piepste Krolls Handy. Eine SMS von Liane: ›Sehen wir uns heute Abend? ;-)‹

Kroll beschloss, die Nachricht später zu beantworten. »Wie geht's Nicole?«

Wiggins stöhnte. »Erinnere mich bloß nicht daran! Wir sind erst nach drei Stunden aus der Notaufnahme rausgekommen. Für Nicole war das natürlich die Hölle. Ist aber nichts Schlimmes, nur verstaucht. Irgendwelche Bänder sind noch gedehnt, aber nicht gerissen.« Er drehte sich zu Kroll. »Tut mir echt leid für unseren Abend. Aber ich hoffe, du konntest dich noch sinnvoll beschäftigen.«

»Liane Mühlenberg kam zufällig vorbei. Die hat sich zu mir gesetzt, bis der Laden geschlossen hat.«

Wiggins war überrascht. »Liane? Das gibt's doch nicht! Und wie war die so drauf?«

»Am Anfang ganz locker, aber nach dem dritten Glas Wein wurde sie sentimental. Ich glaube, sie hat das alles noch nicht richtig verarbeitet. Sie sucht gerade eine Balance zwischen Ablenkung und Trauer … und nach ein bisschen Alkohol schlug das Pendel in die eine Richtung.« Kroll redete bewusst sachlich. Er wollte nicht den Eindruck erwecken, dass er über sie herzog oder sich sogar über sie lustig machte. »Ich habe Liane zu später Stunde in den Arm genommen und musste sie trösten. Dabei habe ich ihr die eine oder andere Träne aus den Augen gewischt.«

»Das ist ja schön, dass du dich ein bisschen um sie kümmerst. Seht ihr euch wieder?«

Große Lust, von der SMS zu erzählen, hatte Kroll nicht. »Weiß ich nicht. Wir haben keinen neuen Termin ausgemacht.«

»Wie ist Liane denn nach Hause gekommen?«

»Ich habe sie mit dem Taxi gebracht.«

Ein neugieriger Zug schlich sich in Wiggins' Gesicht. »Und …?«

»Was, und?«

»Hast du noch einen Absacker bei ihr getrunken?«

»Das ist geheim … nein, so ein Quatsch! Natürlich bin ich in meine Wohnung gefahren!« Kroll startete den Motor. »Ich habe aber eine interessante Entdeckung gemacht.«

Wiggins sah ihn verständnislos an. »Bei Liane?«

»Ja. Als ich mein Taschentuch tröstend eingesetzt habe, habe ich natürlich etwas Make-up unter den Augen verwischt. Und unter dem linken Auge war eine hellere Stelle. Kaum erkennbar. Das könnte gut das Ergebnis einer Laserbehandlung sein.«

»Du meinst, man hat dort einen Leberfleck entfernt?«

»Könnte sein. Ich kenn mich da nicht aus. Aber das war keine natürliche Hautveränderung.«

»Du meinst, Liane Mühlenberg ist möglicherweise Amelie? Das ist doch kaum vorstellbar!«

»Vielleicht. Aber können wir das ausschließen? Ich zumindest nicht. Und bei einem Vergleich mit dem Foto bin ich mir auch nicht mehr so sicher, dass sie es nicht ist.«

Ungläubig schüttelte Wiggins den Kopf. »Dich darf man abends wirklich nicht alleine lassen. Was hast du jetzt vor?«

Kroll lächelte süffisant. »An meinem Taschentuch ist jede Menge Tränenflüssigkeit von Liane. Und das Gebiss von Annemarie Rosenthal, mit dem die Gutachter die Wunde von Eimnot verglichen haben, liegt noch in der Asservatenkammer.«

»Aber für einen DNA-Abgleich kriegst du doch nie einen richterlichen Beschluss. Wie willst du das begründen? Mit deiner Trostaktion?«

Der Parkplatz des Präsidiums lag jetzt unmittelbar vor ihnen. »Die Sachen sind bereits im Labor. Außerhalb der offiziellen Tagesordnung. Die schulden mir da noch einen Gefallen.«

Wiggins' Überraschung hielt sich in Grenzen. Kroll war für seinen unkonventionellen Ermittlungsstil bekannt, der nicht immer mit den Vorschriften übereinstimmte. »Na, dann warten wir mal ab!«

»Wir kriegen das Ergebnis noch heute. Die ziehen das vor! Nett von denen, oder?«

Als sie wieder in ihrem Büro waren, blätterte Kroll lustlos in den Akten, die vor ihm auf dem Schreibtisch lagen. »Ich klingel mal Oskar in Berlin an.« Er drückte die Lautsprechertaste seines Telefons und wählte die Handynummer von Oskar Jäger.

»Hallo, Kroll«, flüsterte der Kollege. »Bleib kurz dran. Ich geh mal eben auf den Flur.« Nach wenigen Sekunden war die Stimme lauter zu vernehmen. »So, jetzt kann ich reden. Was gibt's?«

»Das wollten wir eigentlich dich fragen.«

»Die Akten über Lars Ehrentraut sind supergut sortiert. Kein Wunder. Da war wahrscheinlich bereits die gesammelte Presse dran. Das erleichtert die Arbeit natürlich ungemein. Du kannst dir nicht vorstellen, wie viele Akten hier rumliegen. Das ist noch schlimmer als bei uns!«

Kroll trommelte ungeduldig mit den Fingern auf dem Schreibtisch. »Hast du etwas herausgefunden?«

»Der ganze Fall Lars Ehrentraut ist äußerst mysteriös. Das ist alles kaum zu glauben. Die Stasi hatte zum Teil über 50 Leute auf ihn angesetzt … als er schon im Westen war! Und wisst ihr, was ebenso erstaunlich ist? Als der Ehrentraut in den Westen rübergemacht hatte, hatten die von der Stasi sogar einen ›Romeo‹ angeheuert, der sich an die Ehefrau ranmachte, die noch in der DDR wohnte. Das alles nur, um an Informationen heranzukommen. Das ist wirklich unglaublich!«

»Kannst du uns etwas sagen, das uns weiterhilft?«, fragte Wiggins unverblümt.

»Ich kann das nicht beurteilen. In den Akten ist eine Notiz, dass am Tage nach Ehrentrauts Tod ein Mitarbeiter der Stasi 500 Westmark erhalten hat. Ein ziemlich hoher Betrag für die damaligen Verhältnisse. Die vermuten hier, dass das Geld der Lohn für die Verblendung des Fußballers war. Aber Genaues wissen die auch nicht. Die Unterlagen sind alles andere als vollständig. Die hier in Berlin gehen davon aus, dass nur circa 40 Prozent des Aktenmaterials erhalten ist, wenn überhaupt.«

»Und an wen wurde das Geld gezahlt?«, wollte Kroll wissen.

»An einen gewissen Kohlhaas, das ist natürlich ein Deckname.«

»Kohlhaas …«, wiederholte Kroll nachdenklich. Er sah zu Wiggins herüber, der auch nur mit den Schultern zuckte. Kroll drehte sich wieder zum Telefon. »O.K., Oskar. Mach weiter. Bitte ruf uns sofort an, wenn du etwas herausgefunden hast, das uns weiterhilft.«

»Mach ich, Kollegen. Bis bald!«

Kroll rieb sich die Augen. »Was bitteschön fällt dir zu Kohlhaas ein?«

»Eine Novelle von Kleist«, antwortete Wiggins wie ein Schüler im Unterricht. »Aber ich denke, um den Decknamen sollten wir uns nicht allzu viele Gedanken machen. Denk doch nur mal an die ganzen Politiker. Die hatten doch auch alle total bescheuerte Namen.«

Kroll wusste, dass Wiggins recht hatte. Trotzdem konnte er der Versuchung nicht widerstehen, doch irgendeinen Zusammenhang zu suchen. »Wovon handelt der Roman?«

»Die Novelle!«

»Komm, Wiggins, jetzt werd bloß nicht kleinlich! Also wovon handelt die Geschichte?«

Wiggins war nicht begeistert, über einen alten Text zu referieren, der nach seiner Auffassung überhaupt nichts mit dem Fall zu tun hatte. »Michael Kohlhaas war ein Pferdehändler aus Brandenburg, irgendwo an der Havel. Auf dem Weg zur Leipziger Messe wurden ihm zwei Pferde als Wegpfand abgenommen, und zwar vom Junker Wenzel. Später erfährt er, dass das rechtswidrig war. Er versucht, auf legalem Weg sein Recht zu bekommen, das klappt aber nicht. Als er seine Pferde endlich wiedersieht, sind sie abgemagert und abgearbeitet. Sein Knecht, der sich für ihn eingesetzt hatte, wurde gefoltert. Kohlhaas verlangt als Schadensersatz die Arztkosten für seinen Knecht und Futtergeld, um die Pferde wieder aufzupäppeln. Natürlich vergeblich … und somit gehen die Fehden los.«

»Klingt nach dem ewigen Kampf Recht gegen Unrecht!«, überlegte Kroll laut.

»Es gibt viele Interpretationen: Recht gegen Unrecht, der Schutz des Bürgers gegen einen willkürlichen Staat, oder ganz einfach das Recht auf Selbstjustiz gegen staatliches Unrecht.«

Kroll stellte die Kaffeemaschine an. »Na ja, passen würde das durchaus, zumindest aus Sicht der Stasi, wenn die davon ausging, dass die BRD ein willkürlicher Unrechtsstaat war.«

Wiggins schüttelte den Kopf. »Das bringt uns doch nicht weiter! Es ist doch einfach nur müßig, über den Erfindungsreichtum der Stasi bei der Namensgebung für ihre inoffiziellen Mitarbeiter nachzudenken. Lass uns lieber mal in der Sache weiterkommen.«

»Sehr spaßig«, bemerkte Kroll. »Und was schlägst du vor?«

»Wir könnten zum Beispiel mit Frau Ehrentraut reden. Vielleicht hat die was Interessantes zu berichten.«

»Frau Ehrentraut?«, fragte Kroll ungläubig.

»Ich meine seine zweite Frau. Ehrentraut hat im

Westen noch mal geheiratet. Genauer gesagt in Bremen.«

Kroll war wenig begeistert. »Klasse. Fahren wir eben nach Bremen. Kann ja höchstens vier Stunden dauern!«

»Gut, dass du einen Kollegen hast, der so etwas auch mal recherchiert!«, triumphierte Wiggins. »Senta Ehrentraut ist seit dem Jahre 2001 nicht mehr in Bremen. Die gute Dame wohnt in der Wettiner Straße im Waldstraßenviertel und heißt jetzt nicht mehr Ehrentraut, sondern Kuttner.«

Kroll wollte Wiggins den Triumph nicht gönnen. »Und warum soll die ausgerechnet in dem Moment, wo wir sie brauchen, hier in Leipzig wohnen?«, grantelte er.

»Die Antwort ist ganz einfach! Senta Ehrentraut hat in Bremen einen Herrn Doktor Kuttner kennen und lieben gelernt und ihn schließlich geheiratet. Herr Doktor Kuttner war damals Oberarzt in einem Bremer Klinikum und ist jetzt Chefarzt für Augenheilkunde an der Uniklinik Leipzig.«

»Ich hätte noch eine letzte Frage«, nörgelte Kroll weiter. »Warum erfahre ich das erst jetzt?«

Wiggins nahm den Autoschlüssel in die Hand. »Komm schon. Die freut sich bestimmt auf einen gut gelaunten Polizisten!«

Das Leipziger Waldstraßenviertel war geprägt durch die vielen Gründerzeithäuser, die nahezu ausschließlich die Straßen säumten. Inzwischen waren die meisten der Gebäude frisch saniert, sodass sich Besucher in eine andere Zeit versetzt fühlen mussten, wenn sie durch das Viertel schlenderten. Die geschlossenen Häuserzeilen mit den kleinen, meist engen Straßen waren quadratisch angeordnet, sodass sich im Inneren der überwiegend fünfgeschossigen Häuser ein großer Innenhof bildete, der als Garten und Parkplatz genutzt werden konnte. Ab und zu standen in den Hinterhöfen ›Kutscherhäuser‹, in denen vor gut 100 Jahren die Pferde oder das Personal untergebracht waren. Familie Kuttner bewohnte eines dieser Hinterhäuser.

Kroll und Wiggins gingen durch die Zufahrt, die zum Hinterhaus in der Wettiner Straße führte. Auf dem Rasen saß ein kleiner Junge, der eine Fernsteuerung in der Hand hielt. Vor ihm fuhr ein gelbes Auto, das hektisch die Richtungen wechselte. Kroll hielt es für einen futuristischen Geländewagen. Der Jeep bremste abrupt vor Wiggins Schienbein.

»Toller Renner!«, lobte Wiggins und drehte den Wagen in die entgegengesetzte Richtung.

»Space Runner SR 1.5.74. Weltalltauglich! Eroberungsfahrzeug von Captain Knicker für gefährliche Landeinsätze. Der hat auch Waffen an Bord! Wollt ihr die sehen?«

»Bestimmt später«, antwortete Kroll. »Ist deine Mutter zu Hause?«

Die Antwort kam aus der geöffneten Eingangstür. »Kann ich Ihnen helfen?«

Kroll schätzte Senta Kuttner auf Mitte 40. Die karierte Bluse trug sie lässig über der Jeans, ihre brünetten Haare steckten hinter den Ohren. Sie war nicht geschminkt, was ihrer charmanten Erscheinung nicht schadete.

Kroll ging auf sie zu und zeigte seinen Ausweis. »Mein Name ist Kroll und das ist Hauptkommissar Wiggins. Haben Sie einen Moment Zeit für uns?«

Frau Kuttner war für einen Moment irritiert. Ihr war deutlich anzusehen, dass sie den Besuch der Polizei nicht einordnen konnte.

»Aber natürlich. Kommen Sie bitte herein.«

Sie gingen in eine große Küche und setzten sich an den Tisch. Das Angebot einer Tasse Kaffee nahmen Kroll und Wiggins gerne an.

Die Kommissare erklärten den Grund für ihren Besuch. Senta Kuttner war überrascht, dass die alte Geschichte jetzt wieder ausgegraben wurde. Sie hatte mit diesem Abschnitt ihres Lebens offensichtlich bereits abgeschlossen und hätte nichts dagegen gehabt, wenn das Gras, das über die Sache gewachsen war, nicht wieder abgemäht wurde. Sie blieb aber höflich und hilfsbereit und versuchte, sich ihre Gereiztheit nicht anmerken zu lassen.

Zunächst erzählte sie den Polizisten, dass sie sich nicht vorstellen könne, überhaupt noch etwas Neues zu berichten. Über sie seien nach der Wende Horden von Journalisten und Reportern hergefallen und alle hätten die gleichen Fragen gestellt, die sie ungefähr 1.000 mal beantwortet hatte. Zudem seien zahlreiche Mitarbeiter von allen möglichen Behörden bei ihr gewesen, die korrekte Bezeichnung wusste sie nicht mehr, und hätten sie mit denselben Fragen konfrontiert. Aber selbstverständlich würde sie auch heute den Polizisten ein weiteres Mal antworten, wenn es denn der Wahrheitsfindung diente.

Kroll bedankte sich für ihr Verständnis. »Zunächst würde uns Ihre persönliche Einschätzung interessieren. Ist Lars Ehrentraut durch einen Unfall gestorben?«

Die Antwort kam ohne Zögern. »Auf keinen Fall!«

»Warum sind Sie sich so sicher?«

»Lars war ein Sportler durch und durch. Dem Fußball hatte er alles untergeordnet. Einfach alles: Der Sport stand für ihn an erster Stelle … und an zweiter … und an dritter. Er hat trainiert wie ein Wilder, und damit meine ich nicht nur das Vereinstraining. Nebenbei ist er noch gelaufen, hat Sonderschichten am Kopfballpendel eingelegt, Medizinbälle, und, und, und. Wussten Sie, dass er den Bremen-Marathon unter vier Stunden gelaufen ist?«

Kroll und Wiggins schüttelten die Köpfe. Senta Kuttner nahm den Faden wieder auf. »Na ja, zu seinem Fitnessprogramm gehörte unter anderem eine optimale Ernährung. Und da spielte Alkohol absolut keine Rolle. Die Biere, die er während unserer Ehe getrunken hat, kann ich an meinen Fingern abzählen!«

Kroll wurde nachdenklich. »Hat Ihr damaliger Mann erwähnt, dass er sich bedroht fühlte?«

Senta Kuttner nickte. »Er fühlte sich ständig bedroht, ständig beobachtet. Er konnte aber nie etwas Konkretes sagen. Kannte keine Gesichter und erst recht keine Namen. Es war mehr so ein Gefühl, vielleicht eher eine Angst.« Sie schaute nachdenklich aus dem Fenster. Die Erinnerung hatte sie abermals eingeholt. »Ich wusste gar nicht, wie ich die Sache einzuschätzen hatte und vor allem wusste ich nicht, wie ich mich verhalten soll. War es nur so eine Art Verfolgungswahn oder steckte mehr dahinter? Es war auf jeden Fall eine schwierige Situation für uns beide.«

Sie stand auf, stellte drei Tassen auf den Tisch und schenkte den Kaffee ein. »Ich hatte ja auch keine Ahnung von den ganzen Dingen. Ich wurde in Bremen geboren und habe mich in jungen Jahren in einen Fußballprofi verliebt.«

Es trat einen Moment Stille ein. Senta Kuttner sah die Polizisten mitleidig an. »Ich habe mir gleich gedacht, dass ich Ihnen nicht behilflich sein kann. Es ist sehr schade. Glauben Sie mir. Ich würde Ihnen wirklich gerne helfen, den Mörder von Willi Lachmann zu finden. Ganz ehrlich! Ich habe ihn als Schriftsteller sehr geschätzt. Habe alle seine Romane gelesen – und als ich ihn persönlich kennengelernt hatte, war er mir gleich sympathisch. Das war wirklich ein netter Kerl!«

Kroll setzte die Kaffeetasse ab. »Sie kannten Willi Lachmann persönlich?«

»Ja, er war vor etwa einem Jahr hier.« Senta Kuttner lächelte verlegen. »Der hat die gleichen Fragen gestellt wie Sie. Aber ich fürchte, auch dem konnte ich nicht mehr erzählen, als er ohnehin recherchiert hatte. Die Medien waren eben sehr eifrig und sehr gründlich gewesen.«

»Was wollte er genau von Ihnen wissen?«, wollte Wiggins wissen.

Senta Kuttner verdrehte die Augen. »Das sind doch immer die gleichen Fragen: ›Wissen Sie, wer ihn umgebracht hat? Hat er Ihnen etwas erzählt? Ist Ihnen etwas aufgefallen?‹ Und so weiter, und so weiter.« Sie hob den Zeigefinger der rechten Hand und machte große Augen. »Aber in einer Sache war er doch schlauer als alle anderen. Er wollte alle Fotoalben durchsehen, die ich von Lars hatte.«

Kroll sah Frau Kuttner erwartungsvoll an. »Und? Hat er was gefunden?«

»Ja, ein Foto hat ihn besonders interessiert. Das habe ich ihm geschenkt. Ich habe doch so viele Bilder von Lars. Da konnte ich nun wirklich eines entbehren. Und für Willi Lachmann … dem tut man doch gerne einen Gefallen!«

»Können Sie uns das Album bitte einmal zeigen?«, bat Wiggins.

»Natürlich.« Senta Kuttner stand auf und ging ins Wohnzimmer. Wenig später kam sie mit einem dicken Fotoalbum zurück. Sie legte es auf den Tisch und die Kommissare fingen sofort an zu blättern.

»Die Fotos habe ich beim letzten Pokalsieg gemacht. Ich saß auf der Tribüne bei den anderen Spielerfrauen. Erst kommen ein paar Schnappschüsse vom Spiel, dann die Siegerehrung und dann die Feier. Achten Sie mal drauf, Lars hat auf der Pokalfete kein einziges Bierglas in der Hand.« Sie lächelte. »Er hat mich sogar noch nach Hause gefahren. Ich war an dem Abend so betütert wie noch nie in meinem Leben. Alle wollten mit mir anstoßen und ich habe, glaube ich, kein einziges Mal abgelehnt.«

Kroll und Wiggins kamen zu der Seite, auf der das Bild fehlte. Auf den übrigen Fotos hatte Senta Kuttner die Pokalübergabe auf der Haupttribüne fotografiert. Die Spieler standen in einer Reihe und warteten sehnsüchtig darauf, den Pokal endlich in den Händen zu halten und ihren Fans zu zeigen. Im Hintergrund waren unzählbar viele Zuschauer zu sehen, die sich von ihren Plätzen erhoben hatten.

»Wissen Sie, was auf dem Bild drauf war?«, fragte Kroll.

Senta Kuttner beugte sich vor und schaute in das Album. »Das war auch eine Aufnahme von der Pokalübergabe. Ich habe die ganzen Fotos kurz hintereinander gemacht.«

»Wenn die Stasi Ehrentraut rund um die Uhr beobachtet hat, saß mit Sicherheit auch jemand von denen auf der Tribüne. Davon bin ich überzeugt!«, überlegte Wiggins.

»In diesem Fall müsste derjenige doch ebenfalls noch auf einem anderen Bild zu sehen sein.«

»Leider nein«, unterbrach Frau Kuttner. »Das Bild, das Herr Lachmann mitgenommen hat, war aus einem völlig anderen Blickwinkel aufgenommen. Für das Bild bin ich aufgestanden, um ihn aus der Nähe zu knipsen. Die anderen habe ich von meinem Platz aus gemacht.«

»Wäre auch zu schön gewesen«, seufzte Wiggins.

Kroll nahm sein Handy und bat die Spurensicherung, erneut in Lachmanns Wohnung zu fahren und gezielt nach einem Foto zu suchen, das in einem Fußballstadion aufgenommen wurde.

Sie verabschiedeten sich von Senta Kuttner.

»Eigentlich ist die Sache sonnenklar«, behauptete Wiggins in einem übertrieben selbstsicheren Ton, als sie wieder im Auto saßen.

Kroll sah seinen Kollegen skeptisch an. »Na, dann bin ich ja mal gespannt.«

»Ich gehe jetzt mal davon aus, dass Lachmann nie etwas mit der Stasi oder sonstigen Institutionen der sogenannten Geheimdienste zu tun hatte. Er hatte im Westen keine Verwandten oder sonstige Kontakte in das feindliche Ausland. Er hat auch nicht systemkritisch geschrieben. Das Foto bei Frau Kuttner hat er sich vor gut einem Jahr angeguckt. Wen soll der wohl erkannt haben? Das kann doch nicht irgendwer gewesen sein, sondern jemand, den er kannte! Sonst hätte er doch nie im Leben das Foto gleich mitgenommen.«

Kroll nickte bestätigend. »Du meinst, jemanden, den er kannte, weil er ihn seit Jahren regelmäßig in seiner Herbstvilla besucht? Bernd Vogelsang hat ja erzählt, dass Lachmann alle Bewohner mindestens zwei mal im Jahr persönlich begrüßt hat.«

Wiggins hob die Hände. »Ja was denn sonst? Was

wissen wir denn über deinen alten Vorgesetzten Vogelsang? Nichts über seine Vergangenheit! Und anhand der Gegenwart können wir lediglich festhalten, dass er uns immer nur die Hälfte erzählt und genau das, was wir sowieso schon wissen. Wir sollten den jetzt gleich mal besuchen und richtig auf den Zahn fühlen!«

Kroll war in Gedanken. »Das bringt doch nichts!«

»Und warum bitte schön? Weil es dein Ausbilder war?«

Kroll wollte die Situation nicht überstrapazieren. »Der hat doch schon die dritten Zähne!«, bemerkte er mit einem humorlosen Unterton.

Wiggins bereute offensichtlich seine Provokation bereits. »Tut mir leid, Kroll. Das war wirklich nicht …«

Kroll blieb beim Thema. »Jetzt mal ehrlich, Wiggins. Wenn Bernd wirklich bei der Raubvogeltruppe der Stasi beschäftigt war und zudem noch irgendetwas mit Lachmanns Tod zu tun haben sollte, glaubst du im Ernst, der würde uns das alles brühwarm erzählen? Wenn das stimmen sollte, ist der doch abgezockt bis zum Gehtnichtmehr!«

Wiggins gab zu, dass Kroll recht hatte. In einer normalen Befragung würde Vogelsang sicherlich nichts ausplaudern. Außerdem war er Verhöre gewohnt. So einen alten Hasen konnte man nicht aufs Glatteis führen. »Was schlägst du also vor?«

»Dass wir jetzt zunächst unsere lieben Kollegen von der SOKO zusammentrommeln. Irgendetwas müssen die ja auch mal herausfinden! Außerdem konzentrieren wir uns für meinen Geschmack zu sehr auf die Geschichte Ehrentraut. Bitte vergiss nicht, dass das Kürzel L.E. vielleicht auch etwas anderes bedeuten kann. Die einzigen Begriffe, die wir von Lachmanns USB-Stick zweifelsfrei zuordnen können, sind Eimnot und AGM/S. Alles andere sind Abkürzungen, Vermutungen! Wer Goran ist … keinen blassen Schimmer. Und überhaupt, Eimnot. Er hat Annemarie Rosenthal umgebracht … oder auch nicht. Und der Schmuck! Sie hatte Preziosen im Wert von 750.000 Ostmark bei sich. Eine Menge Holz. Vielleicht war es ein ganz einfacher Raubmord. Schluss aus!«

»Mag sein«, erwiderte Wiggins ein wenig ratlos. »Aber darüber würde Lachmann doch nie einen Roman verfassen. So etwas kommt doch fast jeden Tag vor. Und was haben die anderen Abkürzungen dann für einen Sinn? Du tust gerade so, als hätte auf dem Stick nur EIMNOT gestanden. Da waren aber noch drei weitere Hinweise. Sollen wir die etwa ignorieren?« Wiggins machte eine Pause und fuchtelte mit den Armen in der Luft herum. »Vielleicht heißt L.E. ja ›Limonade einkaufen‹ und AGMS ›Alles gut mit Susi‹. Aber macht das wirklich Sinn?«

Kroll war überrascht, weil Wiggins so aggressiv argumentierte. Das hatte er in dieser Form in den vielen Jahren ihrer Zusammenarbeit noch nicht erlebt und es war auch eigentlich gar nicht seine Art. Er beschloss jedoch, Wiggins' derzeitigen Gemütszustand nicht zu thematisieren, weil er nicht vergessen hatte, dass er den Verlust eines guten Freundes betrauerte. Kroll wartete daher einen Moment, um sich und seinem Kollegen die Gelegenheit zu geben, sich zu sammeln.

Die Melodie auf Krolls Handy unterbrach die Stille. Er schaute auf das Display und sah, dass Liane Mühlenberg versuchte, ihn zu erreichen. Er drückte den Ton weg.

Sie fuhren in Richtung Präsidium. An den Laternen hingen zahlreiche Plakate, die auf ein Event hinwiesen, das auf dem Gelände der alten Messe stattfand: Cage Fight.

Wiggins wollte die Situation auflockern und zeigte auf eines dieser Plakate. »Wäre das nicht auch etwas für dich als passionierter Kampfsportler?«

Kroll schüttelte den Kopf. »Das hat mit unserem Sport nichts mehr zu tun. Wir haben beim Taekwondo noch Regeln: Nicht unter die Gürtellinie, nicht auf den Hinterkopf, nicht auf den Hals, keine Kniestöße und vor allem: Wenn der Gegner am Boden liegt, wird der Kampf unterbrochen. Bei diesem Cage Fight trampeln die sogar noch auf dem Gegner rum, wenn der unten liegt. Das ist alles andere als sportlich und mit Sicherheit das falsche Vorbild für die Jugend!«

»Ist ja abartig«, raunzte Wiggins. »Rammen die sich da wirklich das Knie ins Gesicht?«

»Und vorher fassen die noch mit beiden Händen in den Nacken ihres Gegners und ziehen seinen Körper nach vorne, einfach nur unendlich brutal! Und weißt du, was das Perverseste ist?«

Wiggins zuckte mit den Schultern.

»Ich habe mir mal einen Kampf im Fernsehen angeschaut. Der Verlierer war schon im K.O.-Stadium. Trotzdem hat der noch gezittert wie Espenlaub. Das musst du dir einmal vorstellen: der war bewusstlos und hat noch gezittert. Das schaffst du nur, wenn du bis unter die Haarspitzen gedopt bist. Es hat schon seinen Grund, dass in diesen Veranstaltungen keine Dopingkontrollen durchgeführt werden!«

»Und da geht irgendjemand hin?«

»Die Hallen sind voll. Heutzutage kann es doch nicht brutal genug zugehen! Alles wird immer nur härter und rücksichtsloser … aber den Leuten gefällt das offensichtlich. Da muss sich doch keiner mehr wundern, wenn auf der Straße auf wehrlose Menschen eingetreten wird.«

Wiggins atmete durch. »Das ist doch wie im alten Rom. Irgendwann ziehen hier wieder die Gladiatoren ein und es geht nur noch um Leben und Tod.«

»Viel fehlt da nicht mehr«, bestätigte Kroll.

Kroll nutzte eine ruhige Minute im Präsidium, um die Nachrichten auf seinem Handy durchzusehen. Liane erwies sich als hartnäckig. Sie hatte erneut eine Mitteilung hinterlassen. ›Magst du Seeteufel mit Zitronenrisotto? Dazu ein leichter Rosé und zum Nachtisch …‹

Verwundert hielt er einen Moment inne. Seeteufel war sein absoluter Lieblingsfisch. Woher wusste Liane das? Hatte es ihr irgendjemand erzählt? Er beschloss, dass es reiner Zufall sein musste und kündigte sich für acht Uhr an.

Der Rest des Tages blieb ereignislos. Die Dienstbesprechung der SOKO Autor lieferte keine erwähnenswerte Ergebnisse. Auf den Schreibtischen der Kommissare hatte sich in den letzten Tagen viel Papierkram angehäuft, der abgearbeitet werden musste. Gegen 18 Uhr schob Kroll seinen Stapel auf Wiggins' Seite des Schreibtisches rüber. Eine nicht ungewöhnliche Aktion, für die Wiggins sogar Verständnis hatte. Das war ihre Aufgabenteilung. Krolls Stärke lag eindeutig nicht in der Büroarbeit.

Kroll verließ das Büro und fuhr zunächst in einen Blumenladen in der Innenstadt. Dort stellte er mit fachkundiger Beratung einen schönen Strauß Sommerblumen zusammen. Den Wein kaufte er in Löhrs Carré bei seinem Freund Markus im InVino. Er ging gerne in diesen urigen Weinladen, weil man dort auch für wenig Geld einen guten Wein bekommen konnte.

Bewaffnet mit einem Blumenstrauß und einer Flasche Rosé, stand er pünktlich um acht Uhr vor Lianes Haustür in der Ferdinand-Lassalle-Straße.

Als sie die Wohnungstür öffnete, krochen ihm das Aroma von leckerem Fisch mit feinen Gewürzen und der angenehme Duft des Zitronenrisottos in die Nase. Sie begrüßten sich mit einem Kuss auf die Wange.

Auf dem Gelände der alten Messe waren die Cage-Fight-Begegnungen in vollem Gange. Die Luft in der Halle war geschwängert vom Rauch unzähliger Zigaretten. Die Bierleitungen glühten und das Publikum schien die Kämpfe, die an diesem Abend geboten wurden, zu genießen. Ein lautes und ausgelassenes Grölen demonstrierte das allgemeine Wohlbefinden eindrucksvoll. Inzwischen hatten die Finalkämpfe begonnen. In dem achteckigen Ring, der an den Seiten mit einem Maschendrahtzaun umgeben war, wurde ein Kämpfer serbischer Herkunft vorgestellt. An seinem Hals waren zwei auffällige Tätowierungen zu sehen, eine Spinne und ein Vampirbiss. Sein drahtiger Körper schien ausschließlich aus Knochen und Muskeln zu bestehen. Der Kämpfer verzog keine Miene. Nicht einmal ein leichtes Zucken seines Mundes war zu erkennen, als er den Handschuh, der seine Fingerkuppen freiließ, zur Begrüßung des Publikums kurz in die Höhe streckte. Sein markantes Kinn, sein leicht vorstehender Unterkiefer und der Rest seines Gesichtes erschienen wie gelähmt.

Der Kampf dauerte nicht lange. Schon nach wenigen Sekunden konnte der Serbe bereits einen Fußtritt am Kopf des Gegners landen. Sein deutlich benommener Widersacher kam ins Taumeln. Diese Schwächephase nutzte der Serbe, um ihm dreimal hintereinander sein Knie ins Gesicht zu rammen. Blut floss aus der Nase und den aufgeplatzten Augenbrauen. Der schon wehrlose Kämpfer ging zu Boden. Nachdem der Serbe ihn noch mehrmals heftig ins blutende Gesicht geschlagen hatte, brach der Richter den Kampf ab. Der Serbe wurde zum Sieger erklärt. Die Massen jubelten und warteten ungeduldig auf die nächsten Gladiatoren.

Kroll pickte mit seiner Gabel das letzte Stück Seeteufelfilet auf und zog es genüsslich durch die Soße. Als auch dieser Bissen vertilgt war, ließ er sich auf seinem Stuhl zurückfallen. »Es war wirklich außergewöhnlich lecker. Ich habe viel zu viel gegessen. Aber bei so einem Hochgenuss kann ich mich wirklich nicht bremsen!«

Liane musterte auffällig seinen Oberkörper. »Na komm schon! Bei dir ist doch wirklich noch genug Platz für ein paar Seeteufelchen.«

Kroll faltete die Serviette zusammen und prostete ihr mit dem Weinglas zu. »Du musst dich gerade melden! Du kannst wahrscheinlich essen und trinken, wie du willst, ohne zuzunehmen. Ich muss danach immer in den Wald laufen oder den Sandsack bearbeiten.«

»Meine Figur ist ein gutes Thema …«, nahm Liane den Faden auf.

Kroll überlegte einen Moment, ob er etwas Falsches gesagt hatte, konnte sich aber nichts vorwerfen.

Liane trank nachdenklich ihren Wein, fixierte Kroll aber weiterhin mit ihren Augen. »… ich bin jetzt bald für eine Woche weg.«

Kroll sah sie fragend an.

»Ich werde nach Hamburg fahren und mir den Busen vergrößern lassen!«

Kroll schüttelte den Kopf. »Aber das hast du doch überhaupt nicht …«

Liane winkte ab. »Es war Willis Wunsch! Oder besser gesagt, am Anfang war es eher mein Wunsch. Ich habe ihn lange überreden müssen, aber irgendwann war er davon ebenso überzeugt wie ich. Ich bin platt wie Holland. Ich möchte gerne auch mal ein Kleid anziehen oder irgendein anderes Kleidungsstück, bei dem man ein schönes Dekolleté zeigen kann.«

Kroll wusste nicht so recht, was er sagen sollte. Er hatte keine Lust, diese sehr persönliche Entscheidung, die Liane mit Willi Lachmann getroffen hatte, zu kommentieren. Er zuckte mit den Schultern. »Wenn du meinst.«

Liane gab sich mit diesem Kommentar nicht zufrieden. Sie nippte abermals an ihrem Weinglas. »Ich erzähl dir das aus einem ganz bestimmten Grund. Ich möchte einfach wissen … also mich würde interessieren, ob dich das stört. Also, ob du damit Probleme hast, wenn eine Frau einen solchen Eingriff vornehmen lässt!«

Kroll versuchte, sich seine Verlegenheit nicht anmerken zu lassen. Die Frage war ihm unangenehm, weil sie offensichtlich einen bestimmten Zweck verfolgte. Er hatte den Verdacht, dass Liane ausloten wollte, ob sie für ihn nach diesem Eingriff noch attraktiv war. Genau das irritierte ihn. Er hatte bislang nicht ein einziges Mal signalisiert, dass er an einer Beziehung mit ihr interessiert war. Er selbst hatte die Trennung von Claudia noch nicht verarbeitet und was ging denn überhaupt in Liane vor? Sie hatte erst vor wenigen Tagen ihren Lebensgefährten durch einen Mordanschlag verloren. Warum zeigte sie jetzt so ein unverblümtes Interesse für seine Person? Er war alles andere als ein Psychologe, aber war ein solches Verhalten normal? Er überlegte, ob es nicht doch ein Fehler war, die Einladung zum Abendessen angenommen zu haben. Auf jeden Fall ging ihm alles zu schnell.

»Also … ich habe damit wirklich keine Erfahrung. Ich denke, du solltest einfach das tun, was du für richtig hältst! Entscheidend ist allein, ob du dich wohlfühlst.«

Liane nickte und schien in der nächsten Sekunde Krolls Verlegenheit zu bemerken. »Oh Gott, Kroll! Ich bin wirklich ein Vollidiot. Du musst jetzt natürlich denken, dass ich dich hemmungslos anbaggere!«

»Nein, das habe ich jetzt nicht so gesehen«, log Kroll.

Liane schaute in ihr Glas, das sie mit langsamen Bewegungen auf dem Tisch kreisen ließ. »Weißt du, alle denken immer, ich sei so super beliebt, ich würde mich nur auf VIP-Partys herumtreiben und das Leben sei auch sonst nur die wahre Freude.« Sie sah Kroll in die Augen. »Ich bin verdammt einsam, Kroll. Ich habe nicht viele richtige Freunde. Und erst recht nicht in Leipzig.« Sie lächelte freudlos. »Das kannst du jetzt glauben oder nicht. Aber … obwohl wir uns noch nicht lange kennen, habe ich das Gefühl, dass du ein richtiger Kumpel bist. Du bist ehrlich, direkt … und ich glaube einfach, dass ich dir vertrauen kann.«

»Jetzt übertreib mal nicht«, wiegelte Kroll ab.

»Ich habe eine ziemlich gute Menschenkenntnis«, erwiderte Liane. »Ich bin froh, wenn du in meiner Nähe bist. Ich weiß nicht, warum, kann das nicht näher erklären. Aber ich fühle mich in deinem Beisein einfach wohl. Und deine Meinung ist mir wichtig.« Sie machte eine Pause. »Das ist für mich eine wichtige Entscheidung. Und ich habe doch niemanden, den ich sonst fragen kann.«

SECHS

Kroll kam gegen halb eins in seine Wohnung zurück. Er zog sich sofort aus, ging ins Badezimmer und anschließend direkt ins Bett. Den Wecker stellte er auf sieben Uhr. Er schlief sofort ein.

Das Klingeln seines Handys konnte er nicht hören, als er am nächsten Morgen gegen halb acht unter der Dusche stand. Wiggins ahnte das schon und legte nicht auf. Erst als Kroll das Wasser abgedreht hatte, nahm er das Handy wahr. Er trocknete sich nur die Hände ab und drückte auf die grüne Taste.

Wiggins war in heller Aufregung. »Komm sofort zu Liane Mühlenbergs Wohnung. Beeil dich! Es ist dringend!«

»Ist etwas passiert?«

»Das kann mal wohl sagen. Liane ist entführt worden!«

»Entführt worden?«, wiederholte Kroll, weil er nicht glauben konnte, was sein Kollege ihm gerade erzählt hatte.

»Beeil dich! Ich erkläre dir alles, wenn du hier bist!«

Der Bereich des Hauseingangs in der Ferdinand-Lassalle-Straße war großzügig mit dem rot-weißen Absperrband der Polizei abgeriegelt. Davor hatten sich einige Schaulustige versammelt. Kroll sah, dass die Mitarbeiter der Spurensicherung schon im Treppenhaus ihre Arbeit verrichteten.

Wiggins kam Kroll auf halber Treppe entgegen. »Ein Nachbar hat uns alarmiert.«

»Kannst du mir endlich sagen, was passiert ist?«, fragte Kroll ungeduldig.

»Komm mit«, befahl Wiggins.

Er ging mit Kroll in die Wohnung im ersten Obergeschoss. Die Tür stand offen. Wiggins führte Kroll zielstrebig ins Wohnzimmer, wo ein Rentner auf ihn zu warten schien. Der Mann saß in einem Sessel, er war klein und untersetzt. Er trug einen Anzug, der an seinem Körper ein wenig steif wirkte, und hatte die Hände auf einen schwarzen Stock gestützt.

»Das ist Herr Badstuber«, erläuterte Wiggins. »Herr Badstuber, wären Sie bitte so freundlich und würden meinem Kollegen Kroll noch einmal erklären, was Sie heute gesehen haben.«

Der alte Mann räusperte sich. Er vergewisserte sich bei Wiggins mit einem Blickkontakt.

»Bitte!«, forderte Wiggins ihn auf.

»Also ... ich gehe so jeden Morgen gegen sieben Uhr zum Bäcker und hole mir Brötchen und die Tageszeitung. Früher, als meine Frau noch lebte, hat sie das immer gemacht, aber das ist jetzt auch schon seit über fünf Jahren vorbei.« Er richtete sich ein wenig auf. Der Rücken schien ihm wehzutun. »Nun ja, als ich zurückkam, da kam mir dieser junge Mann ...«, er schüttelte sich, »... der sah aus wie der Leibhaftige persönlich, der jedenfalls kam mir entgegen.«

Herr Badstuber hielt inne. »Ich habe sofort gesehen, dass da etwas nicht stimmte. Der hatte Frau Mühlenberg am Arm gegriffen und schob sie förmlich vor sich her. Ich wäre auch fast umgefallen, wenn ich nicht im letzten Moment das Geländer erwischt hätte!« Der Rentner sah die Polizisten an und wartete einen Moment, ob sie eine Frage hatten. Kroll gab ihm ein Zeichen, fortzufahren.

»Es ging alles so schnell! Aber als dieser Unhold Frau Mühlenberg an mir vorbeiquetschte, konnte ich ihr Gesicht sehen. Er hat sie geschlagen. Ein Auge war ganz rot und die Nase blutete … ja, wie gesagt, alles ging so furchtbar schnell! Der schubste Frau Mühlenberg die Treppe herunter. Ich bin schnell in meine Wohnung und habe die Polizei angerufen.«

Kroll merkte, dass die Schilderung des Vorfalls den alten Mann verängstigte. Er fühlte sich in seiner Wohnung jetzt auch nicht mehr sicher.

»Das haben Sie genau richtig gemacht«, beruhigte ihn Kroll. »Können Sie den Mann beschreiben?«

Badstubers Augen weiteten sich vor Schreck. »Der sah aus wie der fleischgewordene Satan! Er hatte ganz kurze Haare, weiß wie Schnee. Viel mehr habe ich nicht gesehen, außer seinen abscheulichen Hals.«

»Abscheulicher Hals?«, wiederholte Kroll.

»Eine Spinne und etwas, das wie ein spitzer Zahnabdruck aussah!«

»Waren das Tätowierungen?«, hakte Kroll nach.

Badstuber zuckte mit den Achseln. »Die Spinne vielleicht, aber der Zahnabdruck?« Der alte Mann war der

Situation erkennbar nicht mehr gewachsen. »Vielleicht hat den wirklich was gebissen!«

»Ist Ihnen sonst noch etwas aufgefallen?«, fragte Kroll.

Badstuber wedelte mit dem Zeigefinger. »Oh nein. Wie ich bereits sagte, ich bin stehenden Fußes in meine Wohnung zurück.«

»Ist die Fahndung raus?«, wandte sich Kroll an Wiggins.

»Na klar, habe ich sofort veranlasst. Die Befragung der Nachbarschaft läuft . Wir versuchen gerade herauszufinden, mit welchem Fahrzeug, sicherlich mit einem Auto, der Täter mit Liane geflüchtet ist. Wir haben alle verfügbaren Leute vor Ort. Gleich kommt ein Kollege vom Erkennungsdienst und wir werden versuchen, ein Phantombild zu erstellen. Die Fernsehsender wurden bereits durch Reis vorab informiert.«

Kroll bedankte sich bei Herrn Badstuber und bedeutete Wiggins, ihm ins Treppenhaus zu folgen. »Die Tätowierungen sind unsere große Chance. Es gibt bestimmt nicht viele Menschen, die auf dem Hals eine Spinne und einen Vampirbiss haben und dazu noch kurze, sagen wir mal helle Haare.«

»Hältst du die Beschreibung von Badstuber für belastbar?«, fragte Wiggins skeptisch. »Der ganze Kram mit dem Satan ist doch sicher nur Einbildung.«

»Ja, aber die Tätowierungen hat der alte Mann sich mit Sicherheit nicht ausgedacht. Außerdem haben wir nicht mehr!«

Kroll rieb sich die Augen. »Wie sieht's in der Wohnung aus?«

»Keine Einbruchspuren! Aber es hat offensichtlich ein Kampf stattgefunden. Das würde mit der Aussage von Badstuber übereinstimmen, dass Liane geschlagen wurde. Es ist ziemlich viel durcheinander. Ob was fehlt, wissen wir natürlich nicht. Aber ich gehe ohnehin nicht davon aus, dass diese Entführung irgendetwas mit den Wertgegenständen in der Wohnung zu tun hat.«

»Sondern?«, fragte Kroll.

Wiggins antwortete mit einer Gegenfrage. »Haben wir schon das Ergebnis der Blutuntersuchung?«

Krolls Augen blitzten auf. »Du willst jetzt wissen, ob Liane tatsächlich die Tochter von Annemarie Rosenthal ist?«

»Das wäre zumindest ein plausible Erklärung«, antwortete Wiggins. »Es wird doch jetzt alles neu aufgerollt. Ehrentraut und vor allem der Mord an Annemarie Rosenthal. Wenn Liane wirklich ihre Tochter ist, dann war und ist sie eine wichtige Zeugin und damit eine Gefahr für den Täter.«

Kroll überlegte einen Moment, ob er Zweifel anmelden sollte, entschied sich aber dann doch, die Angelegenheit sofort zu klären. Er nahm sein Handy und wählte eine abgespeicherte Nummer. »Ich war noch nicht in meinem Büro und weiß gar nicht, was alles auf meinem Schreibtisch liegt«, sprach er in den Hörer.

»Das Labor ist sich ganz sicher«, berichtete er, nachdem er aufgelegt hatte. »Die DNA von Lianes Tränenflüssigkeit und von Annemarie Rosenthals Gebiss hat definitiv keine Übereinstimmungen. Sie ist nicht Annemaries Tochter!«

Wiggins sah Kroll lange verständnislos an. »Das gibt's doch nicht. Ich hätte alles Geld der Welt darauf gewettet, dass Liane ihre Tochter ist. Vor allem, seitdem du das mit der Narbe unterm Auge erzählt hast. Sind die sich wirklich ganz sicher?«

Kroll verstand die Bedenken seines Kollegen nicht. »Du kennst doch die Leute vom Labor!«

Wiggins beugte sich über das Treppengeländer und sah hinunter. »Ich hätte wirklich alles darauf gewettet!«, wiederholte er. »Aber was soll das Ganze dann? Warum wurde Liane in diesem Fall überhaupt entführt? Das macht doch keinen Sinn!«

Ihre Gedanken wurden jäh unterbrochen, als sie eine Stimme aus Badstubers Wohnung hörten. »Verdammt, den kenne ich doch!«

Kroll und Wiggins rannten in die Wohnung. Der Polizeizeichner war dazu übergegangen, das Phantombild ohne Badstubers Hilfe fertigzustellen.

»Den kenn ich! Den habe ich gestern Abend noch gesehen! Die Tattoos, die kurzen Haare, das ist er mit Sicherheit.«

»Wo hast du den gesehen?«, fragte Kroll nervös.

Der Zeichner wurde ein wenig verlegen. Von der Euphorie seiner Entdeckung war nichts mehr zu spüren. »Ich war gestern Abend bei diesem Cage Fight. Mein Nachbar hatte Freikarten. Normalerweise interessiere ich mich ja gar nicht für diesen Quatsch.«

Kroll waren die persönlichen Befindlichkeiten des Kollegen egal. »Dann weißt du doch bestimmt auch, wie der heißt.«

»Der hat so einen komischen Namen, den konnte ich mir natürlich nicht merken, irgend so etwas Jugoslawisches. Aber in der Szene nennen den alle nur Goran!«

Wiggins stockte der Atem. »Goran?«, wiederholte er, um ganz sicherzugehen.

Der Polizeizeichner nickte. »Ziemlich guter Fighter! Der hat gestern alles gewonnen. Dem möchte ich lieber nicht im Dunkeln begegnen!«

Wiggins kramte sein Handy aus der Innentasche seines Jacketts. »Ich versuch mal, den Veranstalter zu erreichen.«

Kroll ging die Treppe hinunter zur Hauseingangstür. Er wollte in Erfahrung bringen, ob die Kollegen von der SOKO etwas herausgefunden hatten. Man teilte ihm mit, dass sie aufgrund der Befragungen der Nachbarn sicher seien, dass der Täter und Liane Mühlenberg mit einem roten Mercedes Benz, ein älteres Baujahr, weggefahren waren. Ein Nachbar hatte sich sogar das Kennzeichen notiert. Der Wagen war als gestohlen gemeldet. Die Fahndung verlief bislang ergebnislos. Selbstverständlich würden die Kollegen dranbleiben.

Wiggins kam Kroll entgegen. »Zum Glück habe ich jemanden beim Veranstalter erreicht. Unser Goran heißt mit bürgerlichem Namen Adnan Jankovic. Zumindest hat er diesen Namen bei der Einschreibung zum Turnier angegeben. So richtig kontrolliert hat das aber keiner. Seine Adresse ist angeblich die Feuerbachstraße 134 in Leipzig.«

»Wir fahren da jetzt sofort hin!«, schlug Kroll vor.

Wiggins schüttelte mit dem Kopf. »Das ist totaler Quatsch. Die Feuerbachstraße hat doch nicht mehr als 50 Hausnummern!«

»Aber der Kerl muss doch irgendwo wohnen!«

»Fragt sich nur wo«, dachte Wiggins laut.

»Und was machen wir jetzt?«, fragte Kroll hilflos.

Wiggins zuckte mit den Schultern. »Wir müssen jetzt warten, was die Fahndung bringt. Lass uns erst mal ins Büro fahren.«

Kroll hielt den Dienstwagen vor dem Präsidium an. »Geh du schon mal rein und halte mit der Fahndung Kontakt. Ich muss noch mal los!«

Wiggins schaute Kroll fragend an. Er erwiderte seinen Blick nur flüchtig und sah auf die Straße. »Nun mach schon. Ich muss nur schnell was klären!«

Henry Schreck war Mitte 50. Er war groß, hager und gab sich Mühe, seriös zu wirken. Sein Haupt hatte er kahl geschoren, wohl die einzige Stelle an seinem Körper, der er eine gewisse Aufmerksamkeit widmete. Er hatte kleine spitze Zähne. In seinem Mund steckte ein Zigarillo, der unablässig zwischen den Mundwinkeln hin und her wanderte, so als würde er darauf kauen.

Schreck saß in seinem schäbigen Büro in der Plautstraße und telefonierte. Seine dreckigen schwarzen

Halbschuhe lagen auf dem Schreibtisch. Das Telefonat schien ihn zu amüsieren. Er lachte mehrmals lauthals.

Kroll trat ohne anzuklopfen ein. Seine Anwesenheit veranlasste Schreck offenbar dazu, sein Gespräch abrupt zu beenden. Er sah Kroll mit seinen grünen Augen an.

»Lange nicht mehr gesehen, Kroll!« Er stand auf und schenkte sich einen Whiskey in ein extra dafür bereitstehendes Glas ein. »Auch einen?«

Kroll verneinte. »Bin im Dienst!«

»Immer noch Bulle?«

»Hab halt nichts anderes gelernt.«

Schreck ließ sich wieder in seinen Schreibtischstuhl fallen und trank das halbe Glas aus. »Warum so bescheiden? Als du bei der EM im Finale warst, hättest du mehr aus dir machen können. Aber du wolltest ja nicht hören. Wusstest damals schon alles besser.« Er zeigte mit dem Finger auf Kroll. »Aus dir wäre ein richtig guter Fighter geworden.«

»Ich kämpfe lieber mit Regeln«, bemerkte Kroll emotionslos.

Schreck lachte laut bellend. »Regeln?« Er schien sich gar nicht mehr einzukriegen. »Du redest von Regeln, Kroll?« Er zog die oberste Schublade seines Schreibtisches auf und holte ein Bündel Geldscheine heraus. »Das hier sind die Regeln des Lebens. So einfach ist das.«

Kroll nickte anerkennend. »Die Geschäfte scheinen gut zu laufen, Henry.«

Schreck kaute heftig auf seinem Glimmstängel herum. Er war auf einmal misstrauisch geworden.

»Du bist doch nicht gekommen, um mich zu fragen, wie meine Geschäfte laufen. Und besondere Sehnsucht nach mir hattest du doch auch noch nie! Also! Warum bist du hier?«

»Ich habe gehört, du hast bei diesem Cage-Fight-Kram deine Finger im Spiel. Als Promoter im Hintergrund.«

Schreck schien gelangweilt. »Und wenn? Was ist daran so wichtig?«

Kroll ging auf ihn zu und stützte die Hände auf seinen Schreibtisch. »Goran!«

Der Promoter ließ sich seine Verunsicherung nicht anmerken. »Guter Mann! Brandgefährlich. Mit dem ist nicht gut Kirschen essen. Der ist immer noch Soldat, immer noch im Krieg!«

»Ich muss ihn finden!«

»Warum?«

Kroll entschloss sich, nicht lange um den heißen Brei zu reden. Schreck war sicherlich kriminell: Betrug, Unterschlagung, Steuerhinterziehung und Untreue gehörten zu seinem Tagesgeschäft. Aber außerhalb von diesen finanziellen Aktionen war er sauber. Mord und Totschlag waren nicht seine Welt. »Goran hat heute Morgen eine Frau entführt. Er hält sie gefangen und deshalb wüsste ich gern, wo er ist.«

Schreck drückte seinen Zigarillo hektisch und mit viel zu viel Kraft im überfüllten Aschenbecher aus. Kippen und Asche fielen auf die Platte. Er hatte offensichtlich keinen Anlass, an Krolls Behauptung zu zweifeln, was diesen ein wenig überraschte.

»Der ist doch einfach nur ein Vollidiot. Stark wie ein Bär, aber doof wie Scheiße … wie ein ganzer Eimer voll Scheiße!«

»Wo kann ich ihn finden?«, drängelte Kroll.

Schreck trank einen weiteren Whiskey, was ihn etwas beruhigte. »Warum sollte ich dir das sagen?«

»Glaubst du ernsthaft, du kannst deine Kirmeskampfveranstaltung weitermachen, wenn du einen mittels Fahndung gesuchten Entführer deckst? Ich mache dir den Laden schneller dicht, als du furzen kannst! Also zum letzten Mal: Wo finde ich diesen Goran?«

Schreck gab sich geschlagen. Es war wirklich sinnlos, wegen eines Kämpfers, auch wenn er der Beste war, die Veranstaltung zu riskieren. Er winkte mit beiden Händen ab. »Ihr habt doch diese Brauerei dichtgemacht. Wegen der Scheiße mit dem Trinkwasser!«

»Du meinst die in der Innenstadt!«

»Ja, genau die! Wenn ich richtig informiert bin, hat der sich da einquartiert.«

Kroll stützte sich auf dem Schreibtisch ab und beugte sich so weit vor, dass er den whiskeygeschwängerten Atem seines Gegenübers riechen konnte. »Und jetzt hör mir mal gut zu, mein Freund. Wenn dieser Goran gewarnt wird, überprüfe ich als Erstes alle deine Telefonverbindungen, einschließlich Handy. Und wenn ich herauskriegen sollte, dass du mit diesem Arschloch telefoniert hast, bringe ich dich hinter Schloss und Riegel – und das nicht nur für ein paar Tage!«

Schreck starrte gelangweilt Löcher in die Luft. »Glaubst du etwa, ich riskiere wegen diesem Penner meinen Arsch?«

Der Weg von der Plautstraße zur alten Brauerei betrug unter normalen Verkehrsbedingungen ungefähr 20 Minuten mit dem Auto. Kroll setzte das Blaulicht aufs Dach seines Dienstwagens und konnte die Fahrzeit so um einige Minuten abkürzen. Er tastete sämtliche Taschen seiner Kleidung ab, um verärgert festzustellen, dass sein Handy wohl noch in seiner Wohnung lag. In der Aufregung am heutigen Morgen hatte er einfach nicht mehr daran gedacht, das Telefon einzustecken. Kroll fluchte mehrmals lauthals und überlegte für einen Moment, ob er den Umweg über das Präsidium nehmen sollte, um noch einige Kollegen hinzuzuziehen. Er verwarf den Gedanken aber schnell wieder: Auf der einen Seite wollte er keine Zeit verlieren und auf der anderen Seite war es ja keinesfalls sicher, dass sich Goran und seine Geisel tatsächlich in der alten Brauerei aufhielten. Er beruhigte sich mit dem Gedanken, sich erst einmal mit der Umgebung vertraut zu machen. Die Kollegen konnte er schließlich immer noch benachrichtigen. Kurz dachte er daran, dass seine Dienstwaffe in einem verschlossenen Schrank im Präsidium lag. Das war nichts Ungewöhnliches. Seine Waffe hatte er nur selten dabei.

Als er den Innenstadtring verließ, stellte er die Sirene aus und nahm das Blaulicht vom Dach.

Er parkte direkt auf dem Parkplatz, der zur alten Brauerei gehörte. Er wusste nicht genau, was ihn erwartete und deshalb wollte er sich so unauffällig wie möglich benehmen. Sollte er angesprochen werden, würde er sich als Immobilienmakler ausgeben, der sich für das Grundstück interessierte. Schließlich war die Lage nicht schlecht: Leipziger Innenstadt.

Das Gebäude der alten Brauerei bestand aus roten Backsteinziegeln. Ihm war sofort anzusehen, dass die Produktion eingestellt war, obwohl das erst wenige Monate her sein konnte. Die großen Fenster im Erdgeschoss waren milchig vom Staub und teilweise eingeschlagen. Es hatte wohl nicht lange gedauert, bis die ersten Einbrecher wie Zecken über das Gebäude hergefallen waren. Die Scheiben im Obergeschoss waren nicht beschädigt. Über dem Flachdach ragte ein überdimensionaler Schornstein empor.

Kroll ging einmal um das Gebäude herum und versuchte, durch einen Blick in die Fenster weitere Erkenntnisse zu gewinnen. Vergeblich. Er konnte nur die Gerätschaften für die Produktion, endlos viele Lagerregale in jeder nur erdenklichen Größe und stapelweise Bierkisten entdecken. Als er an der schmaleren Giebelseite des Hauses vorbeikam, wollte er vorsichtig das Haupttor öffnen, musste sein Vorhaben jedoch aufgeben, weil es fest verriegelt war. Er beschloss, die Brauerei durch ein zerschlagenes Fenster an der Längsseite zu betreten, die zur Straße abgewandt war. Mit einem Ziegelstein, den er auf dem Boden gefunden hatte, schlug er vorsichtig die abgebrochenen Glasscherben auf der Brüstung ab. Dann kletterte er in das Gebäude hinein.

Kroll wartete einen Moment, bis seine Augen sich an das diffuse Licht, das durch die staubigen Fenster eindrang, gewöhnt hatten. Sein Blick blieb zunächst an dem riesigen Braukessel aus Bronze hängen, der in der Mitte des Gebäudes stand. Daneben befanden sich noch weitere Kessel, deren Funktion Kroll nicht kannte. In den Boden waren mehrere gekachelte Vertiefungen eingelassen, die ihn an kleine Schwimmbecken erinnerten. Deren Boden war bedeckt mit einer übel riechenden Flüssigkeit, vermutlich irgendetwas Verfaultem. Sonst sah er nur Regale, Bierkisten und Fässer.

Kroll überlegte, wie er weiter vorgehen sollte. Er beschloss, zunächst den Aufgang in die obere Etage zu suchen. Sollte sich dieser Goran tatsächlich im Gebäude befinden, wäre er einem Angriff vom oberen Ende der Treppe oder gar aus dem Obergeschoss hilflos ausgeliefert. Diesen Vorteil wollte er seinem Gegenüber nicht gönnen.

Er ging langsam, ohne auch nur das leiseste Geräusch zu verursachen, durch die großen Regale in Richtung der Längsseite, die von seinem Standpunkt aus am weitesten entfernt lag. Instinktiv fasste er sich an die Brust, um seine Dienstwaffe zu ziehen, die aber immer noch nicht da war. Wieder überlegte er, ob es nicht klüger sei, die Kollegen zu informieren. Er fühlte sich wie ein Taucher, der in großer Tiefe nicht mehr wusste, ob seine Luft noch zum Auftauchen reicht. Aber irgendwie konnte er auch nicht umkehren. Jetzt war er schon so weit und wollte einfach nicht mehr zurück. Sein Spürsinn fesselte ihn dermaßen, dass er jede vernünftige Überlegung verdrängte, genau so wie bei einem Tiefenrausch.

Die Treppe zum Obergeschoss war aus Stahl, die Stufen ein breites Gitter. Kroll sah hinauf. Glücklicherweise war es oben genauso hell wie im Erdgeschoss. Vorsichtig ging er die Stufen hinauf. Als er die Mitte der Treppe erreicht hatte, konnte er über den Boden der oberen Etage sehen. Es war niemand da. Kroll ging weiter.

Das Obergeschoss wurde überwiegend als Lagerraum genutzt. Er konnte Reste von getrocknetem Getreide und alte Maschinen erkennen. Auf der Seite hinter der Treppe, die sich in seinem Rücken befand, waren Büroräume eingerichtet. Sämtliche Türen standen offen. Das erklärte den Einfall des Tageslichts. Kroll schritt die Büros achtsam ab. Neben den Türen waren Schilder befestigt, die Auskunft gaben, wer früher hier residiert hatte: Geschäftsführer, Braumeister, Sekretariat, Einkauf, Verkauf, Buchhaltung. Die Büros selbst waren auffällig schlicht. Ein oder zwei Schreibtische, billige Bürostühle aus der Vorwendezeit und Regale mit verstaubten Akten. Kroll vermutete, dass die einzigen Wertgegenstände, wie Computer oder Telefonanlage, längst Beute der Einbrecher oder des Insolvenzverwalters geworden waren.

Kroll ging in den Toilettenraum. Er legte den Lichtschalter um. Nichts regte sich, der Strom war abgestellt. Eines war jedoch ungewöhnlich. Der Deckel des Klos war hochgeklappt und auf der Brille befand sich kein Staub. Jemand musste die Toilette vor Kurzem noch benutzt haben. Kroll betätigte die Spülung. Sie funktionierte, machte allerdings einen derartigen Lärm, dass er seinen Entschluss schon bereute.

Er ging weiter und betrat das Büro, neben dem das Schild mit der Aufschrift ›Personalabteilung‹ hing. Sofort fiel ihm die Luftmatratze auf, die in der Mitte des Raumes vor dem Schreibtisch lag. Daneben stand eine Sporttasche. Kroll betrat das Büro, um sich genauer umzusehen. Die Tasche hatte die Aufschrift: Cage Fight Worldchampions. Darüber im Regal waren T-Shirts zum Trocknen aufgehängt, die am Kragen mit einer Akte befestigt waren. Der Besitzer hatte sie offensichtlich in der Toilette notdürftig gewaschen. Die Shirts hatten die Aufschriften Türsteher, Fight Club, Martial Arts.

Kroll hielt für einen Moment die Luft an. Er war sich jetzt sicher, dass er den Aufenthaltsort von Goran gefunden hatte. Er sah zur Tür. Niemand schien da zu sein. Er beschloss, die Brauerei so schnell wie möglich zu verlassen und Verstärkung zu holen. Die Situation, in der er sich jetzt befand, war mit der vor wenigen Minuten nicht vergleichbar: Vorher war alles Vermutung, alles Recherche gewesen, jetzt hatte er Gewissheit. Goran wohnte hier. Seine Sachen waren noch hier. Er würde definitiv bald zurückkommen, wenn er nicht in dieser Sekunde schon in der Brauerei war. Jetzt war die Grenze von Krolls Einzelgängerdasein definitiv überschritten. Er ging die Treppe wieder hinunter.

Wiggins fuhr mit gemischten Gefühlen zum Innenministerium nach Dresden. Kroll hatte sich seit seinem Abgang vorhin nicht mehr gemeldet. Das war eigentlich gar nicht seine Art. Sie hielten sich immer gegenseitig auf dem Laufenden, und dass Kroll jetzt seit über einer Stunde nichts mehr von sich hatte hören lassen, war mehr als ungewöhnlich. Aber vielleicht hatte das alles auch nichts zu bedeuten. Er beruhigte sich damit, dass Kroll schließlich nicht der einzige Polizist in Leipzig war und dass im Notfall genug Kollegen zu Hilfe eilen konnten. Trotzdem fühlte er sich nicht wohl. Er kam sich vor wie ein Kind, das nicht auf sein Geschwisterchen aufpassen konnte. Aber der Termin beim Innenminister konnte nicht warten. Und die Fahndung gehörte schließlich nicht zu seinen Aufgaben. Doch was sollte dieser Termin in Dresden? Was wollte der Minister von ihm? Warum diese Heimlichtuerei, hätte man das nicht telefonisch klären können? Warum musste er unbedingt nach Dresden fahren, warum ausgerechnet jetzt?

Wiggins zeigte den Sicherheitsbeamten am Eingang seine Vorladung. Eine freundliche Dame am Empfang bat ihn, zu warten. Der Minister sei bereits informiert. Man würde ihn abholen.

Er setzte sich in einen breiten, schwarzen Ledersessel und schaute sich die monumentalen Ölgemälde im Foyer an. Wie immer, wenn er mit Kunst konfrontiert wurde, musste er auch diesmal feststellen, dass seine Stärken offensichtlich auf anderen Gebieten lagen.

Nach wenigen Minuten kam eine vornehm gekleidete Dame auf ihn zu. Wiggins schätzte sie auf Mitte 50. Sie stellte sich als persönliche Referentin des Ministers vor und bat ihn freundlich, sie zu begleiten. Sie fuhren mit dem Aufzug in den dritten Stock, liefen dann bis ans Ende des langen Flurs. Als die Referentin die Tür des Vorzimmers öffnete, stellte Wiggins zu seiner Überraschung fest, dass die Verbindungstür zum Dienstzimmer des Ministers nicht geschlossen war.

Minister Hassemer stand auf und kam ihm mit ausgestreckter Hand entgegen. »Herr Hauptkommissar Wiggins. Schön, dass Sie da sind.« Er führte Wiggins in sein Büro und bat ihn, an einem schweren Eichentisch Platz zu nehmen, an dem acht Lederstühle standen.

Wiggins brachte nicht mehr als ein »Guten Tag, Herr Minister« heraus.

Dr. Hassemer gab sich offensichtlich Mühe, das Autoritätsgefälle herunterzuspielen. »Machen wir es nicht so förmlich.« Er deutete auf ein Rondell mit Wasser-, Saft- und Limonadenflaschen. Daneben standen auf einem silbernen Tablett eine Kaffeekanne und mehrere Tassen aus Meißner Porzellan. »Bitte bedienen Sie sich selbst. Wir sind schließlich nicht bei einem Staatsempfang.«

Wiggins entschied sich für ein Wasser, medium.

Der Minister ließ sich am Kopfende des Tisches in einen Stuhl fallen, offensichtlich sein Stammplatz. »Ich hoffe, ich habe Ihnen mit meiner Einladung keinen Schreck eingejagt. Aber ich wollte nicht zu viel verraten, weil ich die ganze Angelegenheit zuerst mit Ihnen in einem persönlichen Gespräch erörtern wollte.«

Wiggins hatte sich fest vorgenommen, sich seine Verunsicherung nicht anmerken zu lassen. »Schreck ist natürlich das falsche Wort. Aber eine persönliche Einladung des Innenministers erhält man natürlich auch nicht alle Tage.«

Der Ton des Ministers wurde väterlich. »Na dann will ich Sie mal nicht länger auf die Folter spannen, mein lieber Herr Wiggins.« Er wuchtete seinen schweren Körper aus dem Stuhl und ging zu seinem Schreibtisch. Als er zurückkam, hatte er eine dicke gelbe Akte in der Hand. Die Aufschrift ›Personalakte HK Wiggins‹ war nicht zu übersehen.

Minister Hassemer setzte sich wieder an den Eichentisch und blätterte in der Akte, während er redete. »Das wird Sie jetzt wahrscheinlich überraschen, Herr Wiggins, aber das Ministerium hat schon seit Langem ein Auge auf Sie geworfen …«, er blinzelte Wiggins über den Rand seiner Lesebrille an, »… und das meine ich im positiven Sinn.«

Wiggins lächelte, wobei er sich bemühte, seine Verlegenheit zu überspielen. »Das ehrt mich natürlich … war mir bislang aber nicht aufgefallen.«

Minister Hassemer lachte. »Mein lieber Herr Hauptkommissar. Wir sind hier in einer Behörde. Da arbeiten nicht alle schizophren nebeneinander her, da ist es überaus wichtig, dass sich jeder auf jeden verlassen kann. Und die Erfolge Ihrer Ermittlungstätigkeit, die Sie zusammen mit dem Kollegen, na wie heißt der denn gleich …«, er blätterte in der Akte, »… Kroll, ja richtig, Kroll, wie mir das nur entfallen konnte, also, die sind uns natürlich nicht verborgen geblieben. Die Beurteilungen Ihrer Vorgesetzten sind hervorragend, kurzum: Sie sind ein ausgesprochen fähiger Mann!«

Wiggins wusste immer noch nicht, wie er mit so viel Lob umgehen sollte und vor allem, was der Minister damit bezweckte. Hüte dich vor Menschen, die dich loben, hatte seine Großmutter für gewöhnlich gesagt. Er war bemüht, die Euphorie des Ministers zu bremsen. »Das mag in den Akten vielleicht so aussehen, aber ich bin ein klassischer Teamarbeiter. Ohne meine Kollegen wäre ich überhaupt nichts. Und wenn ich nicht Hauptkommissar Kroll an meiner Seite hätte, wäre die Liste der Erfolge in dieser Akte deutlich kürzer.«

Der Minister war offensichtlich nicht bereit, Widerspruch zu dulden. Sein Tonfall wurde strenger. »Jetzt mal nicht so bescheiden, Wiggins. Sie sind ein guter Mann! Ihre Bescheidenheit ehrt Sie, aber trauen Sie mir bitte auch zu, dass ich so etwas bereits anhand der Aktenlage erkenne. Das ist mein täglich Brot!« Minister Hassemer legte eine Pause ein, um Wiggins die Gelegenheit zu geben, etwas zu erwidern. Der zog es jedoch vor, zu schweigen.

Hassemer rückte seine Brille zurecht. Er stand auf und ging in seinem Büro auf und ab, während er redete. Seine Stimme klang dozierend, wie die eines Professors in der Vorlesung. »Europa, mein lieber Wiggins, wird immer kleiner! Wer hätte gedacht, dass das alles so schnell geht. Erst die Wiedervereinigung der beiden deutschen Staaten, dann die Aufnahme der Mitgliedsstaaten aus Osteuropa in die EU, ja, und jetzt wurde sogar der Vertrag von Lissabon ratifiziert. Die Vereinigten Staaten von Europa haben dadurch schon so etwas Ähnliches wie eine Verfassung.«

Wiggins fragte sich, warum der Minister ihm das alles erzählte. Der ließ sich aber nicht beirren.

»Selbstverständlich lässt es sich nicht ernsthaft bestreiten, dass das immer mehr zunehmende Zusammenwachsen der Europäischen Nationen unüberschätzbare Vorteile bringt. Aber mein lieber Wiggins«, er wedelte mit dem Zeigefinger in der Luft. »Jede Medaille hat zwei Seiten. Und mit dem Zusammenwachsen der Staaten, mit dem Wegfallen der Grenzen hat auch die Kriminalität, ganz besonders die organisierte und die Bandenkriminalität, ein weitaus größeres Betätigungsfeld und vor allem bessere Rückzugsmöglichkeiten. Früher konnten wir einfach unsere Grenzen dichtmachen, wenn wir einen Schwerverbrecher suchten, heute kann er sich in ganz Europa verstecken.« Der Minister gesellte sich wieder zu Wiggins an den Tisch, hatte seinen Vortrag jedoch noch nicht beendet. »Jede Zeit, jede neue Situation bringt neue Herausforderungen mit sich. Denen muss sich insbesondere die Politik stellen. Wir dürfen uns da nicht aus der Verantwortung stehlen, das würden uns die Bürger nicht verzeihen.« Er sah Wiggins abermals über seine Lesebrille an, um ihm die Gelegenheit zu geben, ihm zuzustimmen.

Wiggins nickte. »Verstehe.«

»Auch wir waren nicht faul! Die Innenministerkonferenz hat gemeinsam mit unseren Kollegen in der EU beschlossen, dass in jedem Bundesland eine Leitstelle zur Koordinierung der grenzüberschreitenden Kriminalität errichtet wird. Gleiches gilt natürlich auch für die übrigen Mitgliedsstaaten. Die neue Behörde hat im Wesentlichen zwei Aufgaben: Information und Abstimmung mit den Kollegen in den Mitgliedsstaaten, die von der jeweiligen kriminellen Aktion berührt werden, und Organisation der Verfolgung von Auslandsstraftaten im Inland.« Hassemer schloss den Aktendeckel und nippte an seiner Kaffeetasse. »Sie sehen, mein lieber Herr Hauptkommissar, das ist eine interessante und wichtige Aufgabe.«

Wiggins wollte immer noch nicht verstehen, warum der Minister ihm das alles erzählte. Ihm war schon klar, dass diese neue Behörde irgendetwas mit ihm zu tun haben musste, allerdings weigerte sich sein Gehirn, weitere Überlegungen anzustellen. »Da haben Sie bestimmt recht, Herr Minister. Der neue Stelleninhaber muss immerhin eine Menge Neuland betreten.«

Die letzte Äußerung schien der Ressortchef als Begeisterung des Polizisten aufzufassen.

»Ganz recht, mein lieber Wiggins. Ganz recht! Wer hier tätig sein darf, erhält eine einmalige Chance. So etwas bekommt man nicht oft im Leben angeboten.«

Wiggins schaute den Minister verdutzt an. »Aber Sie meinen doch nicht etwa …«

Dr. Hassemer wurde förmlich. »Die Stelle wird einen Leiter und zunächst fünf Mitarbeiter beziehungsweise Mitarbeiterinnen haben. Sie ist dem Innenministerium zugeordnet und dem Minister zugeteilt. Der Behördenchef berichtet direkt dem Minister.«

Wiggins konnte immer noch nicht so recht glauben, was er da hörte. »Sie wollen doch nicht etwa, dass …«

Minister Hassemer unterbrach ihn erneut. »Alle Mitarbeiter dieser Behörde müssen fließend Englisch sprechen. Dies ist aufgrund der Zusammenarbeit mit den Kollegen im Ausland unerlässlich. Sie sind zweisprachig aufgewachsen, Ihre Mutter kommt aus Großbritannien. Sie sind intelligent. Sie haben ein hervorragendes Abitur und die Polizeischule als Jahrgangsbester verlassen. An Ihrer Loyalität bestehen nicht die geringsten Zweifel. Sie sind für diese neue Aufgabe wie geschaffen!«

Wiggins schluckte. »Aber ich habe doch keine Erfahrungen mit einem derartigen Aufgabengebiet. Ich war bis jetzt nur auf der Straße tätig, wenn ich das so salopp ausdrücken darf.«

Der Minister wedelte wieder mit dem Zeigefinger. »Sie vergessen eins, Wiggins, mit dieser Stelle hat niemand Erfahrung. Das haben Sie gerade selbst gesagt. Man muss sich nur einarbeiten können. Und dafür haben Sie die notwendige Geschicklichkeit. Natürlich schadet es nicht, wenn man die Arbeit der Polizei und der Staatsanwaltschaft kennt. Aber das tun Sie ja wirklich zur Genüge. Übrigens, ganz nebenbei, ihr Gehalt würde sich verdoppeln.«

Wiggins tat sich immer noch schwer damit, die neuen Informationen einzuordnen.»Also noch mal im Klartext, Herr Minister Hassemer. Habe ich Sie richtig verstanden, dass ich diese neue Dienststelle leiten soll?«

Der Minister nickte. »Ganz richtig. Sie werden der Chef!«

Wiggins' Hals war trocken. Er schüttete Wasser in das vor ihm stehende Glas und trank es in einem Zug halb leer. »Wann würde es denn losgehen?«

»Die neue Behörde muss in spätestens drei Monaten stehen. Dazu sind natürlich noch einige Vorarbeiten nötig, denken Sie nur an die Auswahl der Mitarbeiter. Natürlich würden wir Sie in dieses Verfahren mit einbeziehen.«

»Ich müsste mich also schnell entscheiden?«, fragte Wiggins.

Minister Hassemer faltete die Hände und legte sie auf die Tischplatte. »Sie haben genau eine Woche.«

Kroll ging durch einen schmalen Gang. Rechts und links türmten sich Bierkästen auf. Es roch vermodert. Ihm fiel erst jetzt auf, dass der Gestank aus den Wasserbecken kommen musste, die in den Boden im Erdgeschoss eingelassen waren, denn er verstärkte sich, je näher er ihnen kam. Kroll hatte eine Art Kreuzung erreicht. Der rechte Weg führte ihn zurück zu den Wasserbecken. Er sah in die linke Gasse. Sein Spürsinn befahl ihm, wenigstens noch einen Blick in die Halle zu werfen. Aber war das nicht zu gefährlich? Dieser Goran konnte jeden Moment zurückkommen, wenn er ihn nicht sogar schon beobachtete. Kroll war unbewaffnet und sein Gegner ein gut trainierter Kampfsportler. Er beschloss, die Brauerei zu verlassen und bog rechts ab, um wieder zu den Becken zu gehen.

Auf einem alten Tisch neben dem Braukessel lag Werkzeug. Mehrere Schraubendreher, Zangen, eine Bohrmaschine, zwei Hämmer, Schraubenschlüssel in allen Größen sowie unzählige Schrauben und Muttern. Das Werkzeug war wohl dazu da, einfache Reparaturen an der Brauanlage sofort erledigen zu können. Kroll nahm den größten Schraubenschlüssel, der auf die riesigen Muttern am Kopfende des Kessels zu passen schien, in die Hand. Er war sich sicher, dass der riesige Maulschlüssel mehr wog als seine Hantel, mindestens 12 oder 13 Kilo. Eine brauchbare Waffe.

Er hielt das Werkzeug fest in der rechten Hand und ging zurück. Wieder vorbei an den aufgetürmten Bierkästen, bis zu der Kreuzung, an der er vorhin abgebogen war. Er bewegte sich langsam, bemüht, nicht das geringste Geräusch zu machen. Beim Aufsetzen rollte er die Füße bedächtig von der Ferse zum Ballen ab. Er atmete leise. Seine Augen waren wachsam und tasteten den freien Raum in allen Höhen und Tiefen ab. Ab und zu drehte er sich um. Zum Glück war es nicht dunkel. Das dämmrige Licht, das durch die milchigen Scheiben einfiel, war ausreichend, um sich sicher zu bewegen und die Umgebung wahrnehmen zu können.

An der Kreuzung ging er geradeaus. Die Wände mit den Bierkästen wurden durch Regale abgelöst, die gefüllt waren mit kleinen Fässern. Auf dem Boden, direkt vor seinen Füßen, konnte er einen Punkt in der Größe einer Centmünze erkennen. Im Dämmer war es Kroll auf den ersten Blick jedoch nicht möglich, dessen Farbe näher zu bestimmen. Er beugte sich vor und stützte sich auf einem Knie ab. Der Punkt war bräunlich. Er ertastete ihn vorsichtig mit dem Finger. Jetzt war er sich ganz sicher. Es war verkrustetes Blut. Kroll sah weiter den Gang entlang. Er entdeckte viele dieser Punkte in verschiedenen Größen und Abständen. Jemand hatte tröpfchenweise Blut verloren, wie bei einem Nasenbluten oder einer Schnittwunde, die mit der Hand zugehalten wird. Kroll folgte den Bluttropfen. Nach circa zehn Metern folgten die Punkte auf dem Boden einer Abbiegung nach links. Kroll blieb am Ende des Ganges stehen und umklammerte fest den Schraubenschlüssel. Aufmerksam drehte er seinen Kopf in Richtung der Abbiegung, bis er einen vorsichtigen Blick in den Gang werfen konnte. Außer den Punkten auf dem Boden konnte er nichts erkennen. Das Ende des Ganges lag im Dunkeln, weil in diesem Bereich die Fenster mit Brettern vernagelt waren.

Kroll zuckte zusammen. Er glaubte, ein Geräusch vernommen zu haben. Es war kein deutlicher Laut, eher ein dumpfer Ton. Und wieder. Das Geräusch kam aus dem Dunkeln, das sich vor ihm öffnete. Er ging hastig den Gang entlang. Jetzt nahm er keine Rücksicht mehr auf irgendwelche Vorsichtsmaßnahmen. Am Ende des Ganges konnte er die Umrisse eines Stahlpfostens ausmachen, der die Decke abstützte. Davor kauerte eine menschliche Gestalt, deren Arme nach hinten gefesselt waren. Kroll erkannte, dass auch die Füße zusammengebunden waren. Liane Mühlenbergs Mund war mit einem breiten, silbernen Isolierband zugeklebt, das jemand mehrfach um ihren Kopf gewickelt hatte. Ihr Kopf hing herunter und lehnte auf der Brust. Sie schien völlig erschöpft zu sein. Kroll vermutete, dass sie nicht genug Luft durch die Nase bekommen hatte, die langsam zugeschwollen war. Er hob ihr Kinn leicht nach oben. Sie schaute ihn abwesend mit einem schläfrigen Blick an. Kroll fand das Ende des Isolierbandes und fetzte es hastig auf. Dabei riss er Liane dicke Haarbüschel heraus, was ihr im Vollbesitz ihrer Kräfte sicherlich sehr wehgetan hätte. Endlich war der Mund freigelegt. Liane schnappte hastig nach Luft, sie schnaufte kräftig aus. Schleim und Blut traten aus beiden Nasenlöchern aus. Kroll beugte sich nach vorne und betrachtete Lianes Hände, die mit mehreren Kabelbindern zusammengeschnürt waren. Er wusste, dass er die Plastikfesseln nicht ohne einen scharfen Gegenstand zerschneiden konnte und dachte an die Zange, die auf dem Tisch mit dem Werkzeug lag. Als er sich umdrehte, um zu dem Tisch zu eilen, blieb er abrupt stehen. Am anderen Ende des Ganges zeichneten sich im Licht die Umrisse einer männlichen Gestalt ab. Kroll hatte keinen Zweifel, dass es Goran war.

Der Fremde sprach ein hartes Deutsch mit einem starken Akzent. »Ich nicht glaube, dass Sie reinkommen dürfen so einfach. Ist Hausfriedensbruch!«

Kroll bückte sich schnell und hob den Schraubenschlüssel vom Boden auf. Er sah, wie Goran demonstrativ die Arme ausbreitete. »Ich nix habe Waffe.«

Der Polizist überlegte einen Moment, wie er reagieren sollte. Du musst mit ihm reden, dachte er. »Ich schlage vor, wir behalten die Ruhe. Ich bin von der Polizei. Ich werde jetzt mit dieser Frau die Halle verlassen. Und Sie werden mich nicht daran hindern.«

Goran ging ruhig auf ihn zu. »Nein. Machen wir Kampf, Mann gegen Mann. Keine Tricks, keine Waffen. Auf Leben und Tod!«

Kroll umklammerte den Schraubenschlüssel fester. Goran kam immer näher. Als er noch fünf Meter von ihm entfernt war, warf Kroll das Werkzeug mit voller Kraft in Richtung seines Gegenübers. Vergeblich. Goran konnte geschickt ausweichen. Mit lautem Geschepper rutschte der Schlüssel über den Hallenboden. Goran kostete die Aktion nur ein müdes Lächeln.

Kroll rannte zurück durch den Gang in Richtung Treppe, zwischen den Wänden aus Bierkästen hindurch. Vor der Treppe bog er rechts ab und kam in einen Bereich, in dem drei große Tanks aus Edelstahl standen. Kroll versteckte sich hinter einem der Tanks und lauschte, ob er etwas hören konnte. In die anfängliche Stille hinein vernahm er leise Schritte, die immer lauter wurden. Er entfernte sich und ging in dem Bemühen, keine Geräusche zu verursachen, schnell einen Parallelgang entlang. Neben ihm türmten sich Regale auf, die mit Getreidesäcken gefüllt waren. Kroll blieb stehen und dachte nach. Mit einem Blick nach oben sah er, dass die Regale mindestens zehn Meter hoch waren. Kurz entschlossen kletterte er auf die oberste Ebene und legte sich auf den Bauch. Das Regal schwankte nur leicht, die schweren Weizensäcke sorgten für eine gute Stabilität. Aus seinem Versteck versuchte er vorsichtig, die Umgebung zu beobachten. Goran war ihm gefolgt und bog in diesem Moment um die Ecke, in den Gang mit den Getreidesäcken. Er war vielleicht noch zehn Meter von Kroll entfernt. Goran schaute in alle Richtungen. Immer wenn sein Blick nach oben schweifte, zog Kroll den Kopf weg. Goran ging weiter, bis er auf Krolls Höhe war.

»Du runter kommst, oder ich komme hoch? Ich keine Lust hab' auf Spielchen!«

Verdammte Scheiße, dachte Kroll.

»Feigling! Dann ich komme hoch!«

Die ruckartigen Erschütterungen am Regal spürte Kroll deutlich. Goran kletterte zu ihm herauf. Er schaute sich um. Circa drei Meter neben ihm war an der Decke ein Lastenkran angebracht, um die schweren Säcke zu heben. Von dem Kran hing ein dickes Hanfseil herunter, mit dem sich Kroll schnell nach unten absetzte. Als er noch drei Meter über dem Boden war, ließ er das Seil los und sprang auf den Boden. Er erinnerte sich an den Schraubenschlüssel und rannte zu der Stelle, wo er ihn vermutete. Zum Glück musste er nicht lange suchen. Als er den Schlüssel in die Hand nahm, stellte er fest, dass seine Hände bluteten. Er sah sich hektisch um. In den Regalen neben ihm waren große Kartons. Zwei davon schob er auseinander und versteckte sich in dem Zwischenraum auf der untersten Lage des Regals. Kroll hielt die Luft an und lauschte. Hoffentlich sucht der mich gleich nicht hier unten, dachte er. Kroll hörte, wie Gorans Schritte näherkamen. Diesmal viel langsamer als vorhin.

Der Polizist kauerte in seinem Regal wie das Kaninchen vor der Schlange. Goran blieb direkt vor ihm stehen, der Geruch seiner alten Hose drang bis zu Kroll. Die Sekunden kamen ihm vor wie eine Ewigkeit. Endlich ging Goran weiter. Kroll zählte innerlich bis drei, schnellte aus seinem Versteck und richtete sich einen Meter hinter Goran auf. Als der sich umdrehte, hatte Kroll die entscheidende Sekunde Vorsprung, die er brauchte. Er holte weit aus und schlug den Schraubenschlüssel gegen Gorans Unterschenkel, den er mit voller Wucht traf. Kroll konnte nicht genau einschätzen, ob er das Brechen der Knochen gehört hatte und machte vorsichtshalber drei Schritte rückwärts. Goran sah ihn verständnislos an, dann griff er an sein Bein. Er wollte einen Schritt auf Kroll zugehen, bremste jedoch ab, weil er das Bein nicht belasten konnte. »Keine Tricks! Du Betrüger: Ich unbewaffnet!«

»Fahr zur Hölle!«, fluchte Kroll.

»Wir uns wieder sehen, Polizist!«

»Darauf kannst du dich verlassen!«, versprach Kroll.

Goran humpelte in Richtung Ausgang. Kroll rannte zu dem Tisch mit dem Werkzeug, holte die Kneifzange und knipste die Kabelbinder an Lianes Händen auf. Die massierte sich die schmerzenden Gelenke.

Kroll half ihr, aufzustehen. »Du bist in Sicherheit. Ich bring dich nach Hause.«

»Wo ist er?«, stotterte sie ängstlich.

»Den fangen wir schon wieder ein. Es ist wichtig, dass wir erst mal hier wegkommen.«

Liane stützte sich ab, indem sie beide Arme um Krolls Hals schlang. Sie sah sich im Raum um. »Ich glaube, meine Tasche hat der dort hinten irgendwo in die Ecke geschmissen. Da ist mein Handy drin.«

Kroll half Liane Mühlenbach, sich auf ein Fass zu setzen und ging in die Ecke, die sie ihm gezeigt hatte. Er fand die Tasche sofort, kramte das Telefon heraus und informierte die Kollegen. Gleichzeitig veranlasste er, dass Goran zur Fahndung ausgeschrieben wurde.

Dann nahm er neben Liane Platz.

»Deine Hände bluten ja.«

Kroll betrachtete seine Handflächen. Das alte Hanfseil war widerspenstig und rau gewesen. Etliche Hanffasern hatten sich ins Fleisch gebohrt. »Alles halb so schlimm. Da muss ich nur ein kleines Pflaster draufmachen.«

Liane blickte ihm in die Augen. »Ich wäre erstickt, wenn du nicht gekommen wärest. Meine Nase war schon ganz zugeschwollen. An die letzte Zeit kann ich mich gar nicht mehr erinnern, ich meine, bis du mir dieses Klebeband abgemacht hast.

Kroll nickte. »Was ist los, Liane? Was wollte dieser Kerl von dir?«

»Später, Kroll, bitte! Ich muss erst einen Moment zu mir kommen, mich erst ein bisschen sammeln. Ich erkläre dir alles morgen … zumindest das, was ich erklären kann. Aber versprich dir nicht zu viel. Ich bin jetzt einfach nur fertig.«

Aus der Ferne hörten sie ein Martinshorn. Die Kollegen würden bald eintreffen.

Die weißen Verbände an Krolls Händen mit den freien Fingern sahen aus wie Radfahrer-Handschuhe. Beim Biertrinken waren sie aber nicht hinderlich. Die Kellnerin im McCormacks brachte Wiggins und ihm das zweite große Bier. Wiggins trank Guinness und Kroll Kilkenny. Sie prosteten sich zu.

»Wo warst du eigentlich heute Nachmittag, als ich den amtierenden Weltmeister im Cage Fight ausgeknockt habe?«

Wiggins war für einen Moment abwesend. Krolls Frage führte ihm anschaulich ihre Arbeit draußen auf der Straße vor Augen und er musste daran denken, dass genau diese Erlebnisse für ihn bald Geschichte sein könnten.

»Hallo, bist du schon müde?«, hakte Kroll nach.

Wiggins schüttelte den Kopf. »Keine Sorge! Ich fahr noch nicht nach Hause. Ein paar rote Ale halte ich noch durch.« Er schlürfte die Schaumkrone ab und nahm einen großen Schluck. »Ich hab 'ne Menge formellen Kram erledigt: in unserem Fall, aber auch in eigener Sache. Du weißt doch, wie das manchmal ist in unserem Laden.« Er lächelte. »Hätte ich gewusst, dass du heute eine Freefighteinlage zum Besten gibst, wäre ich natürlich gekommen, hätte mich in die erste Reihe gesetzt und zehn Euro auf dich gewettet.«

»… und wahrscheinlich 50 Euro auf den andern«, scherzte Kroll. Er zündete sich eine Zigarette an und ließ den Rauch genüsslich durch die Nase entweichen. Kroll rauchte nur selten, tagsüber nie, aber beim Bier kam ihm regelmäßig das Verlangen nach einer Zigarette. »Das hätte heute auch anders ausgehen können. Hätte der mich in dem Regal zuerst gesehen, könntest du mich jetzt nur noch anhand eines Zettels am Fuß identifizieren.«

Wiggins stützte seinen Kopf mit der Handfläche. »Es ist manchmal so verdammt knapp, Kroll. Überleg doch mal, wie oft wir schon in Gefahr waren. Wenn es einmal schiefgegangen ist, fragst du dich, ob es das alles wert war.«

Kroll drückte die Zigarette aus. »Das gehört zu unserem Job wie der Fisch ins Wasser. Aber vielleicht macht das unseren Beruf ja gerade so einzigartig. Ist doch immer noch besser, als hinterm Schreibtisch die Sessel vollzufurzen.«

Wiggins überlegte, ob Kroll wirklich recht hatte. War es nicht vielleicht doch besser, ein sorgenfreies Leben im Büro zu führen, als auf dem Südfriedhof zu liegen? Er wechselte das Thema. »Ich frage mich nur, warum die Fahndung diesen Goran noch nicht entdeckt hat. Der braucht doch ärztliche Behandlung, wenn du ihm den Schraubenschlüssel vors Schienbein geschmettert hast.«

»Ich glaube, das Schienbein ist nur angebrochen.

Das tut bestimmt höllisch weh, aber der Typ hat mit Sicherheit kein normales Schmerzempfinden mehr. Möglicherweise kann er es selbst stabilisieren. Der war hundertprozentig lange beim Militär und hat dort einige Tricks zur Behandlung von Verletzungen gelernt.«

Die Kellnerin stellte zwei neue Bier auf ihren Tisch.

»Auf jeden Fall sind sämtliche Krankenhäuser und Arztpraxen informiert.«

Kroll nahm sein Getränk in die Hand. »So doof ist der nicht. Du hättest seine Augen sehen sollen, eiskalt, gefühllos. Der ist wie ein Roboter, wie ein Terminator. Der geht nicht zum Arzt, der regelt das anders!«

Die Beamten staunten nicht schlecht, als sich die Tür öffnete und Liane Mühlenberg hereinkam. Sie setzte sich zu ihnen an den Tisch.

»Wie hast du uns denn gefunden?«, fragte Kroll überrascht.

»Was trinkt ihr?«, antwortete Liane mit einer Gegenfrage.

»Guinness und Kilkenny«, antwortete Wiggins.

»Dann nehme ich Kilkenny«, bemerkte sie trocken. »Guinness mag ich nicht!« Sie blickte in die Runde. »Und was trinkt man dazu?«

Kroll zuckte mit den Schultern. »Whiskey, irischen Whiskey. Was denn sonst?«

Liane bestellte bei der Bedienung zwei Kilkenny, ein Guinness und drei irische Whiskey. Da die Kellnerin nicht nach der Sorte des Whiskeys fragte, schlussfolgerte Liane, dass man mit der Hausmarke der Polizisten durchaus vertraut war.

Kroll wiederholte seine Frage. »Also, wie hast du uns jetzt gefunden?«

Liane antwortete erneut mit einer Gegenfrage. »Störe ich euch etwa?« Schließlich entgegnete sie mit einem Lächeln: »Also, ich weiß ja nicht, wo sich Polizisten nachts so rumtreiben, aber ich habe schon ein bisschen was gelernt. Ich habe mich im Präsidium einfach nach Krolls Stammkneipen erkundigt, und dort hat man mir gesagt, dass er immer ins McCormacks geht, wenn er mal ein wenig mehr trinken und rauchen möchte. Und wenn man nach so einem Tag keinen Bierdurst hat, wann dann?«

Kroll tat, als wäre er erbost. »Wer hat das erzählt? Wer hat mich verraten?«

Die Kellnerin stellte die georderten Gläser auf den Tisch. Liane hob ihren Whiskey in die Höhe und prostete den Polizisten zu. »Auf euch, Jungs, ihr seid wirklich klasse.«

»Ich hab heute gar nichts gemacht«, protestierte Wiggins.

Liane trank den Whiskey in zwei Etappen. »Ihr seid beide klasse. Sei nicht so bescheiden, Wiggins. Ich rede doch nicht nur von heute.«

Sie nickte Kroll zu. »Ich glaube, ich habe mich noch gar nicht bei dir bedankt. Also … es war gut, dass du gekommen bist. Ich glaube, das wäre sonst ziemlich eng geworden.«

Kroll wurde verlegen. Er wollte Plattitüden wie ›ist

mein Job‹ oder ›keine Ursache‹ oder ›war doch alles halb so schlimm‹ unbedingt vermeiden, etwas Besseres fiel ihm allerdings auch nicht ein. Deshalb entschloss er sich, einfach die Wahrheit zu sagen.

»Weißt du, Liane, als ich in die Halle reingegangen bin, wusste ich gar nicht, dass du da auch drin bist. Aber als ich dich gesehen hab, da wusste ich, ich muss dich unbedingt aus dieser Situation rausholen. Unser Job ist manchmal gefährlich, aber dafür lohnt es sich auch immer.«

Sie prostete Kroll und Wiggins erneut zu. »Also noch mal! Es ist schön, dass ihr da seid!«

Wiggins hatte das Bedürfnis, das Gespräch auf ein anderes Thema zu lenken. Er befürchtete, dass die Angelegenheit sonst mit zunehmendem Alkoholkonsum zu sentimental werden würde. Auf emotionale Ausbrüche hatte er jetzt keine Lust. »Also, was ist jetzt? Muss ich mir wieder die ganze Zeit anhören, wie unwahrscheinlich toll mein Kollege ist, oder haben wir einen lockeren Abend?«

»Pass bloß auf, Liane. Ich kenne die beiden. Das sind zwei ganz schlimme Finger«, drang plötzlich eine vierte Stimme in die Runde.

Kroll drehte sich um. Hinter ihnen stand Günther Hirte, der Lokalreporter. Kroll und Wiggins kannten ihn gut. Sie hatten bereits unzählige Gläser Bier zusammen getrunken.

»Du kennst auch alle«, begrüßte ihn Kroll und rückte zur Seite, damit der Journalist sich noch einen Barhocker heranziehen konnte.

»Ja, was glaubst du denn? Ist mein Job. Ich kann doch nicht die berühmtesten Leipziger auslassen«, antwortete er, wobei er nur Liane Mühlenberg anlächelte. »Ich denke, wir trinken noch vier Große und …«, er wackelte mit dem Whiskey-Glas, »… und ebenso viele von diesen hier. Die Runde geht auf mich.«

Kroll spürte die Wirkung des Alkohols deutlich, war jedoch nicht bereit, gerade jetzt einen Schlussstrich unter den Abend zu ziehen. Wiggins ging es ähnlich.

»Aber nur, wenn du uns heute nicht mit deinen Fragen löcherst«, forderte er.

»Keine Sorge«, winkte Hirte ab. »Dazu könnte ich mich heute nicht mehr aufraffen. Außerdem ist das eh nicht meine Story. Da sitzt ein Kollege aus der Redaktion dran. Und der Idiot soll auch mal was alleine schreiben. Der hat die letzte Zeit ohnehin nur von mir seine Storys gekriegt. Und dann schleimt der sich auch noch beim Chef ein. So ein Arschloch, ich sag's dir!« Günther Hirte war die willkommene Abwechslung. Er war der klassische Nachtschwärmer und mit halb Leipzig bekannt. Seine Geschichten aus der Stadt, alle brandaktuell und unterhaltsam erzählt, verhinderten, dass die Gespräche doch ins Dienstliche abglitten.

Es war schon nach zwei Uhr, als sich die Gesellschaft auflöste. Günther Hirte wollte noch weiterziehen, Wiggins nahm sich ein Taxi und Liane bat Kroll, sie noch nach Hause zu bringen. Sie bestellten ein weiteres Taxi und setzten sich zusammen auf die

Rückbank. Kurz nachdem sie losgefahren waren, griff Liane nach Krolls Hand.

»Bleibst du noch ein bisschen bei mir?«

Kroll sah auf die Uhr. »Sei mir bitte nicht böse. Aber ich bin total müde und hab zu viel getrunken! Ich wäre heute bestimmt keine gute Gesellschaft mehr.«

»Schade«, bemerkte Liane knapp.

Das Taxi hielt vor dem Haus, in dem Liane wohnte. Sie gab Kroll einen Kuss auf die Wange und wollte die Tür öffnen.

»Warte mal«, sagte Kroll. Liane drehte sich wieder um und sah Kroll lächelnd an. Sie ging davon aus, dass er es sich noch einmal anders überlegt hatte.

»Eine Frage geht mir nicht aus dem Kopf.«

Liane musterte ihn ungläubig.

»Warum hat dieser Goran dich entführt? Warum ausgerechnet dich?«

»Ich bin die Tochter von Annemarie Rosenthal«, antwortete sie trocken und verließ das Taxi.

Dr. Helmut Dankner saß noch am Schreibtisch in seiner Arztpraxis. Er war es gewohnt, auch spät abends zu arbeiten, um den angefallenen formellen Kram zu erledigen. Abrechnungen, Arztberichte für die Krankenkassen, Buchhaltung. Die Bürokratie nahm stetig zu. Er war über 70 Jahre, konnte aber vom Beruf des Arztes nicht lassen. Was sollte er denn sonst machen? Rasen mähen und Hecke schneiden? Nein, das kam für ihn nicht infrage. Und außerdem! Was sagte denn das biologische Alter schon aus? Man ist nur so alt, wie man sich fühlt und Dr. Dankner war höchstens gefühlte 45. Seine Patienten waren ihm treu geblieben und mit ihm alt geworden. Das lag sicherlich auch an seiner äußerst charmanten Art. Bereits im Studium hatte er den Spitznamen ›der schöne Helmut‹ und auch das Alter hatte seinem Aussehen nicht geschadet. Er war groß gewachsen, hatte vornehme graue Haare und sich seine schlanke Figur erhalten. Kaum eine Patientin, und davon gab es deutlich mehr als Patienten, verließ seine Praxis ohne ein Kompliment. Eine nette Begleiterscheinung zu einem nicht immer so dringend erforderlichen Arztbesuch.

Dr. Dankner stöhnte über den Abrechnungen, als es an seiner Tür läutete. Er sah auf die Uhr und wunderte sich über den späten Besuch, denn seine Sprechstunde war lange beendet.

Nachdem er die Tür geöffnet hatte, blickte er zuerst in die Mündung eines Revolvers.

»Brauche Arzt«, sagte der Besucher mit slawischem Akzent. Er stützte sich auf eine Krücke.

Dr. Dankner ließ sich seine Aufregung nicht anmerken. Er war völlig gelassen, was ihn selbst überraschte. »Nehmen Sie die Waffe weg. Ich bin Arzt. Ich helfe jedem Menschen, wenn er mich braucht.«

Sie gingen in den Flur, die Tür fiel ins Schloss. »Kein Telefon, kein Handy, kein Schreien«, forderte der ungebetene Gast.

»Sagen Sie mir endlich, was ich für Sie tun kann.«

Goran steckte die Waffe in den Hosenbund am Rücken. »Mein Bein.«

»Na dann kommen Sie mal mit.« Der Arzt ging ins Behandlungszimmer und bedeutete dem Fremden, sich auf die Liege zu legen. Er registrierte die blutverschmierte Stelle auf der Jeanshose im Bereich des Unterschenkels und sah seinen Patienten an. »Ich muss die Hose aufschneiden. Sonst kann ich die Wunde nicht untersuchen.«

Goran nickte.

Das linke Bein war im oberen Bereich des Schienbeins stark geschwollen und blau angelaufen. Der Arzt tastete den Knochen vorsichtig mit den Fingerkuppen ab. Sein Patient schien keinen Schmerz zu spüren. Dankner drückte fester auf die Stellen in der Nähe der Wunde, der Fremde reagierte nicht, ließ sich nicht mal zu einem Zucken hinreißen. »Das Bein ist auf jeden Fall angebrochen. Ganz durch ist es aber nicht. Was mir Sorgen macht, ist diese extreme Schwellung hier. Ich gehe davon aus, dass der Knochen in diesem Bereich abgesplittert ist; es sollte eine genauere Untersuchung durchgeführt werden. Dazu müssten Sie aber in ein Krankenhaus.«

»Auf keine Fall!«, war der knappe Kommentar.

»Ich verfüge hier in der Praxis nur über ein normales Röntgengerät. Das reicht aber nicht aus, um die Absplitterungen am Knochen …«

»Versorgen Sie Wunde«, unterbrach ihn der Fremde.

Dr. Dankner schüttelte den Kopf. »Ich könnte Ihnen die Wunde verbinden und versuchen, das Bein mit elastischen Bandagen zu stabilisieren. Das wäre aber alles andere als eine fachgerechte Behandlung.«

»Machen Sie schon!«, forderte ihn Goran auf.

Der Arzt ging zum Medikamentenschrank und holte Salbe, Verbandsmaterial und die elastischen Binden heraus. »Brauchen Sie etwas gegen die Schmerzen?«, fragte er, während er im Schrank kramte.

»Nein«, war die deutliche Antwort.

Nachdem das Bein versorgt war, gab der Arzt Goran die angebrochene Tube mit der Salbe. »Sie müssen die Wunde mindestens zwei Mal täglich dick mit dieser Salbe einreiben. Also alles abwickeln und neu einreiben, Mullbinde drüber und dann die Bandagen. Halten Sie das Bein ruhig und möglichst hoch. Und nochmals: Es wäre am sinnvollsten, Sie gehen in ein Krankenhaus zu einer genaueren Untersuchung. Am besten in die Uniklinik, Liebigstraße.«

Goran stand auf und belastete sein Bein vorsichtig. Auf die Krücke gestützt, humpelte er hinaus. Als er am Empfang vorbeikam, legte er ein paar Geldscheine auf den Tresen. Er verließ die Praxis, die Tür fiel hinter ihm ins Schloss. Dr. Dankner alarmierte die Polizei.

SIEBEN

Den ersten Termin des Tages hatten Kroll und Wiggins bei Staatsanwalt Reis zur Lagebesprechung.

»Die Tochter von Annemarie Rosenthal?« schrie Reis. »Das ist doch völlig unmöglich. Wie besoffen war diese Liane eigentlich? Was hat die euch noch alles erzählt?«

»Wir waren alle ziemlich besoffen«, bestätigte Wiggins. »Aber warum sollte Liane das erfinden? Davon hat sie doch nichts.«

Staatsanwalt Reis und die Polizisten waren seit vielen Jahren ein Team. Ihre Zusammenarbeit war geprägt von bedingungslosem Vertrauen und gegenseitiger Wertschätzung. Jeder wusste, dass er sich auf den anderen verlassen konnte. An dem Staatsanwalt schätzten Kroll und Wiggins ganz besonders, dass er sich immer schützend vor seine Mitarbeiter stellte, was bei Krolls Ermittlungsmethoden, die manchmal recht unkonventionell ausfielen, durchaus erforderlich war. Deshalb brauchten sie im persönlichen Gespräch auch nicht auf irgendwelche Etikette Rücksicht zu nehmen und konnten ungezwungen alles ansprechen.

Der Staatsanwalt sah Kroll an. »Kann es sein, dass die dich beeindrucken wollte? Hatte die noch was vor, du weißt schon, was ich meine.«

Kroll hob die Hände. »An dem Abend bestimmt

nicht. Da war mit mir mit Sicherheit nichts mehr los!«

»Sei nicht so bescheiden, Kroll«, frotzelte Wiggins. »Die hatte dich auf dem Kieker.«

Reis hakte nach. »Also, Kroll, was ist?«

Kroll stand auf und setzte sich auf die Fensterbank. »Wir hatten seit Längerem den Verdacht, dass Liane die Tochter von Annemarie Rosenthal ist, die damals auf dem Rücksitz saß.« Er zeigte mit dem Finger auf sein Auge. »Denkt doch nur mal an die Lasernarbe hier. Warum wurde sie entführt? Dafür kann es doch nur eine Erklärung geben!« Er sah Wiggins und den Staatsanwalt abwechselnd an. Die warteten auf weitere Erklärungen.

»Wir hatten mal einen interessanten Fall, als ich noch im Betrugsdezernat war. Picasso hat nach dem zweiten Weltkrieg Stiere gemalt. Ganz einfache Zeichnungen. Kohlestift auf Papier. Und dann war da ein pfiffiger Kunststudent aus Leipzig, der ist einfach in ein Antiquariat marschiert …« Kroll ging zum Bücherregal des Staatsanwaltes und nahm sich wahllos ein Fachbuch heraus, schlug es auf und sah den Staatsanwalt an. »Sehen Sie, die erste Seite ist immer ganz weiß.«

Der Staatsanwalt begriff, worauf Kroll hinauswollte. Er duzte die Polizisten, obwohl die beim Sie geblieben waren. Das hatte sich im Laufe der Zeit so eingeschliffen. »Ich kann mir denken, was du meinst. Der Student hatte sich also ein Buch aus dem Jahre 1945 besorgt und einen Stier im Picassostil auf die erste Seite gemalt.«

Kroll nickte. »Ihr werdet lachen! Der hat erzählt, seine Oma hätte das Buch auf einem Flohmarkt in Malaga gekauft. Ein Interessent hat das Bild prüfen lassen und die haben nur das Alter des Papiers und den Malstil untersucht. Das Bild wurde für echt befunden und der kleine Kunststudent hat eine ordentliche Summe dafür einkassiert. Die ganze Sache ist erst aufgeflogen, als weitere Untersuchungen angestellt wurden, die offensichtlich gründlicher waren.«

»Nette Geschichte«, bemerkte der Staatsanwalt. »Aber was hat das alles mit unserem Fall zu tun?«

»Kommt ihr mit auf den Südfriedhof?«, fragte Kroll. »Ich könnte ein wenig frische Luft gebrauchen.«

»Ich auch«, konstatierte Wiggins und sah den Staatsanwalt an.

Der lächelte seine Mitarbeiter an. »Ich habe zwar gestern nichts getrunken, aber wenn ihr meint, wir sollten die Unterhaltung an der frischen Luft fortsetzen, was soll's.« Er schloss die vor ihm liegende Akte. »Also gut. Fahren wir!«

Der Leipziger Südfriedhof lag im Schatten des Völkerschlachtdenkmals. Wegen der vielen berühmten Persönlichkeiten, die dort begraben wurden, überwiegend Kaufleute, Politiker und Künstler, wurde die Grabstätte auch Père Lachaise des Ostens oder Leipziger Montmartre genannt. Ein Spaziergang über den Südfriedhof vermittelte dem Besucher eher den Eindruck, durch ein Museum zu wandeln als über eine Begräbnisstätte. Gerade die reichen Kaufleute hatten nicht an ihrer letzten Ruhestätte gespart und übertrumpften sich gegenseitig mit prächtigen Skulpturen und kolossalen Wandgräbern.

Die Polizisten und der Staatsanwalt hatten den Friedhof am Haupteingang betreten und gingen gesetzten Schrittes in östliche Richtung, an den Wandgräbern vorbei zum Krematorium.

Staatsanwalt Reis hatte durchaus nichts gegen den kleinen Spaziergang einzuwenden, er wurde jedoch langsam ungeduldig, weil er an die Arbeit dachte, die er am heutigen Tage noch vor sich hatte. »Also, nicht dass die Herren meinen, ich wüsste die frische Luft oder gar diesen schönen Friedhof nicht zu schätzen, aber ich habe leider noch kein Wochenende.«

Kroll beschloss, seine Begleiter nicht länger auf die Folter zu spannen. Sie bogen in den nächsten Weg auf der linken Seite ab und kamen zu den vielen Gräbern, in denen die normalsterbliche Bevölkerung Leipzigs begraben war. Grabstein drängte sich dicht an Grabstein, die meisten schwarz und poliert.

»Als der Prozess wegen des Mordes an Annemarie Rosenthal eröffnet wurde, war sie seit circa einem Jahr tot. Sie wäre 43 Jahre alt geworden.« Er beschrieb mit dem Arm einen Halbkreis über den Gräbern. Wenn Liane die Tochter von Annemarie Rosenthal ist und die Untersuchungen im Labor das nicht bestätigt haben, gibt es dafür nur eine logische Erklärung.«

»Das Material, mit dem der Abgleich gemacht wurde, ist vertauscht worden«, führte Wiggins den Satz zu Ende.

Kroll nickte. »Wir haben das Gebiss aus der Asservatenkammer dem Labor gegeben.« Er sah wieder über die Gräber. »Ich glaube, es ist nicht besonders schwer, eine passende Leiche zu finden. Jeder Tote hat sozusagen seine Visitenkarte direkt über die Erde gestellt. Geschlecht, Geburtsdatum, Todestag – alles ist ganz einfach abzulesen!«

»Du meinst also, die Leichen wurden vertauscht?«, fragte Staatsanwalt Reis skeptisch.

»Nicht jeder Friedhof wird so gut bewacht wie der Leipziger Südfriedhof«, entgegnete Wiggins emotionslos.

Als sie wieder ihr Büro im Präsidium betraten, sah Kroll zunächst mit einem leichten Schrecken den Aktenstapel, der sich auf seinem Schreibtisch angehäuft hatte. Er ignorierte ihn und ließ sich in seinen Schreibtischstuhl fallen. Schwungvoll legte er die Füße auf die Tischplatte. Er rieb sich die Augen. »Also. Brainstorming! Was wissen wir? Wir wissen, dass Liane die Tochter von Annemarie Rosenthal ist. So weit, so gut! Wenn das stimmt, und das DNA-Ergebnis richtig ist, hat jemand die Leichen vertauscht. Aber warum? Was soll das bringen?«

Wiggins sah seinen Kollegen ungläubig an. Er konnte nicht einschätzen, ob Kroll wirklich nichts wusste oder ob er einfach nur ein temporäres Brett vor dem Kopf hatte. »Denk doch nur an die Bissspuren auf Eimnots Arm! Die haben die …«, Wiggins malte mit den Fingern beider Hände Gänsefüßchen in die Luft, »… Leiche von Annemarie Rosenthal exhumiert und festgestellt, dass der Abdruck des Gebisses nicht identisch war.«

Kroll stand auf und haute mit der flachen Hand auf den Tisch. »Mensch, Wiggins! Man kann doch nicht so einfach zwei Leichen vertauschen?«

Wiggins zuckte mit den Achseln. »Aber was ist daran denn so schwer? Grab auf, alte Leiche raus, neue Leiche rein, Grab zu!«

»Wer ist denn so skrupellos?«

Wiggins musste nicht lange überlegen. »Goran mit Sicherheit!«

Kroll ging zum Fenster und sah hinaus. Er fühlte sich nicht wohl in seiner Haut. Er wusste genau, was jetzt als nächstes an die Tagesordnung kommen würde. Deshalb sprach er das Thema von selbst an. »Der Abdruck des Gebisses ist noch nicht alles.«

Wiggins sagte keinen Ton.

Kroll drehte sich um und sah in den Raum. »Das Blut auf der Bluse von Annemarie Rosenthal war nicht von Eimnot!«

»So die unerschütterlichen Ergebnisse aus dem Labor«, stellte Wiggins trocken fest.

»Die Bluse, die untersucht wurde, lag in unserer Asservatenkammer«, überlegte Kroll laut.

Wiggins hatte den Platz hinter seinem Schreibtisch nicht verlassen und beobachtete den Kollegen, der jetzt im Büro auf und ab ging.

»Also nehmen wir einmal an, dass die Leichen vertauscht wurden … was wir bislang nur vermuten …

dann kann das ja nur einen Sinn haben, nämlich die Täterschaft von Eimnot zu vertuschen.«

Wiggins führte Krolls Satz zu Ende. »In diesem Fall muss man konsequent sein. Da reicht der Leichentausch nicht aus, man muss außerdem eine kleine Austauschaktion in der Asservatenkammer durchführen.« Kroll nickte. »Die Bluse mit Eimnots Blut müsste entfernt und eine Bluse mit anderem Blut hineingeschmuggelt werden.«

»Und wer könnte das alles prima hingekriegt haben?«, fragte Wiggins schon fast provozierend.

Weil Kroll nicht reagierte, gab Wiggins die Antwort selbst. »Dein guter alter Ausbilder Vogelsang, der von Anfang an mit dem Fall beschäftigt war und sich nicht gerade mit Ruhm bekleckert hat!«

Kroll hob beide Hände in die Luft. »Aber das sind doch alles nur Vermutungen! Wo sind die Beweise? Woher wissen wir, dass tatsächlich die Leichen vertauscht wurden?«

Wiggins saß immer noch gelassen auf seinem Schreibtischstuhl. »Das mit dem Leichentausch war doch deine Idee.«

Kroll fuchtelte mit den Händen in der Luft herum. »Ideen, Vermutungen. Das ist doch alles viel zu dünn!« Er ging auf Wiggins zu. »Wo ist die Verbindung zu Goran? Wo die zu Ehrentraut? Und nicht einmal zu Vogelsang haben wir eine auffällige Beziehung, außer dass der im Altenheim von Lachmann wohnt, aber das kann auch Zufall sein.« Wiggins antwortete in einer ruhigen und gelassenen Art, die Kroll langsam auf die

Nerven ging, weil er sie als arrogant empfand. »Ich finde, es passt bereits eine ganze Menge zusammen. Vogelsang hat sich mit Lachmann getroffen und uns das auch noch verheimlicht. Warum denn bloß? Und der Lachmann hat auch Frau Kuttner besucht. Mensch, Kroll! Der hat die alte Geschichte wieder aufgerollt. Und das wurde Vogelsang vermutlich zu heiß und deshalb musste Lachmann sterben!«

»Gut!« Kroll tat so, als würde er sich geschlagen geben. »Wo ist bitteschön der Zusammenhang zwischen Vogelsang und Ehrentraut?«

»Dein alter Ausbilder war der Raubvogel. Er war wahrscheinlich im Westen auf Ehrentraut angesetzt, er hat ihn bestimmt auf dem Gewissen!« Jetzt stand Wiggins auf. »Und ich möchte alles darauf wetten, dass Vogelsang auf dem Foto zu sehen ist, das Senta Kuttner dem Lachmann gegeben hat.«

»Dann bring mir doch endlich Beweise!«, schrie Kroll verärgert. »Was macht eigentlich unser Kollege in Berlin? Schaukelt der sich nur die Nüsse?« Kroll verließ das Büro und knallte die Tür zu.

Wiggins setzte sich wieder an seinen Schreibtisch und sichtete die Schreiben, die sich dort angesammelt hatten. Der erhoffte Bericht aus Berlin befand sich genauso wenig darunter wie das Foto von der Tribüne. Er wollte gerade gehen, als sein Telefon klingelte.

»Sekretariat Minister Hassemer. Herr Hauptkommissar, darf ich Sie mit dem Minister verbinden?«

Wiggins verdrehte genervt die Augen. »Aber natürlich, gerne.«

Der Minister begann das Gespräch in seiner gewohnt lässigen Art. »Na, mein lieber Herr Wiggins, wie geht es Ihnen denn heute so?«

»Wir versuchen immer noch, den Mörder des Schriftstellers Willi Lachmann zu fangen. Aber so richtig weiter sind wir da noch nicht gekommen.«

Minister Hassemer wurde sofort ernst. »Hinter dem Fall ist die Presse her wie der Teufel hinter der Seele. Es wäre wirklich nicht schlecht, wenn Sie bald Ergebnisse liefern könnten.«

Wiggins nickte. »Wir tun unser Bestes. Aber das ist nicht einfach. Der Täter hat nicht viele Spuren hinterlassen.«

»Sie machen das schon, Herr Kommissar, da bin ich mir ganz sicher … aber weshalb ich überhaupt anrufe. Haben Sie sich bereits entschieden wegen des Jobs in Dresden?«

Wiggins war erstaunt. »Aber Sie haben mir doch gesagt, ich hätte eine Woche Bedenkzeit.«

»Ja, ja, ich weiß … aber der MP macht jetzt ordentlich Druck. Die ganze Sache wird hier ziemlich hoch gehängt.«

Wiggins war es überhaupt nicht recht, in dieser Angelegenheit jetzt auch noch unter Druck gesetzt zu werden. Außerdem wollte er die Sache erst einmal mit Kroll besprechen und er zweifelte daran, hierzu innerhalb der nächsten Tage Gelegenheit zu finden. Natürlich wollte er aber gleichzeitig die Geduld des Ministers nicht überstrapazieren. »Ich denke, ich kann Ihnen in zwei Tagen Bescheid geben.«

»Also gut!«, beschied der Minister. »Ich erwarte morgen Ihren Anruf.« Damit legte er auf.

»Arschloch«, fluchte Wiggins leise. Er legte kurz den Hörer auf die Gabel und versuchte im Anschluss, den Kollegen Oskar Jäger in Berlin zu erreichen.

»Hallo, Oskar, du hast lange nichts mehr von dir hören lassen.«

»Mühsam ernährt sich das Eichhörnchen. Und in meinem Fall ganz besonders mühsam«, stöhnte Jäger. »Du kannst dir nicht vorstellen, was das für eine Sisyphusarbeit ist. Du kramst nur in alten Akten und musst Klinken putzen ohne Ende. Und glaube nicht, dass dich hier jeder mit offenen Armen empfängt.«

»Das kann ich mir vorstellen«, stimmte Wiggins ihm zu. »Aber wir kommen hier auch nicht so richtig weiter. Es muss eine Verbindung zwischen dem Fußballer Ehrentraut und Vogelsang geben … und noch eine von Vogelsang zu diesem Goran.«

»Ich hoffe, ich kann euch morgen mehr sagen. Ich bekomme heute Nachmittag noch weitere Akten, die ich extra angefordert habe, zumindest hat man mir das zugesagt, was allerdings nicht allzu viel bedeutet. Aber seien wir mal optimistisch. Ich tu in Berlin, was ich kann, darauf könnt ihr euch verlassen!«

»Das weiß ich doch, Oskar!«, beruhigte ihn Wiggins. »Aber wir haben hier jede Menge Druck. Die Presse ist immer noch an dem Fall dran und in Dresden werden die hohen Herren auch schon ungeduldig.«

»Also nichts Neues«, scherzte Jäger.

»Mach's gut, Oskar. Bitte melde dich, sobald du was Neues für uns hast.«

»Mach ich, Wiggins, bis morgen.«

Der pensionierte Polizist Bernd Vogelsang saß in einem Sessel in seinem Zimmer in der Herbstvilla und löste Kreuzworträtsel. Er schien mit nichts Besonderem beschäftigt zu sein. Eine Tageszeitung lag zerlesen auf seinem Bett.

Vogelsang schien von Krolls Besuch nicht besonders überrascht zu sein. »Hallo, Kroll, was kann ich für dich tun? Kann ich dir etwas anbieten?«

Kroll kam gleich zum Thema. »Große Scheiße, Bernd! Große Scheiße!«

Sein ehemaliger Ausbilder sah ihn verständnislos an. »Was ist passiert?«

Kroll ließ sich auf das Bett fallen und fuhr sich müde durch die Haare. »Es ist kein Zufall, dass ich heute allein hier bin. Inzwischen bin ich wohl der Einzige im ganzen Präsidium, der glaubt, dass du nichts mit dem Tod von Willi Lachmann zu tun hast!«

Vogelsang stellte wie in Zeitlupe seine Teetasse auf das Tischchen zurück. »Ist das so, Kroll?«

»Na ja, zumindest alle, mit denen ich zu tun habe. Wiggins allen voran und der Staatsanwalt treibt auch die Ermittlungen in deine Richtung …«

»Das meine ich nicht, Kroll«, unterbrach ihn Vogelsang mit ruhiger Stimme. »Ich frage mich, ob es tatsächlich stimmt, dass du an meine Unschuld glaubst?«

Kroll stand auf, ging zum Fenster. Er schaute in

den Garten und beobachtete, wie ein Gärtner auf einem Rasentraktor seine Kreise zog. Mit der Antwort zögerte er. Für Vogelsang ein wenig zu lange.

»Ich glaube, dass … du nichts mit der Sache zu tun hast!«

»Danke, Kroll. Das ist mir sehr wichtig.« Der pensionierte Polizist goss sich Tee nach. »Lass uns in aller Ruhe die bisherigen Fakten analysieren. Was spricht denn überhaupt alles gegen mich?«

»Wir sind uns sicher, dass die Leiche von Annemarie Rosenthal vertauscht wurde, und zwar vor ihrer Exhumierung für das zweite Gerichtsverfahren gegen Eimnot. Die haben bei dem DNA-Test im Wiederaufnahmeverfahren einfach die falsche Leiche untersucht.«

Vogelsang konnte sich ein Lachen nicht verkneifen. »Das ist jetzt aber wirklich eine kühne Behauptung. Wer ist denn bitte schön darauf gekommen?«

»Eigentlich das Labor. Wir haben die genetischen Merkmale von Liane Mühlenberg mit dem Gebiss in der Asservatenkammer verglichen, das angeblich von Annemarie Rosenthal stammen soll. Und das Ergebnis war eindeutig. Die beiden sind nicht verwandt!« Kroll machte eine kleine Pause, um Vogelsang Gelegenheit für eine Reaktion zu geben. Der tat ihm den Gefallen aber nicht.

»Und …?«

»Wir wissen aber definitiv, dass Liane Mühlenberg Rosenthals Tochter ist. Also wurde ein falsches Gebiss verwendet und weil das wiederum von der exhumierten Leiche stammt, muss jemand die Leichen vertauscht haben.«

Vogelsang nickte nachdenklich. »Verstehe, aber was habe ich damit zu tun?«

»Dieser Leichentausch würde nur dann Sinn machen, wenn auch Schritt zwei gemacht wird!« Abermals wartete Kroll auf eine Reaktion seines Gegenübers. Der hatte sich aber offensichtlich vorgenommen, seinen ehemaligen Schützling die ganze Geschichte allein erzählen zu lassen.

»Wenn der Leichentausch erforderlich war, um Eimnot zu entlasten, musste jemand in die Asservatenkammer gegangen sein und die Bluse mit dem Blut ausgetauscht haben.«

Vogelsang richtete sich in seinem Rollstuhl auf. »Und das soll ich gewesen sein. Aber warum denn? Ich hatte doch überhaupt keinen Grund.«

Kroll wurde verlegen. Es war ihm unangenehm, seinen alten Ausbilder zu verdächtigen, zumal er nicht den geringsten Beweis hatte. Er zuckte mit den Schultern. »Frag doch meine Kollegen. Ich halte das alles für Quatsch!« Er sah auf die Uhr. »Ich muss eh gleich gehen.«

Vogelsang wurde unruhig. Er fuhr mit seinem Rollstuhl neben Kroll, der immer noch am Fenster stand. »So viel Zeit hast du noch. Was denken deine Kollegen?«

Kroll war das Thema zwar unangenehm, trotzdem war er dankbar für die Gelegenheit, Bernd Vogelsang direkt mit den Vorwürfen konfrontieren zu können.

»Es ist sicher, dass Lachmann wegen des Todes von Lars Ehrentraut, dem Fußballer, recherchiert hat.« Kroll atmete tief durch. »Die Kollegen glauben, dass du damit etwas zu tun hast.«

Vogelsang fuhr wieder an sein Tischchen zurück und lachte unmotiviert auf. »Aber das macht doch keinen Sinn! Selbst wenn wir einmal unterstellen würden, dass ich etwas mit dem Tod von diesem Ehrentraut zu tun habe, was natürlich dummes Gerede ist, ich kenne den nicht einmal, würde es vielleicht noch Sinn machen, Lachmann zu beseitigen. Aber warum sollte ich dann Eimnot helfen? Haben sich die lieben Kollegen darüber einmal Gedanken gemacht?«

Kroll lächelte freudlos. »Du weißt doch, wie das ist, Bernd. Wenn du nur wenige Spuren hast, musst du halt da ermitteln, wo es geht.«

Vogelsang goss sich erneut Tee ein. »Schöner Rechtsstaat. Dass ich das noch mal erleben muss. Verdächtig des Mordes, der Strafvereitelung und was weiß ich noch alles. Dabei sitze ich hier nur im Rollstuhl, in einem Altenheim, und warte, dass meine Uhr endlich abläuft.«

Kroll ging zur Tür und drückte die Klinke herunter. »Ich muss los, Bernd. Ich gebe dir Bescheid, wenn es etwas Neues gibt!«

Liane Mühlenberg öffnete die Wohnungstür und lächelte Kroll an. »Ich hoffe, ich war gestern nicht zu aufdringlich.«

Kroll erwiderte ihr Lächeln. »Kein Problem. Ich hoffe, ich war gestern nicht zu besoffen.«

Sie begrüßten sich mit einem Kuss auf die Wange. Liane ging in die Küche und Kroll folgte ihr.

»Ich habe gerade frischen Kaffee aufgesetzt.«

Sie setzten sich an den Küchentisch. »Heute Mittag fahre ich nach Hamburg. Morgen früh kann ich in dieser Privatklinik einchecken und morgen Mittag liege ich unter dem Messer.«

Krolls Blick fiel automatisch auf ihren Busen, der sich unter ihrer weiten Bluse nur andeutungsweise abzeichnete. »Bist du sicher, dass du das durchstehst? Ich meine so ganz alleine.«

Liane stellte die Kaffeebecher auf den Tisch. »Das krieg ich schon irgendwie hin. Außerdem bleibt mir eh nichts anderes übrig. Es war schwierig genug, überhaupt diesen Termin zu bekommen. Offensichtlich lässt sich die halbe Welt in Hamburg den Busen vergrößern.«

Kroll hob seine Kaffeetasse hoch, ganz so, als würde er ihr zuprosten. »Ich wünsch dir auf jeden Fall alles Gute und drück dir die Daumen.« Dann musste er lachen. »Und natürlich sind wir ganz gespannt auf das Ergebnis.«

»Ich werde allen rechtzeitig Bescheid geben und Eintrittskarten am Cospudener See verkaufen.«

»Aber für gute Freunde gibt es doch sicherlich eine Privatvorstellung, oder?«, protestierte Kroll.

»Lass dich überraschen«, antwortete Liane mit einem geheimnisvollen Lächeln.

Kroll wollte die Zeit vor Lianes bevorstehender Abreise noch nutzen, um ihr ein paar Fragen zu stellen. »Dass du die Tochter von Annemarie Rosenthal bist, hat uns natürlich alle überrascht. Da wären wir nie draufgekommen.«

Liane schien das Thema nicht angenehm zu sein. Sie zuckte nur mit den Achseln, stand vom Küchentisch auf und kramte im Küchenschrank herum. Kroll hatte den Eindruck, dass sie ihn nicht ansehen wollte. Er hakte trotzdem nach. »Dann warst du ja ebenfalls im Auto, als das Verbrechen verübt wurde. Warum hast du uns das nicht früher erzählt?«

Liane wühlte immer noch im Küchenschrank. Ihre Bewegungen waren ruckartig. »Retrograde Amnesie!«

»Bitte was?«

»Das ist der medizinische Fachbegriff für einen vollständigen, auf einen bestimmten Zeitraum begrenzten Gedächtnisverlust. Da ist nichts zu machen. Glaub mir, an mir hat sich schon ein Haufen Wissenschaftler versucht: Ärzte, Psychologen, Psychiater, Hypnotiseure und was weiß ich noch alles. Ich kann mich einfach nicht mehr an die Vorkommnisse von damals erinnern.« Sie drehte sich um und sah Kroll wieder an. »Und glaub mir, das ist besser so.«

Kroll nickte und schlürfte seinen Kaffee. »Tut mir leid, wenn dir das zu nahe geht. Aber es gehört einfach zu meinem Job, auch unangenehme Fragen zu stellen.« Liane tat so, als würde sie das alles nicht mehr interessieren. »Ist doch kein Problem. Allerdings gibt es dazu nicht mehr zu sagen. Ich kann mich an nichts mehr erinnern. Punkt aus!«

Kroll überlegte, ob es etwas bringen würde, die Zwangsadoption noch einmal zur Sprache zu bringen. Der Klingelton seines Handys riss ihn aus seinen Gedanken.

Er vernahm die beunruhigte Stimme einer Schwester aus der Herbstvilla. »Unser Bewohner Bernd Vogelsang hatte vor einer knappen Stunde einen Herzinfarkt. Wir haben sofort die Rettung informiert. Er wurde ins Krankenhaus gebracht. Universitätsklinik, Liebigstraße.«

Kroll war sprachlos. Die Schwester beendete die kleine Pause. »Er hat Ihre Adresse und Rufnummer für Notfälle hinterlassen.«

»Meine Rufnummer?«, fragte Kroll erstaunt.

»Er hat keine Verwandten mehr«, antwortete die Schwester mit entschuldigender Stimme.

»Vielen Dank. Ich melde mich.«

Für einen Moment überkam Kroll sein schlechtes Gewissen. Sein alter Kollege Bernd Vogelsang hatte seine Nummer bestimmt schon vor vielen Jahren, wahrscheinlich sogar bei seinem Einzug in die Herbstvilla, hinterlegt. Mit Sicherheit war er davon ausgegangen, dass Kroll ein wenig mehr Zeit für ihn aufbringen würde. Er hatte ihn enttäuscht.

Als er in der Uniklinik anrief, erfuhr er, dass Bernd Vogelsang unmittelbar auf die Intensivstation gebracht worden war und dort weiter untersucht werde. Derzeit würde überlegt, ob und wann er operiert werden müsse. Vermutlich sei ein Bypass unumgänglich. Kroll wurde gebeten, einige nützliche Dinge wie Waschzeug und Schlafanzug vorbeizubringen.

Nachdem Kroll aufgelegt hatte, wandte er sich wieder in Richtung Liane. »Ich muss leider los.«

»Ist etwas passiert?«

»Bernd Vogelsang hatte einen Herzinfarkt.« Kroll schüttelte gedankenversunken den Kopf. »Ist schon komisch, gerade, bevor ich zu dir gefahren bin, war ich noch bei ihm. Da war er völlig ruhig, völlig unaufgeregt. Und jetzt das « Er stand auf und küsste Liane auf die Wange. »Noch mal alles Gute. Ich melde mich spätestens morgen, versprochen.«

Sie hielt ihn am Arm fest und gab ihm einen Kuss auf den Mund. »Bitte vergiss mich nicht. Ich brauche auch ein bisschen Unterstützung.«

Vogelsangs Zimmer in der Herbstvilla war nicht anzusehen, dass sich dort vor wenigen Stunden ein Notfall abgespielt hatte. Das Bett war frisch gemacht. Auf dem Tischchen stand immer noch die Kanne Tee mit der Tasse. Bernd Vogelsangs Rollstuhl lehnte sorgfältig zusammengeklappt an der Wand. Feuchte Spuren auf dem Boden verrieten, dass das Zimmer vor Kurzem gereinigt wurde. Möglicherweise hatte Vogelsang während der Herzattacke noch etwas fallen gelassen oder seinen Harndrang nicht mehr kontrollieren können.

Kroll sah sich im Zimmer um. Alles war penibel ordentlich aufgeräumt. Er fragte sich, ob das an Vogelsang oder an dem Personal in der Herbstvilla lag. Er setzte sich aufs Bett, genau auf die Stelle, wo er vor gut zwei Stunden schon einmal gesessen hatte. In den letzten Tagen war Kroll zwar öfter hier gewesen, er hatte jedoch nie die Gelegenheit gehabt, den Raum auf sich wirken zu lassen. Die Arbeit hatte beharrlich alles andere verdrängt. Was war das für eine Kammer? Hübsch, groß, hell mit einem netten Blick in den Garten. Zweifellos das Beste, was Seniorenheime weit und breit zu bieten hatten. Aber wie hatte Vogelsang sich ausgedrückt? Ich sitze nur im Rollstuhl in einem Altenheim und warte, dass meine Uhr endlich abläuft. Irgendwie war es bedrückend, sich an einem Ort aufzuhalten, von dem man wusste, es ist die letzte Station vor dem Finale. Ohne Familie, ohne Freunde und als einzige Kontaktadresse ein ehemaliger Kollege, der sich nicht blicken lässt.

Die Tür öffnete sich und eine Schwester kam herein.

Kroll hatte das Gefühl, seine Anwesenheit rechtfertigen zu müssen. »Das Krankenhaus hat mich gebeten, Herrn Vogelsang Waschzeug und Schlafanzüge zu bringen. Wie geht es ihm?«

»Er wird gerade untersucht. Die Ärzte wissen noch nicht, ob sie ihn operieren können.«

Kroll lächelte gequält.

»In dem Alter ist das nicht mehr so einfach. Mehr weiß ich leider auch noch nicht.« Die Schwester presste die Lippen zusammen. »Kann ich Ihnen helfen?«

»Vielen Dank, ich such nur die Sachen fürs Krankenhaus zusammen und bin dann schon wieder verschwunden. Das schaff ich schon allein.«

Sie nickte Kroll kaum merklich zum Abschied zu und schloss die Tür.

Kroll sah sich im Zimmer um und versuchte, sich für zu sammeln. Er öffnete die Schranktür. Die Schlafanzüge waren kaum zu übersehen. Sie lagen frisch gebügelt und ordentlich zusammengefaltet in dem oberen Fach des Schrankes. Er nahm den Stapel und legte ihn aufs Bett. Für einen Moment hielt er inne. Eigentlich war seine Aufgabe so gut wie erledigt. Das Waschzeug würde er mit Sicherheit schnell im Bad finden. Es machte also keinen Sinn, weiterhin in den Sachen seines ehemaligen Kollegen zu suchen. Zudem empfand er es als nicht besonders anständig, die Gunst der Stunde zu nutzen, während Bernd Vogelsang mit dem Leben kämpfte. Aber die Versuchung war einfach zu groß. Zu viele offene Fragen rankten um seinen früheren Ausbilder. Und außerdem, dachte Kroll, wenn ich jetzt ein wichtiges Beweismittel finden würde, wäre das als sogenannter Zufallsfund sogar verwertbar. Letztlich war es die beruhigende Legalität, die sich zumindest plausibel darstellen ließe, die ihn ermunterte, sich weiter umzusehen. In den oberen Fächern der Schrankes waren noch weitere Kleidungsstücke untergebracht, Pullover, T-Shirts, Unterhemden, Socken, Unterwäsche und lange Unterhosen. Kroll führte seine Hand behutsam unter jedes Teil und tastete den Bereich darunter ab. Es war aber nichts Auffälliges zu finden.

Er schaute sich den Rest des Schrankes an. An der Kleiderstange hingen Anzüge, Jacketts und sorgfältig gebügelte Oberhemden. Unten, auf dem Bodenbrett des Schrankes, standen mehrere Schuhkartons in verschiedenen Größen. Kroll öffnete jeden einzelnen und untersuchte ihn sorgfältig, indem er die Schuhe und das Papier, das sich zwischen und in den Schuhen befand, herausnahm. Auch dort befand sich nichts Verdächtiges. Kroll schloss die Schranktür und legte sich auf den Boden, um unter den Schrank zu gucken. Anschließend streifte er mit seiner Hand die Rückwand des Möbels ab. Nichts Besonderes.

Erneut sah er sich im Raum um. Sein Blick blieb am Nachttischchen seines ehemaligen Ausbilders hängen. Kroll dachte nach. Eine Durchsuchung dieses Bereiches war sicherlich auch im Nachhinein nicht mehr mit einem Zufallsfund bei der Suche nach einem Schlafanzug zu rechtfertigen. Aber vielleicht nach einer Zahnbürste oder Medikamenten? Er sah kurz zur Tür, dann öffnete er die obere Schublade des Nachttischchens. Darin fand er tatsächlich Medizin in allen möglichen Formen, die ihn nicht näher interessierte. Weiterhin entdeckte er eine Taschenlampe, Taschentücher und ganz unten den Playboy mit Katarina Witt aus dem Jahre 1998. Kroll musste schmunzeln.

Er öffnete die kleine Tür des Tischchens, ein Schuhkarton kam zum Vorschein. Er nahm ihn heraus, setzte sich aufs Bett und öffnete gespannt den Deckel. Lauter Fotos quollen ihm entgegen, überwiegend Schwarz-Weiß-Aufnahmen, deren Glanz schon matter wurde und die an den Rändern ausfransten. Kroll nahm einige Fotos aus der Schachtel und betrachtete sie genauer. Nahezu auf jedem von ihnen war Vogelsang zu sehen, meist in der Uniform der Nationalen Volksarmee. Ein

Bild, das relativ weit oben lag, erweckte Krolls Aufmerksamkeit ganz besonders. Es war auf der Tribüne eines Fußballstadions aufgenommen worden, offenbar unmittelbar vor der Siegerehrung.

Kroll schloss den Karton, um ihn wieder in das Nachttischchen zu legen. Er zögerte. Das Bild, das er sich zuletzt angesehen hatte, war für die weiteren Ermittlungen von großer Wichtigkeit. Aber es gab juristische Probleme. Seine heimliche Schnüffelei würde ihm jeder halbwegs sattelfeste Verteidiger um die Ohren hauen. Und was sollte er Vogelsang sagen, wenn sein alter Ausbilder wieder aus dem Krankenhaus zurückkam? Er hatte hinter seinem Rücken spioniert, als er mit dem Leben rang. Kroll hielt inne. Er nahm das Foto heraus und steckte es zwischen die Schlafanzüge. Sein Gewissen beruhigte er mit dem Argument, dass er das Foto ja wieder zurücklegen könnte, bevor Vogelsang wieder aus dem Krankenhaus entlassen wurde. Das würde ja sicherlich ein paar Wochen dauern. Und dann waren sie vielleicht schon weiter und er konnte auf offiziellem Wege einen Durchsuchungsbefehl beantragen.

Er ging ins Bad, holte das Waschzeug und fuhr ins Revier.

Wiggins empfing ihn mit einem schlechten Gewissen. »Tut mir leid, Kroll, wenn ich vorhin …«

»Ist gut«, unterbrach ihn Kroll. »Schau dir lieber mal das Foto an. Das habe ich in Vogelsangs Nachttischchen gefunden.«

Wiggins musterte seinen Kollegen ungläubig. »Hast du etwa …«

»Zufallsfund!«, raunzte Kroll. »Jetzt komm schon her.« Er holte die Aufnahme von der Tribüne heraus und zeigte auf eine Person, die unauffällig zwischen den Zuschauern saß. »Das ist Bernd Vogelsang!« Während Wiggins das Bild betrachtete, lief Kroll aufgeregt hin und her.

Wiggins lehnte sich zurück. »Wir können sicher sein, dass Frau Kuttner uns bestätigen wird, dass sie dieses Foto Willi Lachmann gegeben hat.«

»Und jemand hat es für Vogelsang aus Willis Wohnung geholt …«, führte Kroll den Gedanken seines Partners fort.

»… unmittelbar nach dessen Ermordung!«, ergänzte Wiggins.

Kroll ging zum Fenster und sah hinaus. »Bernd Vogelsang hat den Fußballer Ehrentraut auf dem Gewissen. Und Lachmann hat das herausgekriegt!«

»Alles andere ergäbe keinen Sinn«, bestätigte Wiggins.

Kroll ging zu seinem Schreibtisch, griff nach der Wasserflasche, die dort stand, und führte sie zum Mund. »Und deshalb musste Lachmann sterben.« Er setzte sich an seinen Schreibtisch und massierte sich die Stirn. »Aber wieso Eimnot? Was hat der Mord an Annemarie Rosenthal mit der ganzen Geschichte zu tun?«

Wiggins zuckte mit den Achseln.

»Was macht die Fahndung nach diesem Goran?«

»Wie vom Erdboden verschluckt«, bemerkte Wiggins lakonisch. »Dieser Arzt, Dr. Dankner, hat ihn zuletzt gesehen. Das ist auch schon alles.«

Plötzlich sprang Kroll auf und rannte aus dem Büro. »Moment, ich hab da eine Idee«, rief er Wiggins noch zu, bevor die Tür hinter ihm zuknallte. Er stürmte die Treppen hinunter bis in den Keller des Präsidiums, in dem sich die Asservatenkammer befand. Die Aufsicht über die Beweisstücke führte Jupp, der seit einigen Jahren pensioniert war, jedoch nicht von seiner Arbeit lassen konnte und seine Dienste weiterhin als ›Freier Mitarbeiter im Justizdienst‹ anbot. Eine sinnvolle Aufgabe für den alleinstehenden Rentner und eine willkommene Sparmaßnahme für den öffentlichen Haushalt.

Jupp saß an seinem staubigen Schreibtisch und löste Kreuzworträtsel. Wie immer trug er seinen blauen Kittel über der abgewetzten hellen Cordhose. Als er Kroll sah, leuchteten seine Augen. Jupp war dankbar für jede Abwechslung, und über Krolls Erscheinen freute er sich ganz besonders, weil der sich für gewöhnlich ein wenig Zeit für eine Unterhaltung nahm und nicht so gestresst oder gar herablassend war wie viele andere Kollegen.

Kroll legte seine Hand auf die Schulter des alten Mannes. »Na, Jupp, immer noch auf der Suche nach des Rätsels Lösung?«

Der Hüter der Asservatenkammer hielt das Rätselheft in die Höhe und machte ein ernstes Gesicht. »Mit ein wenig Glück gewinne ich eine Lamadecke und zwei

Flaschen Vita Buerlecithin. In meinem Alter braucht man so etwas.«

Kroll riss Jupp die Zeitung aus der Hand und sah sich das Rätsel genauer an. »Redensart für ›Zum Veräppeln brauch ich keinen anderen‹?«

»›Verarschen kann ich mich selbst!‹«, lachte Jupp.

Kroll lehnte sich an ein Regal an. »Und, mein Lieber, sonst geht's dir gut? Oder bringt dich der Stress langsam um?«

Der Rentner schaute besorgt drein. »Ist hart an der Grenze. Aber mit meinem ausgeglichenen Chi kriege ich das schon hin.«

»Hast du beim letzten Kreuzworträtsel auch noch ein Buch über Buddhismus gewonnen?«

»Nein, das war beim Bingo im Seniorencafé.«

Kroll lachte über die Schlagfertigkeit des Pensionärs und vor allem über seine Gabe, sich selbst auf den Arm zu nehmen. Er fragte sich für einen kurzen Moment, warum Jupp nie geheiratet hatte, kam dann aber doch zum Anlass seines Besuches. »Ich brauche mal wieder dein legendäres fotografisches Gedächtnis.«

»Du brauchst mich nicht zu loben, Kroll. Ich helfe dir auch so. Das weißt du doch.« Er lächelte schelmisch. »Ich hab doch eh nichts Besseres zu tun.«

Kroll schnippte mit den Fingern und hielt den Zeigefinger in die Höhe. »Wo liegen das Gebiss und die Bluse von Annemarie Rosenthal?«

Jupp verdrehte gelangweilt die Augen. »Fach TD 211.3R.27. Von hier aus das dritte Regal, ziemlich in der Mitte, zweites Fach von oben. Sonst noch was?«

Während Kroll zu dem beschriebenen Regal ging, öffnete Jupp seine Schreibtischschublade und holte eine Flasche Himbeergeist sowie ein Pinchen heraus und stellte es auf die Tischplatte.

»Willst du auch einen Kurzen?«, rief er in Richtung Kroll.

»Ne, lass mal. Ich habe noch einen langen Tag vor mir!«, rief Kroll zurück.

»Wer nicht will, der hat schon«, murmelte Jupp vor sich hin und schenkte sich ein Schnäpschen ein.

Kroll legte die durchsichtigen Plastiktüten mit Bluse und Gebiss vor Jupp hin. »Wer war alles an diesen Sachen dran?«

Jupp zuckte mit den Schultern und trank sein Glas in einem Zug leer. »Der ermittelnde Beamte, wer sonst.«

»Vogelsang!«

Der Pensionär nickte.

»Und wann zuletzt?«, fragte Kroll.

Jupp überlegte einen Moment und antwortete zögerlich: »Das war irgendwie komisch. Der Fall war eigentlich schon lange abgeschlossen und dieser Eimnot saß hinter Gittern. Da kam der Vogelsang zu mir und hat die Sachen noch mal mitgenommen.«

»Wann genau war das?«

»Weiß ich nicht genau. Ist schon ein paar Jährchen her. Zwei oder drei vielleicht.«

Kroll gab sich Mühe, ruhig zu bleiben. Jupp war ein netter und anständiger Mensch. Allerdings hörte seine Intelligenz schlagartig nach dem Lösen eines Kreuzworträtsels auf. Aber er war ohne Frage der Letzte, dem Kroll irgendwelche Vorwürfe machen würde oder gar Schwierigkeiten bereiten wollte. Er sah Jupp mit einem besänftigenden Blick an.

»Eine Quittung gibt es nicht, oder?«

Der Freie Mitarbeiter im Justizdienst sah zu Boden. »Würde ich bei dir doch auch nicht verlangen.«

Kroll verabschiedete sich und ging zurück in sein Büro.

Wiggins hetzte ihm auf dem Flur entgegen. »Kannst du mir mal sagen, wo du gewesen bist? Ich hab dich überall gesucht!«

Kroll sah Wiggins fragend an. Der zog ihn am Ärmel Richtung Ausgang. »Die Fahndung hat Goran aufgespürt! Der sitzt im McDonald's, Innenstadt!«

Sie liefen durchs Treppenhaus. »Reis ist informiert! Er hat die Einsatzleitung übernommen. Goran sitzt oben in der ersten Etage. Das McDonald's ist brechend voll!«

»Scheiße!«, fluchte Kroll.

Sie verließen das Präsidium und rannten zum Auto. »Ich will da keinen Uniformierten sehen, weiß Reis Bescheid?«

»Der ist ja nicht doof!«, schrie Wiggins, während er die Autotür öffnete.

Der Weg vom Präsidium in die Fußgängerzone der Leipziger Innenstadt war nicht weit. Sie verzichteten auf Blaulicht und Sirene, um keine Aufmerksamkeit zu erregen.

»Ich muss mich im Hintergrund halten«, erklärte Kroll. »Goran kennt mein Gesicht.«

Wiggins nickte und gab Kroll dessen Dienstwaffe. »Die habe ich dir mitgebracht, kann bestimmt nicht schaden.« Dann tastete er instinktiv nach seiner Waffe, die im Halfter unter seinem Jackett steckte.

Sie stellten den Wagen neben der Thomaskirche ab. Das Schnellrestaurant lag um die Ecke. Goran konnte den Dienstwagen nicht sehen.

Staatsanwalt Reis erwartete sie neben dem Haupteingang von McDonald's. Sein Blick war sorgenvoll. »Da drin ist der Teufel los, als gäbe es in Leipzig keine andere Wirtschaft. Wir müssen alles tun, um eine Panik zu verhindern. Die Sicherheit der Gäste hat oberste Priorität.«

Kroll nickte. »Der riecht einen Bullen auf 20 Meter Entfernung!«

»Ist mir klar«, antwortete Reis. »Deshalb haben wir keine Fahrzeuge in der Fußgängerzone. Ein Zugriff im Restaurant ist viel zu gefährlich. Wir müssen ihn beim Rausgehen erwischen. Das ist unsere einzige Chance!«

»Wie viel Personal haben wir hier?«, fragte Kroll.

»Zwei Mann sind drinnen und sondieren die Lage.« Reis deutete auf eine Gruppe von acht Personen, die zehn Meter entfernt stand. »Diese Kollegen sind vom SEK. Sie werden den Zugriff durchführen, sobald Goran das Lokal verlässt. Das muss reichen. Mehr können wir nicht riskieren.«

Kroll atmete tief durch. Er war alles andere als beruhigt. Spätestens seit dem Aufeinandertreffen in der alten Brauerei wusste er, dass Goran eine tickende Bombe war: ein ausgebildeter Kampfsportler, rücksichtslos und brutal. Sein eigenes Leben schien ihn nicht im Geringsten zu interessieren.

Goran saß an einem kleinen Tisch am Fenster und aß die restlichen Pommes Frites, die er in Ketchup tauchte. Er war unruhig. Andauernd sah er aus dem Fenster und drehte sich um. Sein rechter Fuß trommelte unaufhörlich auf den Boden.

Die beiden Beamten, die sich im McDonald's befanden, hatten sich im Erdgeschoss etwas zu essen gekauft, der Einfachheit halber ein Menü mit Getränk. Die orangefarbenen Tabletts vor sich hertragend, gingen sie vorsichtig die Treppe hinauf. Auch für sie war das alles andere als ein Routineeinsatz. ›Lasst euch bloß nicht anmerken, dass ihr Polizisten seid!‹«, hatte der Staatsanwalt gesagt. Wenn das immer so einfach wäre.

Eine Horde grölender Schulkinder rannte die Treppe hinunter. Zwei Kinder rempelten einen der Beamten an. Sein Tablett wackelte, der Colabecher zappelte hin und her, fiel aber nicht herunter. Der Polizist atmete tief durch. Gerne hätte er sich den Schweiß von der Stirn gewischt, hatte aber keine Hand frei. Sie gingen nach oben.

Als sie das Obergeschoss erreicht hatten, blieben sie einen Moment stehen und taten so, als würden sie einen freien Platz suchen. Sofort erkannten sie Goran. Ihre Blicke trafen sich aber nicht. Glücklicherweise wurde direkt hinter Goran gerade ein Tisch frei. Die

Beamten gingen den Gang entlang. In wenigen Sekunden würden sie ihn passieren.

»Im Nachhinein frage ich mich, ob es richtig war, zwei männliche Beamte in das Schnellrestaurant zu schicken«, zweifelte Reis draußen. »Vielleicht ist das doch zu offensichtlich. Zwei Männer! Ein Mann und eine Frau wären sicherlich unauffälliger gewesen!«

Kroll zuckte mit den Achseln. »Was soll's. Ich denke, das ist momentan eh egal!«

Der vordere Beamte im Restaurant war jetzt auf einer Höhe mit Goran, keinen halben Meter von ihm entfernt. Seine Arme wurden steif vor Aufregung. Das Tablett fing leicht an zu zittern, sodass der Colabecher wackelte. Goran drehte sich um und sah ihm direkt in die Augen. Der Polizist beschleunigte seinen Schritt und ging auf den freien Tisch zu.

Der andere Beamte spürte, wie sich unzählige Schweißperlen auf seiner Stirn sammelten. Im Schneckentempo ging er hinter seinem Kollegen her, das Tablett fest umklammert. Goran hatte einen Kaffeebecher in beide Hände genommen und die Ellenbogen auf dem Tisch abgestützt. Sein Blick schien über den Becherrand durch den ganzen Raum zu wandern, wie der Leuchtkegel einen Scheinwerfers.

Der Polizist traute seinen Augen nicht, als ein kleiner Junge auf sie zugerannt kam und sich zwischen ihnen hindurchdrängte. Ein Arm berührte das Tablett, die Cola fiel zu Boden.

»Kannst du nicht besser aufpassen, du Blödmann!«, schrie ihm der Beamte mit bebender Stimme hinterher. Der Junge drehte sich auf dem Treppenabsatz kurz um und zeigte lachend den Mittelfinger.

Eine Mitarbeiterin des Restaurants kam schnell mit einem Eimer und einem Aufnehmer zu Hilfe.

»Das ist mir wirklich sehr unangenehm, aber …«

»Kein Problem!«, erwiderte sie. »Sie können mir glauben, ich habe hier schon Schlimmeres erlebt als eine umgekippte Cola.«

Während des Gespräches mit der Angestellten hatte der Polizist sich einen Moment vorgebeugt. In diesem winzigen Augenblick wurde der obere Trägergurt seines Waffenhalfters sichtbar. Nur ein Stückchen Kunstleder, nicht mehr.

Aber Goran war es nicht entgangen. Ruhig ließ er seine rechte Hand unter die Tischplatte gleiten. Links hielt er noch immer den Kaffeebecher und beobachtete den Raum. Das Klappmesser, das er aus seinem Stiefelschaft holte, versteckte er in der flachen Hand. Dann stellte er den Kaffeebecher auf den Tisch und legte die Hände zusammen, als würde er beten. Erneut sah er sich um.

Von hinten kam ein Mädchen auf ihn zu, das er auf circa 13 Jahre schätzte. Sie wollte die leeren Verpackungen ihrer Mahlzeit entsorgen.

Goran stand auf und ging zu dem Mädchen, das gerade sein Tablett in den Container geräumt hatte. Die Polizisten beobachteten gespannt die Szene. Sie hatten keine Möglichkeit, von ihren Schusswaffen Gebrauch zu machen. Dazu war das Lokal zu voll. Auch konnten sie Goran nicht überwältigen. Nicht nur, dass er inzwischen zu weit entfernt stand, er wäre ohnehin mit beiden fertig geworden. Die Beamten sollten die Lage nur im Auge behalten. Die Truppe vom SEK stand unten vor der Tür.

Mit einem Mal ging alles ganz schnell. Goran legte von hinten seinen linken Arm um den Hals des Mädchens und zog es ruckartig nach hinten. Mit der rechten Hand drückte er ihm ein Messer an den Hals. »Alle raus hier!«, brüllte er. »Alle raus, sonst ist Kleine tot!«

Das Mädchen brachte keinen Ton heraus. Sie konnte nicht einmal schreien. Ihre Stimme war erstickt.

Die Polizisten erhoben sich ebenfalls und gingen auf Goran zu.

Plötzlich rannte ein Junge, er mag ungefähr zwölf Jahre alt gewesen sein, auf Goran zu. »Lass meine Schwester in Ruhe, du Schwein!«

Ein gezielter Tritt von Goran beendete die Aktion. Der Junge fiel mit voller Wucht vor die Wand und starrte Goran mit verzweifelten Augen an.

Der Beamte, der Goran am nächsten stand, hielt seinen Ausweis in die Höhe. »Polizei! Alle raus hier! Alle raus. Keine Panik.«

Fluchtartig verließen alle Gäste die obere Etage. Es dauerte nicht einmal eine Minute, bis nur noch der Profiboxer, das Mädchen und die beiden Beamten im Restaurant waren.

»Gib auf, Goran! Das hat doch keinen Sinn! Das Lokal ist umstellt. Du kommst hier sowieso nicht mehr raus. Lass das Mädchen laufen. Du machst doch alles nur noch schlimmer!«

Goran verzog keine Miene. »Ich gebe nie auf. Ich bin Soldat.« Er deutete eine knappe Kopfbewegung in Richtung Treppe an. »Raus hier! Ihr auch! Ich meine es ernst!«

»Lass doch wenigstens das Kind laufen!«, flehte ihn der Polizist an.

»Raus!«

Die Polizisten gingen zur Treppe.

»Moment!«, schrie Goran, als sie die Treppe erreicht hatten. »Ich brauche Waffe. Aber langsam, mit zwei Fingern nehmen, auf Boden legen und mit Fuß zu mir schießen.«

Um seiner Forderung Nachdruck zu verleihen, drückte er das Messer weiter an den Hals des Kindes. Ein dicker Blutstropfen trat hervor und lief die Klinge herunter. Das Mädchen war immer noch gelähmt vor Angst.

Kroll und Wiggins konnten sich denken, warum die Gäste der oberen Etage auf einmal fluchtartig das Restaurant verließen. Die Kommissare waren bemüht, gemeinsam mit den SEK-Männern das Erdgeschoss zu räumen. Es dauerte nicht einmal zwei Minuten, bis das Lokal vollständig leer war. Nur noch Goran und das Mädchen befanden sich im Obergeschoss.

Jetzt bestand für die Polizei kein Grund mehr, unauffällig im Hintergrund zu bleiben. Reis hatte den Eingangsbereich großzügig mit dem rot-weißen Absperrband von der Fußgängerzone abgetrennt. Uniformierte Polizisten hielten die Schaulustigen, die sich inzwischen in beachtlicher Anzahl eingefunden hatten, höflich, aber bestimmt auf Abstand.

Die beiden Einsatzkräfte, die die Lage im Restaurant beobachten sollten, brauchten nicht viele Worte, um Reis den Ernst der Lage zu vermitteln.

»Verdammte Scheiße!«, fluchte der Staatsanwalt und trat mit voller Wucht vor eine neben ihm stehende Mülltonne. Kroll hatte ihn noch nie so emotional erlebt. Reis war eigentlich die Ruhe selbst und verlor nie die Beherrschung. Aber diese Situation schien alle Grenzen zu sprengen.

»Ihr verdammten Idioten!«, herrschte er die Beamten an. »Ich habe gesagt, dass ihr euch im Hintergrund halten sollt! Und was macht ihr? Kann mir mal einer erklären, wie der Typ euch erkannt hat? Das war so dilettantisch wie … was weiß ich noch was! Da ist noch nicht das letzte Wort gesprochen. Morgen rede ich mit eurem Vorgesetzten und jetzt macht euch bloß aus dem Staub!«

Die Polizisten ließen sich mit dem Staatsanwalt auf keine Diskussion ein. Betreten räumten sie das Feld.

Kroll wartete einen Moment, bis er den Eindruck hatte, dass sich der Staatsanwalt wieder beruhigt hatte, und ging auf ihn zu.

»Verdammt, Kroll! Der hat ein junges Mädchen in seiner Gewalt.« Im gleichen Atemzug war der Staatsanwalt bemüht, sich zu sammeln. »Wir müssen jetzt ruhig bleiben! Bloß nicht die Nerven verlieren. Ich habe bereits unsere Psychologin Frau Dr. Holzmann informiert. Sie müsste jeden Moment hier eintreffen!«

»Bei Goran kann uns kein Psychologe weiterhelfen«, sagte Kroll. Er konnte ein sarkastisches Lachen nicht unterdrücken.

»Was schlägst du vor?«, fragte Staatsanwalt Reis.

»Ich geh rein und rede mit ihm.«

Der Staatsanwalt nickte zögerlich.

Kroll betrat das Restaurant. Als er wenige Meter von der Treppe entfernt war, schrie er in Richtung Obergeschoss: »Mein Name ist Hauptkommissar Kroll! Ich würde gerne mit Ihnen reden.«

»Deine Stimme ich kenne. Haben wir schon gesehen?«

Kroll wollte die Frage nicht beantworten. Er wollte nicht, dass Goran sich an ihr letztes Treffen in der Brauerei erinnerte. Das würde die Situation nicht entspannen.

Goran stellte sich vor die Treppe. Das Mädchen hielt er wie ein Schild vor seinen Körper.

»Ah! Mein Gegner aus alte Brauerei. Gut, dass du da bist. Wir haben eh noch Rechnung offen!«

»Gib auf, Goran! Das Lokal ist umstellt. Du kommst hier nicht mehr raus.«

»Ha! Ha! Ha!« Es war ein bitteres Lachen, das Kroll entgegenschlug. »Weißt du, wie oft ich von feindliche Soldaten war eingekreist? Schon 100 Mal habe ich gehört diesen Spruch. Und ich immer noch am Leben!«

Kroll versuchte, einen ruhigen Ton anzuschlagen.

»Du bist Soldat, Goran. Gehört es zu deiner Ehre, wehrlose Mädchen als Geisel zu nehmen? Lass die Kleine laufen. Nimm mich, ich bin Bulle! Das zählt doch mindestens genauso viel!«

Abermals das bittere Lachen. »Wir haben Krieg! Keine Regeln und keine Ehre. Hundert gegen einen. Ist das etwa fair?«

Kroll wartete einen Moment. »Was willst du? Wie stellst du dir das jetzt vor? Wie soll es weitergehen?«

»Guck mal, was ich habe hier!«

Ein Gegenstand in der Größe eines Tennisballs flog über die Treppe und landete direkt vor Krolls Füßen. Kroll erschrak, als er die Handgranate erkannte. Mit einem zweiten Blick stellte er jedoch fest, dass der Zündungsring noch nicht gezogen war.

»Ich gehe nie ohne Reisetasche aus Haus«, schallte es von oben. »Ich habe noch ganze Menge davon! Und du glaube nicht, dass ich an Leben hänge. Ich wollte immer in Krieg sterben … und wenn heute ist, dann heute. Tod von Zivilisten gehört dazu!«

Kroll war nicht mehr fähig, rational zu denken. Alles, was er sagte, entsprang einer eigenartigen Spontanität. Er konnte nur hoffen, dass er keinen Fehler machte. »Der Krieg ist lange vorbei, Goran! Das Mädchen hat niemandem etwas zuleide getan und es ist bestimmt nicht dein Feind. Lass sie laufen. Ich komme unbewaffnet hoch und du kannst mich in Gefangenschaft nehmen. Du hast doch die Waffen! Wir spielen nach deinen Regeln!«

Es vergingen zwei lange Minuten, in denen sich

nichts regte. Kroll wurde bewusst, dass er schon lange kein Lebenszeichen mehr von dem Mädchen gehört hatte. Aber das Kind musste am Leben sein. Eine tote Geisel war Gorans Todesurteil. Das wusste er bestimmt.

Endlich wurde die Stille unterbrochen. »Wir beide machen unsere Kampf später! Hier nicht, und nicht heute!«

»Was willst du?«, fragte Kroll.

Wieder Stille.

»Ich brauche Hubschrauber!«

Kroll war sich nicht sicher, ob er sich verhört hatte. »Einen Hubschrauber? Bist du wahnsinnig? Wo soll der denn landen?«

Gorans Antwort folgte prompt. »Direkt vor Tür. Oder glaubst du, ich will noch machen Marathon?«

»Der kann hier doch nie im Leben landen. Zwischen den Häusern etwa? Dafür ist doch gar kein Platz!«

»Ihr schafft das. Nehmt eine kleinen. Die Pilot soll Hubschrauber vor Tür stellen und aussteigen. Und: Motor anlassen!«

Kroll kehrte zurück in die Fußgängerzone, wo Reis ihn aufgeregt erwartete. Neben ihm standen ein Mann und eine Frau, denen die Verzweiflung deutlich anzusehen war.

»Das sind die Eltern von dem Mädchen«, erklärte der Staatsanwalt.

Kroll sah in die verweinten Augen der Mutter. »Ihrer Tochter geht es gut. Zumindest was man unter diesen Umständen gut nennen kann. Sie ist wohlauf und körperlich unversehrt.« Beim Reden fiel Kroll auf, dass er den Gesundheitszustand des Mädchens gar nicht beurteilen konnte, weil er es nur kurz gesehen hatte. Er wollte den Eltern jedoch etwas Beruhigendes sagen.

»Ich gehe da jetzt rein und hole unsere Tochter raus«, verkündete der Vater entschlossen.

Kroll versuchte ihn zu besänftigen. »Sie müssen uns vertrauen. Wir kennen den Täter. Er ist bewaffnet. Jede unüberlegte oder überstürzte Handlung könnte das Leben Ihrer Tochter gefährden. Wir müssen jetzt alle Ruhe bewahren.«

Der Vater des Mädchens nickte und nahm seine Frau in den Arm.

Kroll spürte, dass die Unruhe des Mannes sich noch nicht gelegt hatte. »Ich verspreche Ihnen, wir werden Ihre Tochter heil herausbringen.«

»Ich nehme Sie beim Wort, Herr Kommissar.«

Kroll ging mit dem Staatsanwalt zur Seite. »Er ist bewaffnet und verfügt über Handgranaten. Wie viele, weiß ich nicht, aber bestimmt eine ganze Menge. Er hat eine Reisetasche dabei … sagt er zumindest.«

»Scheiße!«, fluchte Reis. »Das hat uns gerade noch gefehlt!«

»Es kommt noch schlimmer. Er will einen Hubschrauber. Der soll direkt vor der Tür landen.«

»Der will was? Ist der jetzt völlig verrückt geworden? Und das mitten in der Fußgängerzone?«

Kroll bemühte sich, sachlich zu bleiben. »Wir haben Piloten, die kriegen das hin.«

»Und dieser Goran? Kann der überhaupt so ein Ding fliegen?«

»Da bin ich mir ziemlich sicher«, antwortete Kroll. »Der war lange beim Militär und hat das dort bestimmt gelernt.«

Reis atmete tief durch. »Kommt gar nicht infrage! Der fliegt doch nicht mit einem Mädchen und einer Tasche voller Handgranaten durch Leipzig.«

Kroll sah den Staatsanwalt an. »Haben wir eine andere Wahl? Außerdem könnten wir den Helikopter leicht verfolgen. Den kann man nicht einfach so verstecken.«

Es dauerte eine halbe Stunde, bis sie die Rotorengeräusche des Hubschraubers hören konnten. Wenige Sekunden später konnten sie ihn sehen. Unmittelbar vor der Landung wirbelte er jede Menge Dreck auf und die Polizisten hielten sich schützend die Hände vor die Augen.

Der Pilot kletterte aus dem Hubschrauber und ließ den Motor laufen. Der Lärm war unerträglich, jede Unterhaltung schien ausgeschlossen. Kroll ging zurück in das Restaurant. Als er die Tür schloss, wurden die Motorengeräusche ein wenig gedämmt.

Er beugte sich über das Treppengeländer und schrie hinauf: »Goran! Der Hubschrauber ist da!«

»Fein gemacht. Ich komme in fünf Minute mit Mädchen runter. Ich will nirgendwo Bulle sehen. Vor allem Du nicht, Kroll. Wir sehen uns später, mit wenige Publikum dabei.«

»Ist gut. Wir hauen ab.«

»Warte!«, hielt ihn Goran auf. »Du und die andere gehst jetzt zu Gewandhaus. Und nette Jungs von SEK, die vor Tür stehen, nehmst brav mit. Und wenn ihr vor Brunnen steht, macht ihr hübsche Foto und schickt es an Nummer von die Kleine …« Er gab Kroll die Handynummer des Mädchens. »Und wenn ich Bild von euch habe, geh ich in Hubschrauber. Alles klar?«

»Alles klar«, wiederholte Kroll.

Er ging hinaus und erklärte Staatsanwalt Reis die Situation, was nur durch ein Brüllen ins Ohr möglich war.

»Der hat auch an alles gedacht!«, brüllte der Staatsanwalt zurück. Er winkte die Beamten des SEK zu sich und sie gingen schnellen Schrittes die Grimmaische Straße hinauf in Richtung Augustusplatz.

»Was haben Sie veranlasst?«, fragte Kroll den Staatsanwalt.

»Natürlich wird ein zweiter Hubschrauber diesem Goran folgen. Nicht auf Sichtweite, aber wir haben ihn natürlich auf dem Radar. Der Hubschrauber wird die Einsatzfahrzeuge am Boden dirigieren und auf dem Laufenden halten. Selbstverständlich haben wir einen Notarztwagen im Einsatz.«

Sie waren gerade auf Höhe der Nikolaikirche, als die Rotorengeräusche wieder lauter wurden. Für einen Moment konnten sie den Helikopter zwischen den Häuserzeilen sehen.

»Das mit der MMS können wir uns jetzt wohl schenken«, bemerkte Kroll. Alle rannten zum Augustusplatz, wo Reis bereits drei Einsatzfahrzeuge hinbeordert hatte.

Goran war ein wenig überrascht, dass er das Fliegen noch nicht verlernt hatte, obwohl er schon lange nicht mehr in einem Hubschrauber gesessen hatte. Anfänglich flog er noch ein bisschen wackelig, er hätte fast mit einem Rotorblatt das Dach des Karstadt-Gebäudes gestreift. Aber nach einer kurzen Phase des Eingewöhnens ging es erstaunlich gut. Ist doch wie Fahrradfahren, dachte er. Das verlernt man nie. Er sah zu dem Mädchen, das neben ihm auf dem anderen Sitz saß. Das Kind war völlig verstört. Er vermutete, dass es unter Schock stand. Na wenn schon! So machte es wenigstens keine Zicken.

Er flog den Hubschrauber bewusst niedrig, sein Höhenmesser zeigte nie mehr als 900 Fuß an. Er orientierte sich an der B2 und steuerte in Richtung Süden. Bald mussten die ehemaligen Braunkohletagebaugebiete, die inzwischen große Seenlandschaften geworden waren, vor ihm auftauchen. Er bewegte den Steuerknüppel nach links und steuerte auf den Markkleeberger See zu. Er verringerte seine Höhe, bis er nur noch etwa zehn Meter über der Wasseroberfläche war. Dann stellte er den Autopiloten ein.

Kroll und Reis waren in ständigem Funkkontakt mit den Piloten, die Goran verfolgten. Mehrere Polizeiwagen und ein Notarztwagen folgen ihnen.

Staatsanwalt Reis war bemüht, jede Sekunde unterrichtet zu sein. »Wo sind sie gerade?«

Die Antwort des Piloten war undeutlich, aber verständlich. »Wir halten jetzt konstant einen Abstand von 6.000 Fuß. Das sind circa zwei Kilometer. Das Zielobjekt hat gerade den Markkleeberger See erreicht und bewegt sich weiter Richtung Süden. Er verliert an Höhe. Ich weiß nicht, was das zu bedeuten hat.«

Reis sah Kroll ratlos an. »Ein technischer Defekt kann nicht vorliegen. Die Dinger werden andauernd gewartet.«

»Scheiße …« Panik klang in den Worten des Piloten mit. »Wir haben ihn nicht mehr auf dem Radar.«

»Fliegt sofort hin!«, schrie Kroll.

»Oh Gott! Das ist ja …!« Die Stimme des Piloten zitterte. »Nur noch Feuer! Die sind … abgestürzt. Das gibt es doch nicht.«

Reis brüllte ins Mikrophon. »Was ist passiert? Was ist passiert?«

»Ich sehe nur noch Feuer. Ein einziger Feuerball … oh Gott …«

Reis konnte sich nicht mehr beruhigen. »Wo, verdammt noch mal, wo zum Teufel ist das passiert?«

Die Stimme des Piloten hatte sich einigermaßen gefestigt. »Zwei Kilometer hinter der A38. Wir versuchen zu landen!«

Kroll alarmierte die Feuerwehr. Die Absturzstelle war anhand der Rauchschwaden schnell zu finden.

Die Einsatzwagen fuhren so nah heran, wie es ging.

Als die Rauchschwaden zu dicht wurden, hielten sie den Wagen an und rannten heraus. Sie liefen weiter, bis die schwarze Wand aus Rauch so dicht wurde, dass sie keinen Meter mehr sehen konnten. Das Brennen in den Augen bemerkten sie genauso wenig wie das Husten und die Atemnot.

Reis griff Kroll an die Schulter. »Wir müssen umdrehen. Hier können wir jetzt nichts mehr tun.«

Sie gingen zurück und konnten mühsam erkennen, dass Feuerwehrleute in feuerfesten Anzügen und einer Flasche auf dem Rücken an ihnen vorbeiliefen. Als sie wieder einigermaßen atmen und sehen konnten, husteten sie die schwarzen Rußpartikel aus. Erst jetzt bemerkten sie, dass sie pechschwarz aussahen und ihre Kleidung angekokelt war.

»Wir können nichts mehr machen!«, wiederholte sich Reis. »Das müssen jetzt die Kollegen von der Feuerwehr schaffen!«

Sie schleppten sich zurück zu den Einsatzfahrzeugen, die mit blinkendem Blaulicht auf sie warteten.

Ein Sanitäter kam ihnen entgegen und wollte sie in den Rettungswagen lotsen. Sie lehnten ab und stützten sich auf der Motorhaube eines Polizeiwagens ab.

»Was ist hier nur passiert?«, röchelte der Staatsanwalt.

Kroll war noch nicht in der Lage, einen klaren Gedanken zu fassen. Er dachte nur an die Handgranaten, die Goran bei sich hatte.

Wiggins, der in einem anderen Einsatzwagen zum Absturzort gelangt war, kam auf sie zu. »Wir lassen die ganze Umgebung absuchen. Am besten, wir fahren jetzt ins Präsidium. Wir müssen eh warten, bis die Rettungskräfte sich melden.«

»Was ist mit den Eltern?«, fragte Kroll.

»Wir haben zwei Psychologen hingeschickt. Unsere besten Leute.«

»Ich bleibe hier!«, widersprach Kroll. »Ich kann jetzt nicht im Büro rumsitzen und Däumchen drehen!«

Es dauerte eine Ewigkeit, bis die Feuerwehrmänner wieder vor ihnen auftauchten. Kroll und Reis kamen ihnen entgegen. Wiggins rannte über die Autobahn in Richtung See. Der Einsatzleiter nahm seine Maske ab. Sein Gesicht war rot und schweißgebadet. »Wir konnten bis zum Wrack vordringen, oder zumindest zu dem, was davon übrig ist. Mit Sicherheit hat es eine riesige Explosion gegeben. Das kann nicht allein durch den Absturz passiert sein. Da war noch was ganz anderes im Spiel.«

»Die Handgranaten«, flüsterte Kroll.

Der Einsatzleiter schaute ihn erstaunt an. »Genau so sieht das aus. Als habe da eine Bombe eingeschlagen.«

»Haben Sie Leichen gefunden?«, fragte Staatsanwalt Reis.

Der Feuerwehrmann schüttelte den Kopf. »Nein, aber das hat nichts zu bedeuten bei dieser Explosion und«, er sah sich um, »diesen Sichtverhältnissen. Es wird Tage dauern, bis die Kollegen mit dem Gelände fertig sind.«

»Können wir noch etwas tun?«, wollte Kroll wissen.

Der Einsatzleiter schüttelte den Kopf und ging. »Beten!«

Ein aufgeregter Wiggins kam auf sie zu. »Es gibt vielleicht doch noch ein bisschen Hoffnung. Mehrere Badegäste am See wollen gesehen haben, dass etwas aus dem Hubschrauber gefallen ist. Der Beschreibung nach könnten das ein oder zwei Personen gewesen sein …« Wiggins hielt einen Moment inne. Er wollte noch anfügen, dass sicherlich alle wüssten, was von derartigen Zeugenaussagen zu halten sei, verkniff sich aber die Bemerkung, weil er seine schlimmsten Befürchtungen nicht noch untermauern wollte.

Der Staatsanwalt nahm sein Handy in die Hand. »Ich werde veranlassen, dass sofort alle verfügbaren Kräfte eingesetzt werden. Wir werden Taucher in den See schicken, Hubschrauber bis zum nächsten Morgen suchen lassen, die Hundestaffel muss her und die Kollegen sollen jeden Bürger aus Markkleeberg und, wenn es sein muss, den umliegenden Orten befragen. Wir dürfen jetzt nichts unversucht lassen. Haben wir ein Foto von dem Mädchen?«

Wiggins nickte.

»Also, meine Herren! An die Arbeit!«

Kroll wandte sich an seinen Partner. »Ich geh schnell duschen. Wir treffen uns im Büro.«

Bernd Vogelsang lag auf der Intensivstation des Krankenhauses und starrte an die Decke. Er hatte starke

Schmerzen in der Brust. In wenigen Minuten würden sie ihn in den Operationssaal schieben. Ob er dort wieder lebend herauskommen würde und wenn, in welchem Zustand er sich dann befand, war völlig offen. Das hatten ihm die Ärzte bereits in dem Aufklärungsgespräch gesagt. Zwei Bypässe müssten gelegt werden. Nicht gerade eine Kleinigkeit in seinem Alter.

Er begann, über sein Leben nachzudenken. Seine Kindheit, seine Jugend, seine Schule, seinen Beruf, die DDR, die Wiedervereinigung, das neue Leben nach der Wende, sein Aufstieg, sein Fall, seine Krankheit und sein baldiges Ende.

Was hatte er nur falsch gemacht? Natürlich wäre es im Nachhinein klüger gewesen, sich nicht mit der Stasi einzulassen. Aber hatte er damals überhaupt eine Wahl gehabt, hatte es eine ernsthafte Alternative gegeben? Natürlich gab es immer andere Möglichkeiten, sich zu entscheiden. Aber was wären die Konsequenzen gewesen?

Warum nur musste dieser Autor in seiner Vergangenheit rumwühlen? Ausgerechnet der Lachmann, in dessen Haus er die letzten Tage seines Lebens verbringen wollte. Der hatte wirklich gründlich gearbeitet. Hatte mehr herausbekommen als alle Behörden zusammen, die ihn natürlich unter die Lupe genommen hatten. Wie hatte das nur passieren können?

Aber eigentlich hatte das ganze Unheil viel früher begonnen. Er hätte sich nicht mit diesem ganzen Gesindel einlassen sollen. Vogelsang traten Tränen in die Augen. Es war schon verrückt. Diese eine dumme Geschichte mit dem Fußballer hatte sein ganzes Leben versaut. Danach gab es nur noch Lügen, Lügen und nochmals Lügen. Eine zweite Lüge, um die Lüge davor zu vertuschen. Aber irgendwann reichten die Lügen nicht mehr. Es war nicht mehr mit Worten getan. Taten mussten folgen. Und diese zogen wieder Taten nach sich.

Er konnte es sich nicht richtig erklären, aber irgendwie machte sich bei ihm ein Gefühl der Erleichterung breit. Jetzt war die Zeit der Lügen endlich vorbei. Gerne hätte er bereits vorher reinen Tisch gemacht. Aber die Chance hatte man ihm ja auch nicht gegeben. Verdammter Teufelskreis.

Die Kommissare saßen an ihren Schreibtischen und warteten. Sie warteten auf ein Zeichen, auf den erlösenden Anruf, auf irgendeine neue Information. Inzwischen war die Dämmerung angebrochen und die Taucher hatten ihre Suche aufgeben müssen. Bis dahin hatten sie nichts gefunden. Das war zumindest schon mal ein gutes Zeichen.

Kroll war unruhig. Er trommelte mit dem Bleistift auf den Tisch, lief im Raum auf und ab oder raufte sich die Haare. »Haben wir etwas falsch gemacht, Wiggins? Vielleicht war es ein Fehler, Goran diesen Hubschrauber zu geben!«

»Was hätten wir denn sonst tun sollen in dieser Situation? Nicht auf seine Forderungen eingehen? Das wäre doch unverantwortlich gewesen!«

Kroll rieb sich die Augen. »Diese verdammte Warterei! Wie schrecklich muss das für die Eltern sein.«

»Die Psychologen sind noch bei ihnen.«

»Das wird jetzt auch nicht viel nützen.« Er trat mit dem Fuß vor den Schreibtisch. »Können wir denn gar nichts tun?«

»Wir können nur hier sitzen bleiben und warten«, stöhnte Wiggins.

Kroll stand auf und ging zum Fenster. »Ich habe den Eltern versprochen, dass ich ihnen das Kind zurückbringe!«

Wiggins überlegte einen Moment. Auf Krolls letzte Bemerkung hatte auch er nicht die passende Antwort parat. »Irgendwie habe ich das Gefühl, dass das Mädchen noch lebt. Was soll denn sonst aus dem Hubschrauber herausgefallen sein? Der wirft doch keinen Ballast ab.«

Kroll zuckte mit den Achseln.

Staatsanwalt Reis kam herein und unterbrach ihre Gedanken. »Gibt's bei euch was Neues?«

Die Polizisten verneinten.

»Die Taucher mussten ihre Arbeit abbrechen, aber das wisst ihr ja schon. Lampen helfen bei so einer Suchaktion nicht viel. Die Helikopter fliegen jetzt mit Infrarotkameras. Die Befragung ist in vollem Gange. Die Hundestaffel sucht das Gebiet unmittelbar um den See ab. Hauptaugenmerk sind der Süden und Osten, da kann man am unauffälligsten untertauchen. Ein Rentnerehepaar, das auf einer Parkbank saß, will tatsächlich gesehen haben, dass ein Mann und ein Kind vollständig bekleidet aus dem See gestiegen sind. Die Beschreibung könnte auf Goran passen. Es gibt also Hoffnung!«

»Wo könnten die sich versteckt haben?«, überlegte Wiggins. »Dieser Goran ist wie ein Geist. Der verschwindet und taucht wieder auf, wann er will. Wie ein Gespenst. Außerdem kennt er alle Tricks.«

Der Staatsanwalt strebte auf die Bürotür zu. »Ich geh zurück in die Einsatzleitung. Die Kollegen machen heute erst mal eine Nachtschicht und dann sehen wir weiter!«

Das Telefon auf Krolls Schreibtisch klingelte. Der Staatsanwalt hielt inne, um zu erfahren, ob es etwas Wichtiges ist.

Kroll nahm ab. Am anderen Ende war Gorans Stimme zu vernehmen. »Hallo, Kroll. Ich hoffe, mit schöne Hubschrauber du hast keine große Schrecken gekriegt. Schade um kleine Spielzeug, aber ich hatte noch Termin mit Kind.«

Kroll winkte kräftig mit der freien Hand. Staatsanwalt Reis kam leise auf seinen Tisch zu.

»In Krieg wir sind aus doppelte Höhe gesprungen. Aber war ich nicht allein!«

»Wo ist das Kind, Goran?«

»Ach, Kroll. Was du immer denken! Ich Soldat und nicht Kindermörder. Vorhin habe nur Spaß gemacht, wegen Angst machen. Habe Ehre. Würde nie kleine Kind Haar krümmen. Habe viele Kinder sehen sterben in mein Leben. Keine schöne Anblick. Aber mit dir noch Rechnung offen! Mädchen hat damit nichts zu tun.«

»Wo ist das Kind?«, wiederholte Kroll.

Goran sprach mit ruhiger Stimme. »Hektik nicht

gut, Kroll. Ich jetzt auf dein Angebot zurückkommen!«

»Welches Angebot?«

»Mein Gott, du vergesslich. Vor paar Stunden du mir angeboten, du gegen Mädchen eintauschen. Oder Angebot jetzt ungültig?«

Kroll blickte kurz den Staatsanwalt an. »Natürlich steht das Angebot noch. Wo soll ich hinkommen?«

Goran stieß ein lautes Lachen aus. »Du dich wieder beruhigen. War nur Test. Natürlich habe besser erledigen Sachen, als mir Bulle an Hals hängen. Außerdem du guter Kämpfer. Das mir jetzt anstrengend!«

»Wo ist das Kind, Goran?«, fragte Kroll zum dritten Mal.

»Ihr wirklich blöd. Wofür Geld kriegen? Draußen Hubschrauber fliegen. Tausend Polizeiauto und ganze Armee von grüne Männer. Und ich nur alte Dame besucht. Und da auch Mädchen. Manchmal du leicht machen.«

Kroll wurde langsam ungeduldig. Er wollte Goran jedoch nicht reizen. Wenn der den Hörer auflegte, würden sie nie herausbekommen, wo die Geisel war .

»Wir machen kleine Spiel«, schlug Goran vor.

»Was für ein Spiel?«, fragte Kroll irritiert.

»Kind in Wohnung von alte Frau. Hat keine Mann. So sie gesagt. Habe auch gesehen keine Mann. Gibt doch nicht viele Wohnung nur mit alte Frau.«

Kroll war bemüht, sich seine Gereiztheit nicht anmerken zu lassen. »Sag uns doch einfach, wo das Mädchen ist.«

»Würde gerne«, erwiderte Goran betont freundlich. »Aber ich nicht kennen Gegend. Und Name von Straße nicht wichtig. Musste meine Arsch retten.«

»War irgendetwas in der Nähe, woran man sich orientieren könnte?«

»Bin schnell. War nicht Zeit.«

»Wo bist du vorbeigelaufen?«

Goran schien einen Moment zu überlegen. »Pferde auf Wiese. Dahinter Hauptstraße.«

»Wachauer Straße«, flüsterte Kroll.

»Ich in kleine Straße. Haus neben Haareschneiden.«

»Ich weiß, wo das ist!«, zischte Kroll zu den anderen. »In der Gegend gibt es nur einen Friseur!«

Gorans Stimmung schien gut zu sein. »Bis bald, Kroll. Wir uns sehen!«

Kroll legte auf und rannte zu dem Stadtplan, der an der Wand hing. Er zeigte auf Markkleeberg »Seine Beschreibung trifft auf die Heinrich-Heine-Straße zu!«

Reis eilte zum Telefon. »Ich schicke einen Streifenwagen und einen Notarzt hin, für alle Fälle. Und wir machen uns jetzt ebenfalls auf den Weg.«

Die Fahrt dauerte gute fünfzehn Minuten. Es war das Haus rechts neben dem Friseurgeschäft. Das hatten die Beamten vor Ort schnell herausgefunden. Das Mädchen und die alte Dame waren mit Handschellen an die Heizung gekettet. Zwei Beamte waren gerade damit beschäftigt, die Fesseln zu lösen. Der Notarzt kam den Polizisten und dem Staatsanwalt entgegen.

»Beide Personen sind in körperlich guter Verfassung, zumindest den Umständen entsprechend. Das Mädchen sollte sich jedoch zur Sicherheit einmal gründlich untersuchen lassen.«

Kroll nickte dem Arzt zum Dank kurz zu und ging zu dem Mädchen. Es saß vor der Heizung und rieb sich die Handgelenke.

»Hallo, Stefanie! Du kannst dir gar nicht vorstellen, wie froh wir sind, dich zu sehen.«

Das Kind verzog keine Miene. Weder ein Lächeln noch ein Ausdruck von Erleichterung oder eine andere Regung war auf seinem Gesicht zu erkennen. Es sah Kroll nur verständnislos an. »Sind meine Eltern da?«

»Die haben sich ganz große Sorgen gemacht und warten schon auf dich. Weißt du was? Du wirst jetzt mit einem Polizeiwagen nach Hause gefahren und ruhst dich erst einmal aus.«

Stefanie nickte. Ein Polizeibeamter nahm sie bei der Hand und verließ mit ihr den Raum.

Kroll ging zu der Bewohnerin der Wohnung, die sich mittlerweile auf einen Stuhl gesetzt hatte. Sie sah Kroll fragend an. »Können Sie mir erklären, was los war? Ich dachte zuerst, hier läuft ein Film.«

Kroll ergriff ihre Hand, die auf dem Tisch lag. »Ich glaube, Sie haben sich wunderbar verhalten. Wir sind sehr erleichtert. Vielen Dank. Der Mann, der Sie heute überwältigt hat, ist ausgesprochen gefährlich. Wir sind schon lange hinter ihm her, aber mit der Geisel konnte er uns entkommen.«

Die Hausbesitzerin fiel ihm ins Wort. »Das glaub ich

sofort, dass der nicht ungefährlich ist. Wer nimmt denn sonst ein Kind als Geisel? Und dann diese Tätowierungen. So was hat doch kein normaler Mensch!«

Kroll hielt immer noch ihre Hand. »Können Sie mir bitte sagen, wie das alles passiert ist?«

Die alte Dame lachte bitter auf. »Ich war draußen und habe die Einfahrt gefegt. Ich hab an nichts Böses gedacht und mit einem Mal stand dieser Kerl auf einmal vor mir. Mit dem Mädchen. Beide platschnass. Das Messer am Hals habe ich sofort gesehen. Der Mann war tüchtig nervös … er hat mich angeschrien, ich solle sofort mit ihnen in die Wohnung, sonst würde ein Unglück passieren. Dann sind wir reingegangen, erst ich und die beiden hinterher. Wir mussten uns vor die Heizung knien und er hat uns mit den Handschellen festgebunden.« Sie holte tief Luft. Die Erinnerung an das Geschehene schien ihr Probleme zu bereiten. Kroll sah sich um, ob der Arzt noch in der Nähe war, aber der hatte das Haus schon verlassen.

Kroll drückte ihre Hand fester. »Ganz ruhig. Es ist alles vorbei. Wir müssen jetzt nicht weiterreden. Kein Problem. Wir können auch später noch mal wiederkommen oder morgen, wenn Sie sich besser fühlen.«

Die Frau atmete konzentriert mit geschlossenen Augen. Sie legte ihre andere Hand auf Krolls Handrücken. »Es geht schon wieder. Einen Moment bitte. Mein Herz ist nicht mehr das allerbeste.« Sie schaute zum Regal. »Dort drüben ist meine Medizin, Weizenkorn. Ich bräuchte jetzt einen Doppelten!«

Kroll ging zum Regal und goss ihr großzügig ein

Glas ein. Sie trank den Schnaps mit beiden Händen und stellte das Glas ab.

»Geht's jetzt besser?«, erkundigte sich Kroll.

Sie nickte. »Wo war ich stehen geblieben? Ach ja … also, eigentlich war ich fast fertig. Er hat uns den Mund zugeklebt und ist ziemlich schnell gegangen.« Plötzlich brach sie in Tränen aus. »Ich hatte so eine Angst um das Kind. Ich bin doch nur eine alte Frau … aber das Mädchen! Zum Glück kamen bald Ihre Kollegen.«

»Haben Sie jemanden, der sich um Sie kümmert? Sie sollten jetzt besser nicht alleine sein.«

Die alte Dame nickte. »Meine Tochter und mein Schwiegersohn kommen bestimmt vorbei. Kein Problem.«

Kroll lächelte sie an. »Und gleich kommen noch ganz viele Beamte von der Spurensicherung. Das lässt sich leider nicht vermeiden.«

Sie lächelte zurück. »Das ist kein Problem. So habe ich wenigstens noch etwas Abwechslung. Ich lass Sie aber nicht gehen, bevor Sie nicht ein Körnchen mit mir getrunken haben!«

Kroll wurde ernst. »Aber nur unter einer Bedingung. Mein junger Kollege dort drüben darf nicht leer ausgehen. Ich glaube nämlich, der könnte jetzt auch einen gebrauchen.«

Sie beugte sich vor und flüsterte Kroll ins Ohr. »Ist doch kein Problem! Die Körnchen gehen bei mir nie aus!«

Den Abend verbrachten Kroll und Wiggins auf der Terrasse des Operncafés und ließen die Ereignisse der letzten Tage noch einmal Revue passieren. Der Mord an Willi Lachmann stand unmittelbar vor der Aufklärung. Goran war der Täter, da konnten sie sich sicher sein. Es war nur noch eine Frage der Zeit, bis sie die fehlenden Puzzlesteine der Hintergründe zusammensetzen würden. Sie waren glücklich und erleichtert, dass das Mädchen unversehrt befreit werden konnte.

Wiggins bestellte zwei Kräuterschnäpse mit Eis und Zitrone, dazu zwei Weizenbiere. Er wurde nachdenklich. »Sag mal, Kroll. Ich weiß, du bist nicht besonders ängstlich, aber dieser Goran hat dir jetzt bereits mehrfach mit einer Abrechnung gedroht. Hast du keine Angst? Ich glaube nämlich, das war nicht nur so dahergesagt!«

»Was soll ich denn machen? Natürlich ist mir dieser Typ körperlich überlegen. Aber soll ich denn nur noch mit Polizeischutz herumlaufen?«

Wiggins nippte an seinem Weizenbier. »Ich mach mir halt ein paar Sorgen.«

Kroll prostete ihm zu. »Was soll's! Zur Not hab ich ja noch euch!« Er ahnte zu diesem Zeitpunkt nicht, wie recht er mit seiner Bemerkung haben sollte.

Der letzte Satz von Kroll rief bei Wiggins Unbehagen hervor. Er hatte das leidige Thema lange genug vor sich hergeschoben. Jetzt musste er es endlich einmal zur Sprache bringen. Der Minister wollte schließlich morgen eine verbindliche Aussage von ihm haben.

Kroll bemerkte, dass sein Partner plötzlich still

geworden war. »Was ist los, Wiggins? Du sagst ja gar nichts mehr.«

Wiggins sah Kroll an. »Ich muss noch etwas mit dir besprechen. Es ist mir sehr wichtig, deine Meinung zu hören.«

»Dann mal raus mit der Sprache.«

Wiggins drehte mit seinem Bierglas Kreise auf dem Tisch. »Also …«, er räusperte sich kurz. »Ich habe ein neues Jobangebot, direkt von Hassemer, dem Staatsminister des Inneren. Er möchte, dass ich diese neue Leitstelle zur Bekämpfung der grenzüberschreitenden Kriminalität übernehme.«

Kroll sah Wiggins ungläubig an. »Hast du dich beworben?«

Wiggins schüttelte den Kopf. »Bist du verrückt? Ich wurde sozusagen geheadhuntert. Der Minister hat mich direkt angesprochen. Offensichtlich bin ich der Einzige in unserem Laden, der vernünftig Englisch kann.«

Kroll nickte anerkennend. »Wow, vom Minister persönlich! Das passiert einem auch nicht alle Tage!«

Wiggins trank sein Bier aus. »Ich weiß wirklich nicht, was ich machen soll. Der Job ist natürlich attraktiv, aber …«

Kroll unterbrach seinen Kollegen. »Lass mich raten. Du kriegst mehr Kohle, hast geregelte Arbeitszeiten, musst dich nicht auf der Straße prügeln, bist hinter einem sicheren Schreibtisch!«

Wiggins nippte gedankenversunken an dem fast leeren Bierglas. »Aber wenn ich das gar nicht will? Ich komm mit meiner Kohle hin, ich brauche keine geregelten Arbeitszeiten. Und ich fühle mich wohl auf der Straße, auch wenn man mir das nicht immer ansieht. Und was wird aus dir? Ich kann dich doch nicht einfach alleine lassen.«

Kroll überhörte diese Bemerkung. Er wurde ernst. »Du musst den Job annehmen. Das weißt du genau! Oder glaubst du etwa, der Minister kommt jetzt jeden Tag mit einem neuen Job?«

»Kroll, ich weiß nicht, ob ich mich richtig ausgedrückt habe. Ich arbeite gern mit dir, und der Rest ist doch nicht so wichtig. Meinst du, es macht mehr Spaß, in Dresden die Ledersessel vollzufurzen?«

Kroll wiegelte ab. »Jetzt hör doch auf! Das ist doch alles andere als ein dämlicher Bürojob. Du bist an der internationalen Kriminalität dran, arbeitest grenzüberschreitend und vor allem … du betrittst absolutes Neuland. So einen Job gab es doch bislang noch gar nicht, du kannst nur gewinnen.«

»Aber du würdest mich vermissen, oder?«

Kroll prostete seinem Kollegen zu. »Aber klar, das weißt du doch! Und ich bin mir auch bewusst, dass ich so einen Partner wie dich nicht wieder bekomme. Aber du weißt genauso gut, dass es absoluter Blödsinn wäre, eine solche Entscheidung von mir abhängig zu machen. Das wäre doch einfach nur falsch. Du musst das machen, was für dich das Richtige ist. Für mich geht das Leben weiter, keine Sorge.« Kroll lächelte. »Ab und zu sollte man auch mal an sich denken … und nicht immer nur an die anderen! Das steht schon in der Bibel: Liebe deinen Nächsten wie dich selbst.«

Wiggins nickte nachdenklich und hielt es für angebracht, das Thema zu wechseln. »Weißt du eigentlich, wie es Liane Mühlenberg gerade geht?«

Kroll musste lächeln. »Die ist in Hamburg und lässt sich neue Möpse machen!«

Wiggins musste derart heftig lachen, dass er Mühe hatte, sein Bier im Mund zu behalten. »Und alles wegen dir?«

»Ich warte erst mal das Ergebnis ab«, bemerkte Kroll trocken.

ACHT

Die nächsten Tage vergingen ereignislos. Die Suche nach Goran lief auf Hochtouren, aber er war wie vom Erdboden verschluckt. Nicht nur Einsatzkräfte aus Leipzig waren an der intensiven Suche beteiligt, sondern Beamte aus ganz Sachsen. Alle Bemühungen schienen umsonst zu sein.

Einzig Oskar Jäger konnte die spärlichen Ermittlungsergebnisse ein wenig aufbessern. Seine mühsamen Recherchen in Berlin brachten langsam Klarheit in die verworrenen Strukturen. Das Ministerium für Staatssicherheit hatte insgesamt elf Raubvogelaufträge an seine Mitarbeiter vergeben. Alle sollten den der Republikflucht beschuldigten Fußballer Lars Ehrentraut töten. Einige hatten mit vorgeschobenen Begründungen abgelehnt, andere hatten den Auftrag zwar angenommen, waren aber selbst im Westen geblieben. Ausgeführt hatte die Order letztendlich ein Inoffizieller Mitarbeiter, der den Decknamen ›Kohlhaas‹ trug. Oskar Jäger fand heraus, dass es sich hierbei um den ehemaligen Soldaten und damaligen Kommissar der Volkspolizei Bernd Vogelsang handelte. Die Einzelheiten der Auftragsdurchführung konnte Jäger nicht mehr aufklären, weil die maßgeblichen Akten und Dateien vernichtet worden waren. Jäger fand jedoch eine Aktennotiz, auf der die Wörter ›Alkohol‹ und ›Aufblenden‹ notiert waren. ›Kohlhaas‹ hatte die Notiz selbst geschrieben. Dies war der letzte Beweis, nach dem sie lange gesucht hatten: Bernd Vogelsang hatte Lars Ehrentraut getötet.

Dieser dunkle Schatten in Vogelsangs Vergangenheit war natürlich mehr als eine schwerwiegende Belastung. Ein Hauptkommissar der Kriminalpolizei, zudem einer, der mit Führungsaufgaben betraut war, war Inoffizieller Mitarbeiter der Staatssicherheit. Und nicht nur das: Er hatte den heimtückischen Mord an einem prominenten Sportler ausgeübt und sich eines schweren Verbrechens schuldig gemacht.

Kroll klappte die Akte zu. »Wenn das herausgekommen wäre, wäre der Vogelsang achtkantig aus dem Polizeidienst geflogen … wenn die ihn nicht noch verhaftet hätten!« Er dachte nach. »Das machte ihn natürlich erpressbar!«

Wiggins nickte. »Und jetzt sind wir kurz vor des Rätsels Lösung. Wir müssen …«, Wiggins machte mit den Fingern Gänsefüßchen in die Luft, »… nur noch herausfinden, wer ihn erpresst hat.«

»Die Verbindung zu Goran«, bemerkte Kroll emotionslos.

»Die Verbindung zu Goran«, wiederholte Wiggins.

Auf den ersten Blick schien es keine Beziehung zwischen Vogelsang, Ehrentraut und Goran zu geben.

»Glaubst du, Vogelsang hilft uns?«, dachte Kroll laut.

»Wie geht's ihm eigentlich?«, fragte Wiggins.

»Die Ärzte machen sich keine Hoffnung. Sie haben

ihn noch operiert, aber er will sich überhaupt nicht von der OP erholen. Er liegt auf der Intensivstation und dämmert vor sich hin. Er wird künstlich ernährt und beatmet. Sie sagen, er habe sich selbst aufgegeben. Kein Funken Überlebenswille. Er hatte eine Patientenverfügung im Portemonnaie. Wenn sich sein Zustand nicht bessern sollte, liegen bald die rechtlichen Voraussetzungen vor, die Geräte abzustellen.«

Wiggins nickte wieder. »Zurzeit können wir wohl nicht viel machen!«

»Gar nichts!« Kroll goss sich eine neue Tasse Kaffee ein. »Wir müssen diesen Goran endlich verhaften. Dann können wir den Fall zu den Akten legen.«

»Wir haben nur noch Peter Eimnot. Wir sollten dem noch mal auf den Zahn fühlen.«

»Was soll das bringen? Der hat doch nichts zu verlieren! Der wird den Teufel tun, uns weiterzuhelfen.«

Teufel ist eine gute Beschreibung, dachte Wiggins.

Kroll stand plötzlich auf und griff nach seiner Jacke. Das Untätigsein nervte ihn. »Komm! Wir statten diesem Eimnot doch einen Besuch ab. Ist immer noch besser, als Däumchen zu drehen!«

Es war, als wäre die Zeit stehen geblieben. Den Polizisten bot sich das gleiche Bild wie bei ihrem letzten Besuch. Peter Eimnot saß in seinem spärlich eingerichteten Wohnzimmer, rauchte selbst gedrehte Zigaretten und trank Bier. Im Fernseher lief eine Talkshow. Widerwillig bat Eimnot die Polizisten, einzutreten und setzte sich in den abgewetzten Sessel. Er gab vor, desinteressiert zu sein, drehte sich abermals eine Zigarette und sah die Polizisten unfreundlich an.

»Und … was wollen Sie schon wieder?«

Wiggins beschloss, gleich mit der Tür ins Haus zu fallen. »Wir wissen inzwischen, dass ein gewisser Hauptkommissar Vogelsang Beweismittel gefälscht hat, um Sie aus dem Knast zu holen. Eine vertauschte Leiche … ein falsches Gebiss … und wir wissen auch, warum.«

Eimnot sah demonstrativ auf den Fernseher. »Ja und? Wenn Sie das alles so genau wissen, warum kommen Sie dann zu mir?«

Kroll stand auf und schaltete den Flimmerkasten aus. »Sie haben Vogelsang erpresst, mit einem Verbrechen, das lange zurückliegt.«

Eimnot zündete sich die Zigarette an. Seiner Langeweile gab er durch ein Stöhnen Ausdruck. »Sie haben mir noch nicht gesagt, warum Sie zu mir gekommen sind.«

»Wir dachten, es sei auch in Ihrem Interesse, nicht noch mal in den Bau zu gehen.«

Träge ließ der ehemalige Häftling seine Zigarette über den Rand des Aschenbechers rollen. »Ach, meine Herren. Sie hatten doch bestimmt ›Recht‹ auf der Polizeischule. Man kann in Deutschland nicht zweimal wegen derselben Straftat verurteilt werden. Das hat mir mein Anwalt gesagt. Ich bin rechtskräftig freigesprochen und habe sogar eine kleine Haftentschädigung bekommen. Ich bin raus aus der Nummer.«

Kroll konnte nicht abstreiten, dass Eimnot richtig lag. Wiggins kam ihm zu Hilfe. »Wahrscheinlich können Sie in der Tat nicht mehr wegen des Mordes an Annemarie Rosenthal zur Verantwortung gezogen werden. Aber wir reden noch über ganz andere Straftaten: Bestechung, Nötigung, Strafvereitelung … und natürlich der Mord an dem Schriftsteller Lachmann. Das war bislang noch nicht Gegenstand von irgendwelchen Gerichtsverhandlungen.«

Eimnot drückte die Zigarette aus. »Ich werde mit meinem Anwalt darüber reden. Aber ich verstehe immer noch nicht, was ich damit zu tun haben soll.«

Kroll stand auf und setzte sich auf die Fensterbank. »Außerdem gibt es die Verbindung zu Ihrem Freund Goran. Der hat zurzeit nichts Besseres zu tun, als sich mit dem Gesetz anzulegen. Wir hätten da zum Beispiel eine Kindesentführung.« Der Kriminalbeamte schüttelte den Kopf. »Bei Kindern ist unser Rechtsstaat ziemlich humorlos!«

Eimnot zündete sich eine neue Zigarette an. Langsam atmete er den Rauch durch Mund und Nase aus. »Ich kenne keinen Goran.« Zum ersten Mal ließ Eimnot so etwas wie eine Gefühlsregung erkennen. Aus seinem Gesicht blinzelte die blanke Schadenfreude, gepaart mit einer gehörigen Mischung aus Arroganz. »Das müssen Sie bitte mit diesem Goran selbst klären.«

Unausgesprochen blieb der Nachsatz. ›Wenn Sie ihn finden und mit ihm fertig werden.‹

»Sie fühlen sich wohl sehr sicher?«, fragte Kroll.

Eimnot fegte mit der Hand Tabakreste von seiner

grauen Jogginghose. »Ach, wissen Sie, Herr Kommissar. Ich war jahrelang unschuldig im Knast. Ich sitze hier in meiner Wohnung und versuche, meine derzeitige Situation so angenehm wie möglich zu gestalten. Was interessiert mich das Leben außerhalb dieser vier Wände. Ich habe meinen Frieden geschlossen und dabei soll es auch bleiben.«

Kroll nahm abermals auf dem Sofa Platz und blickte Eimnot direkt in die Augen. »Herr Eimnot, Sie tanzen auf einem Drahtseil! Das Einzige, was Ihnen noch helfen kann, ist, wenn Sie mit uns zusammenarbeiten! Sonst stürzen Sie ab!«

Peter Eimnot ging zum Fernseher und schaltete den Apparat wieder an. »War noch was?«

Für Goran war es nicht schwer herauszufinden, wo sich Krolls Wohnung befand. Vor wenigen Tagen war er ihm unauffällig vom Präsidium gefolgt. Darüber hinaus war es für ihn kein Problem, ein Türschloss zu öffnen. Das hatte er im Laufe seines Söldner- und Verbrecherlebens gelernt, das nötige Werkzeug besaß er.

Er wartete den Einbruch der Dunkelheit ab und betrat das Haus in der Tschaikowskistraße. Sein Bein schmerzte noch immer sehr und es erinnerte ihn bei jedem Schritt daran, dass da noch eine Rechnung zu begleichen war.

Die Haustür war nicht verschlossen. Goran ging die Treppenstufen hinauf, bis er vor Krolls Wohnungstür stand. Dann schaute er sich um und horchte an der

Tür. Nichts war zu hören. Er zog sein Werkzeug aus der Tasche und machte sich am Schloss zu schaffen. Es dauerte keine zwei Minuten, bis es sich mit einem leichten Knacken öffnen ließ. Er betrat die Wohnung, ohne das Licht anzuschalten, und sah sich um. Drei Zimmer, Küche, Bad. Nachdem Goran ausgiebig uriniert hatte, beschloss er, das Schlafzimmer aufzusuchen. Er legte sich auf das Bett und wartete. Irgendwann müsste dieser Kommissar ja zurückkommen. Wann, war ihm egal. Er hatte Zeit.

Kroll und Wiggins hatten den Rest des Tages überwiegend mit Büroarbeit zugebracht. Es hatte sich einiges angestaut, was abgearbeitet werden musste. Diesen Kampf mit den Papierbergen hasste Kroll wie die Pest und er hatte sich schon 100 Mal vorgenommen, diese Verwaltungsvorschriften zu ändern, wenn er einmal Bundeskanzler oder mindestens Justizminister werden sollte. Zum Glück hatte er Wiggins, der ihm einen Großteil der lästigen Arbeit geduldig abnahm.

Kroll blickte von einer Akte auf. »Du hast gar nichts mehr von deiner Karriere im Innenministerium erzählt. Wie hast du dich denn jetzt entschieden?«

»Es ist mir gelungen, noch eine Woche Bedenkzeit herauszuschinden. Die scheinen da ziemlich scharf auf mich zu sein, sonst wären die nicht so großzügig. Morgen ruf ich den Minister persönlich an.«

»Und …?«, fragte Kroll.

»Lass mich noch 'ne Nacht drüber schlafen. Natürlich habe ich meine Entscheidung bereits so gut wie getroffen. Ich möchte aber jetzt nicht noch mal darüber diskutieren.« Er lächelte Kroll an. »Du bist ja so oder so unzufrieden. Wenn ich hierbleibe, weil ich meine Karriere versaut habe, und wenn ich gehe, weil ich dich alleine lasse. Also was soll's?«

»Meine Meinung kennst du. Halt dich bloß nicht für unersetzlich!« Damit wollte Kroll eigentlich nur betonen, dass Wiggins in erster Linie an sich denken und nicht auf ihn Rücksicht nehmen sollte. Er konnte seinem Partner jedoch ansehen, dass diese Bemerkung ihn getroffen hatte. »Du weißt, wie ich das meine. Ich würde dich natürlich extrem vermissen, aber denk doch bitte auch mal an dich.«

»Schon gut«, antwortete Wiggins. Er sah auf die Uhr. »Gehen wir noch ein Bier trinken, Gottschedstraße oder ins Spizz?«

Kroll schaute instinktiv auf die Uhr. »Tut mir leid, mein Freund. Ich bin heute keine angenehme Gesellschaft mehr. Ich bin einfach nur hundemüde. Ich fahr nach Hause und leg mich ins Bett. Aber morgen bin ich bestimmt wieder fit!«

Kroll parkte sein Auto in der Tschaikowskistraße. Er hatte gerade die Fahrertür abgeschlossen, als sich sein Handy meldete. Er schaute aufs Display. Liane Mühlenberg.

»Hallo, Kroll! Ich wollte mich nur zurückmelden. Ich bin wieder im Lande!«

Kroll blieb vor dem Haus stehen, um guten Empfang zu haben. »Na wunderbar. Hast du alles gut überstanden?«

»War halb so wild. Der Tag nach der OP war übel, aber sonst ging es einigermaßen. Die Schmerzen in der Brust sind schon weniger geworden. Am Anfang hat das vielleicht gezwiebelt, das kannst du dir gar nicht vorstellen.«

»Na ja«, bemerkte Kroll. »Wenn man in einen so schlanken Körper etwas reinstopft, das braucht seine Zeit.«

»Was piepst denn bei dir so ununterbrochen?«

Kroll musterte sein Handy. »Mein Akku ist gleich leer. Aber du hast noch gar nichts von dem Ergebnis deiner Behandlung erzählt.«

Lianes Stimme war überschwänglich. »Ich finde sie einfach klasse, die beiden! Es hat sich echt gelohnt! Endlich kann ich auch mal ein Kleid mit Dekolleté anziehen oder ein Oberteil mit V-Ausschnitt.« Sie machte eine kleine Pause, wurde zögerlicher. »Eigentlich musst du dich selbst von dem Ergebnis überzeugen, ich meine natürlich nicht, dass du …. also denke jetzt bitte nicht etwas Falsches von mir … ach Scheiße, Kroll. Was ich eigentlich sagen wollte … ich habe dich in dieser Woche sehr vermisst.«

Kroll wusste nicht so recht, wie er auf Lianes Worte reagieren sollte. Er versuchte, etwas Zeit zu gewinnen. »Dann muss es ja wirklich sehr schlimm gewesen sein, im Krankenhaus.«

Ihre Stimme wurde leise. »Kroll?«

»Ja?«

»Kannst du nicht einmal ernst bleiben?«

Kroll ging vor dem großen Gründerzeithaus auf und ab. »Ich werde mir Mühe geben.« Er wusste, dass Liane förmlich darauf wartete, dass er sie fragte, ob sie noch vorbeikommen wollte. Aber irgendwie brachte er die Frage nicht über seine Lippen. Er konnte schwerlich sagen, woran das lag, ob an seiner Müdigkeit oder einfach daran, dass ihm die ganze Sache zu schnell ging. Eigentlich mochte er Liane ja gerne, sogar sehr gerne, aber irgendwie konnte er eine gewisse Zurückhaltung einfach nicht beiseite schieben. Er spürte, dass er die eingetretene Stille unterbrechen musste.

»Du, Liane … hör mal …« Kroll vernahm noch einen kurzen Piep-Ton, dann wurde das Display seines Handys dunkel. Der Akku war leer.

Er steckte das Telefon in seine Hosentasche und betrat das Haus. Als er in seiner Wohnung war, schaltete er den Fernseher an. Zum Glück lief ein Fußballspiel. Einen anstrengenden Film hätte er seiner Müdigkeit nicht mehr zumuten können.

Einen Moment überlegte er, ob er Liane nicht wenigstens noch einmal aus dem Festnetz anrufen sollte, beschloss aber, einen Anruf von ihr abzuwarten. Deshalb bemerkte er nicht, dass das Kabel seines Telefons durchgeschnitten war. Kroll ging zum Kühlschrank und holte sich ein Bier. Dann ließ er sich auf sein Sofa fallen und legte die Beine hoch, während er sich das Fußballspiel ansah. Bald fielen ihm die Augen zu.

Wiggins konnte immer noch nicht glauben, dass sein Kollege die Einladung auf ein Glas Bier ausgeschlagen hatte. Das war eigentlich gar nicht seine Art. Er hatte sich so auf einen Absacker gefreut, dass er nicht unverrichteter Dinge nach Hause gehen wollte. Er entschied sich, noch im Gonzales vorbeizuschauen. Irgendjemanden würde er dort schon treffen, und wenn nicht, war es auch nicht so schlimm.

Er setzte sich an die Theke und bestellte ein großes Weizenbier mit Zitrone. Dies trank er genüsslich, während er sich das Fußballspiel ansah, das in dem Fernseher über der Theke lief. Wie so häufig war der Ton abgestellt. Aber das störte Wiggins nicht. Wenigstens ein bisschen Ablenkung, dachte er zufrieden.

»Wo ist denn heute dein Kollege?«, hörte er eine vertraute Stimme hinter sich. Sie gehörte dem Lokalreporter Günther Hirte.

»Der ist müde«, antwortete Wiggins. Er zeigte auf den freien Hocker neben sich. »Nimm doch Platz und leiste mir ein bisschen Gesellschaft.«

»Eigentlich habe ich schon genug gelöffelt«, grummelte der Reporter und ließ sich neben Wiggins am Tresen nieder. Kurzerhand bestellte er zwei Bier und zwei Tequila.

Wie gewohnt eröffnete er den Abend mit der Erzählung einer lustigen Geschichte, die sich mal wieder nicht oberhalb der Gürtellinie bewegte. »Unterhalten sich zwei Frauen, blond! Sagt die eine, du, ich habe jetzt einen Akademiker. Sagt die andere: Das ist ja supertoll! Aber was ist das überhaupt? Darauf die

Erste: Weiß ich auch nicht so genau … aber die haben einen Penis! Die andere: Das ist ja supertoll! … Aber was ist das denn?«

Als die Bedienung den Tequila auf die Bar stellte, war Wiggins für einen Moment abwesend. Es erinnerte ihn schlagartig daran, dass er hier den letzten Tequila mit seiner Freundin Nicole getrunken hatte. Heute Abend war er gar nicht auf die Idee gekommen, sie anzurufen und zu fragen, ob sie sich treffen könnten. Warum hatte er nicht an Nicole gedacht? Gute Frage. Er konnte es sich nicht erklären. Jedenfalls hatte er ein schlechtes Gewissen.

Er nippte an seinem Agavenschnaps und nahm nur beiläufig wahr, dass Günther den Witz zu Ende erzählt hatte. »Weiß ich auch nicht so genau: Sieht aus wie ein Schwanz, ist nur viel kleiner!«

Wiggins war immer noch in Gedanken.

»Fandest du wohl nicht witzig?«

Wiggins drehte sich um. »Doch, entschuldige. Ich war gerade nur …«

Die Stimme des Kommentators wurde lauter. Eine Mannschaft hatte ein Tor geschossen. Kroll wurde aus seinem Schlummer gerissen und öffnete die Augen. Zuerst registrierte er in seiner Schlaftrunkenheit nicht, was er sah. Er glaubte, gegenüber die Umrisse von Goran zu erkennen, und blinzelte mit den Augen. Es war keine Täuschung. Goran saß in dem Sessel, der vor dem Sofa stand und starrte ihn an. Kroll sah ihn zum ersten Mal aus der Nähe. Die grünen Augen unter dem kahl geschorenen Schädel ließen ihn diabolisch wirken.

Kroll war sofort wach. Er schreckte auf und setzte sich aufrecht hin. »Was willst du hier?«

Goran war die Ruhe selbst. »Ich dir doch gesagt, wir noch Rechnung offen haben. Zeit jetzt da! Wir jetzt hinter uns bringen.«

Kroll griff nach dem Telefon neben dem Sofa.

»Ist kaputt!«, verkündete Goran mit einem kalten Lächeln.

Kroll realisierte auf einen Schlag die Situation, in der er steckte. Er kam sich hilflos und allein vor. Gegen einen trainierten Kampfsportler wie Goran hatte er keine Chance, das war ihm klar. Immer nur reden, dachte er, immer nur reden. »Willst du dich jetzt in der Wohnung mit mir prügeln?«

Goran sah sich im Wohnzimmer um. »Deine Wohnung gut für Kampf. Ich schon in kleinere Häuser gekämpft, damals, in Krieg.« Er erhob sich und stellte sich in die Tür zum Flur. »Steh auf, auf Sofa du keine Chance!«

Kroll sah sich unauffällig nach etwas um, was er als Waffe benutzen konnte, fand aber nichts. Er stand langsam auf und ging auf Goran zu. »Warum hast du Lachmann umgebracht?«

Goran verzog keine Miene. »War Gefallen für eine Freund.«

»Bernd Vogelsang!«

»Das wichtig?«, fragte Goran gleichgültig.

»Für mich schon.«

Der Cage-Fighter lachte freudlos. »Ihr Deutschen alle gleich. Wie ihr immer sagen? Nicht dumm sterben oder so?«

»Warum tust du alles, was Vogelsang dir sagt, schreckst selbst vor einem Mord nicht zurück?«

»Ich viele Menschen getötet. Eine mehr oder weniger, egal.«

»Warum?«, wiederholte Kroll.

»Vogelsang früher bei KGB gewesen. War Speznas.«

Kroll sah Goran fragend an.

»Speznas war Spezialeinheit bei KGB. Haben gemacht Kampf gegen Terrorist und Krieg. Speznas war erste in Afghanistankrieg.«

Kroll überlegte: Das musste schon vor 1980 gewesen sein. Der Westen hatte damals die Olympischen Spiele in Moskau boykottiert.

Goran erzählte weiter. »Meine Vater damals auch Speznas. Vogelsang hat Leben gerettet bei Häuserkampf. Dafür ich in seine Schuld stehe. Soldatenehre.« Goran schob den linken Fuß nach vorne und nahm die Kampfstellung ein. Kroll tat zögerlich das Gleiche.

Wenn du überhaupt eine Chance hast, dann beim Kontern, dachte er. Er beschloss, Goran immer die erste Aktion ausführen zu lassen und hoffte auf eine günstige Gelegenheit.

Dem ersten Tritt konnte er ausweichen. Anschließend gelang es Kroll, einen Faustschlag abzublocken.

»Du gar nicht so schlecht, wie ich denken«, grinste Goran. »Aber nicht gut genug.«

Liane Mühlenberg hatte es mehrfach versucht, Kroll auf dem Festnetz zu erreichen. Ohne Erfolg. Sie überlegte lange, ob es richtig war, einfach bei ihm vorbeizufahren. Schließlich wollte sie nicht aufdringlich sein und Krolls Interesse für sie schien sich deutlich in Grenzen zu halten. Nur einmal hatte er sie im Krankenhaus in Hamburg angerufen. Das hatte sie sich wirklich anders vorgestellt. Aber eigentlich hatte Kroll ziemlich viel Stress. Der Fall, an dem er gerade arbeitete, war bestimmt nicht einfach. Und Stress beeinträchtigte bekanntlich den Liebestrieb. Das war wissenschaftlich erwiesen. Wahrscheinlich musste sie ihrem Angebeten nur auf die Sprünge helfen. Also setzte sie sich ins Auto und fuhr in die Tschaikowskistraße.

Sie hatte bereits zweimal an Krolls Wohnungstür geklingelt. Aber er machte nicht auf. War er etwa noch einmal weggegangen? Plötzlich kam es ihr so vor, als hätte sie ein Geräusch gehört, es klang, als wäre etwas umgefallen. Sie klingelte erneut und lauschte an der Tür. Da stimmt doch etwas nicht, dachte sie. Oder vergnügt sich Kroll gerade mit einer anderen und traut sich nicht, aufzumachen? Wieder so ein Geräusch.

In Krolls Wohnzimmer sah es aus wie auf einem Schlachtfeld. Nichts schien mehr an seinem Platz zu stehen. Kroll blutete aus der Nase. Die Unterlippe war aufgeplatzt. Er spürte, wie seine Kräfte nach und nach schwanden. Bei Goran schien der Kampf noch keine Spuren hinterlassen zu haben.

Beide belauerten sich in Kampfstellung. »Was soll das Ganze?«, krächzte Kroll. »Du hast jetzt deine Rache gehabt. Verschwinde doch einfach. Dann hast du zumindest einen Vorsprung.«

»Kampf auf Leben und Tod.«

Dem Faustschlag, der auf ihn zuschnellte, konnte Kroll noch ausweichen. Dem Tritt, der aus der Drehung kam, nicht mehr. Gorans Ferse traf ihn direkt auf die Schläfe. Kroll spürte, dass es dunkel um ihn wurde und seine Beine wegsackten.

Als er das Bewusstsein wiedererlangte, saß Goran auf ihm und drückte ihm mit beiden Händen den Hals zu. Er bekam keine Luft mehr. Kroll sammelte seine letzten Kräfte und drehte sich mit einem festen Ruck auf den Bauch, um wenigstens Gorans Gewicht von seinen Rippen loszuwerden. Goran lockerte den Würgegriff und stand auf. Kroll faltete die Hände unter der Stirn. Er wollte seine Arme zusammenhalten. Die Arme boten immer eine Angriffsfläche für Hebel. Das wusste er. Kroll atmete tief durch, wobei er beim Ausatmen Blut ausspuckte. Ein weiterer Tritt traf ihn am Kopf. Goran setzte sich seitlich auf Krolls Rücken und versuchte, den linken Arm des Polizisten zu strecken. Kroll hielt mit aller Kraft die Hände zusammen.

Eine alte Technik aus dem Judo, dachte Kroll. Wenn Goran den Arm freibekommen würde, könnte er einen Hebel ansetzen, und dann war Kroll verloren.

Goran zerrte mit aller Kraft am Arm seines Gegners.

Noch konnte Kroll dagegenhalten. Aber nicht mehr lange. Er spürte, wie seine Finger allmählich auseinander glitten.

Seelenruhig zog Goran den Arm unter Krolls Körper hervor und führte eine Streckbewegung noch oben aus. Kroll drehte sich auf den Rücken, um dem Arm mehr Freiheit zu geben. Aber es nützte nichts. Goran konnte den Hebel weiter ausführen.

»Hör auf! Du brichst mir den Arm!«, schrie Kroll.

Goran schien das nicht zu interessieren.

Als der Arm brach, direkt im Ellenbogengelenk, war das knackende Geräusch deutlich zu hören. Als Kroll vor Schmerz laut aufschrie, ließ der Fighter von ihm ab und stellte sich wieder in die Tür.

Kroll kniete sich hin und bog seinen Arm nach vorne. Mit dem rechten Arm hielt er seinen verletzten Unterarm fest und drückte ihn vor die Brust.

Goran schaute auf die Uhr. »Du drei Minuten Zeit, für Verletzung. Dann Kampf weiter.«

Die Schmerzen im Arm waren unerträglich. Kroll sah sich nach etwas um, womit er seinen Arm stützen konnte. In einem Sessel lag noch der Gürtel seines Bademantels. Kroll stand auf und legte ihn sich mit dem rechten Arm um den Hals. Es gelang ihm mühsam, mit Hilfe seiner Zähne eine Schlinge zu machen und festzuknoten. Der Arm lag jetzt ruhig vor seinem Körper. Trotzdem waren die Qualen kaum auszuhalten.

Sein Gesicht war schmerzverzerrt. Er sah Goran an, der noch immer regungslos in der Tür stand. »Was soll das, Goran? Der Kampf ist vorbei. Du hast deine

Rache genommen. Lass uns aufhören. Verschwinde! Ich kann dich eh nicht verfolgen!«

»Kampf nicht zu Ende«, erwiderte Goran in gleichgültigem Ton.

»Wovon redest du?« Kroll sah nach unten. »Der Arm ist gebrochen! Nennst du das etwa noch Kampf? Das hat doch nichts mehr mit Kämpfen zu tun! Das ist doch nur noch eine Hinrichtung!« Kroll atmete tief durch und versuchte, den gebrochenen Arm zusätzlich mit der Hand abzustützen. »Das kannst du doch auch billiger haben! Nimm doch einfach eine Handgranate und blas mich in die Luft!«

Goran interessierten Krolls Worte nicht. »Kampf geht weiter!«

Dem Kriminalbeamten blieb nichts anderes übrig, als die Aufforderung anzunehmen. Er wusste, es war vorbei. Er dachte kurz darüber nach, was er alles verlieren würde. Sicherlich nicht nur diese Auseinandersetzung, sondern auch seine Gesundheit und wahrscheinlich sogar sein Leben. Goran würde nicht aufhören, bevor er sicher war, dass Kroll ihm nichts mehr anhaben konnte. Kroll wusste einfach zu viel.

Er hielt den gesunden Arm vor das Gesicht im Bemühen, sich dadurch ein wenig Deckung zu verschaffen. Die Schmerzen im Arm spürte er nicht mehr. Ein Faustschlag traf ihn am Kinn. Abermals sackten seine Beine weg. Durch drei Rückwärtsschritte konnte er gerade so einen Sturz vermeiden. Er stützte sich mit dem rechten Arm auf der Sofalehne ab und drehte seinem Gegenüber den Rücken zu.

Der nächste Haken traf seine Leber. Er fiel auf die Seite. Das Letzte, was er noch mitbekam, war, dass Goran seinen rechten Arm zu sich zog. Dann verlor er das Bewusstsein.

Liane wartete immer noch vor Krolls Wohnungstür. Die Zeit, bis Wiggins endlich eintraf, kam ihr unendlich lange vor. Erleichtert sah sie, wie er die Treppe hoch rannte.

»Hast du einen Schlüssel?«, schrie sie panisch.

Wiggins fragte nicht, was eigentlich geschehen war. Er zog seine Dienstwaffe aus dem Halfter, kramte den Schlüsselbund aus seiner Hosentasche und öffnete die Tür.

»Du wartest hier!« Er stürmte ins Wohnzimmer und registrierte, wie Goran auf dem regungslosen Kroll lag und ihm den Arm verdrehte.

»Polizei! Sofort aufstehen und an die Wand! Sofort! Oder ich schieße!«

Goran schien ihn nicht zu hören. Er ließ nicht von Kroll ab. Die Kugel traf ihn in der Schläfe. Goran fiel auf die Seite. Aus der Schusswunde tropfte nur wenig Blut. Er war sofort tot.

NEUN

Als Kroll die Augen öffnete, sah er die weiße Decke des Krankenhauses und die modernen Deckenlampen. Er wusste nicht, wo er war. Er versuchte, sich aufzurichten. Ein stechender Schmerz, den er nicht lokalisieren konnte, zwang ihn, sein Vorhaben aufzugeben. Als er den Kopf bewegte, erkannte er auf der rechten Seite den Ständer mit den Infusionen. Sein linker Arm war verbunden. Er konnte ihn nicht bewegen. Langsam realisierte er, wo er sich befand. Neben ihm saß eine Person, deren Umrisse er nur schemenhaft erkennen konnte.

Kroll wollte sprechen, es gelang ihm aber nicht. Seine Lippen waren stark geschwollen, der Kiefer schmerzte. »Was …?«, brachte er mühsam heraus.

Wiggins stand auf und beugte sich über ihn. »Du darfst noch nicht reden. Dein Kiefer ist nur geprellt, aber deine Lippen mussten genäht werden. Die haben stark geblutet.«

Kroll sah Wiggins fragend an.

»Die haben dich ziemlich lange operiert. Die Leber war gerissen. Der linke Arm ist gebrochen, aber zum Glück ein sauberer Bruch. Der andere Arm hat nicht so viel abbekommen, die Einzelheiten habe ich nicht so genau verstanden.« Wiggins gab sich Mühe, beruhigend zu wirken. »Sonst ist eigentlich alles o.k. Bis auf ein paar Prellungen und blaue Flecken.«

»Goran?«, flüsterte Kroll.

»Ist tot.«

»Hast du …?«

Wiggins nickte.

»Danke«, stammelte Kroll, bevor er einschlief.

Wiggins verließ erleichtert das Krankenzimmer. Sein Freund würde wieder gesund werden, das war das Einzige, was für ihn zählte. Er fuhr ins Büro und musste lächeln. Als Nächstes würde er den Minister anrufen und absagen. Eine angenehme Aufgabe. Er wusste, dass er die richtige Entscheidung getroffen hatte.

ENDE

Weitere Krimis finden Sie auf den folgenden Seiten und im Internet: www.gmeiner-verlag.de

UWE KLAUSNER

Bernstein-Connection

421 Seiten, Paperback.
ISBN 978-3-8392-1113-7.

GEHEIME KRIEGSBEUTE Berlin, im Juni 1953. In unmittelbarer Nähe von Schloss Bellevue wird eine männliche Wasserleiche entdeckt. Kurz darauf wird das Grab des unlängst bestatteten Geschäftsmannes Hans-Hinrich von Oertzen auf makabere Art und Weise geschändet.

Alles nur Zufall? Keineswegs. Hauptkommissar Tom Sydow findet heraus, dass die beiden Männer Mitglieder einer streng geheimen Sondereinheit der SS waren, deren Aufgabe kurz vor Kriegsende darin bestand, das legendäre Bernsteinzimmer vor der heranrückenden Roten Armee in Sicherheit zu bringen …

FRANZISKA STEINHAUER

Spielwiese

369 Seiten, Paperback.
ISBN 978-3-8392-1134-2.

TOTGESPIELT Eine männliche Leiche auf einem Feld in der Niederlausitz – als menschliche Vogelscheuche an ein hölzernes Kreuz gebunden – ruft Hauptkommissar Peter Nachtigall auf den Plan. Kurze Zeit später wird ein zweiter Toter entdeckt, diesmal am Elbufer in Dresden. Beide Opfer waren beruflich im Frauenfußball engagiert. Aus mysteriösen Botschaften wird zudem klar: Es soll weitere Morde geben. Alles deutet darauf hin, dass die Taten mit der anstehenden Frauenfußball-WM in Deutschland in Zusammenhang stehen …

GMEINER

Wir machen's spannend

HANS-JÜRGEN RUSCH
Neptunopfer

419 Seiten, Paperback.
ISBN 978-3-8392-1128-1.

TÖDLICHE KREUZFAHRT Bei einem Einbruch in die Bremer Kreuzfahrt-Reederei TransOzeana wird ein Wachmann lebensgefährlich verletzt. Kommissar Marc Müller vermutet, dass vertrauliche Passagierdaten gestohlen wurden. Sein Verdacht scheint sich zu bestätigen, als kurz darauf ein Erpresserbrief eintrifft. Wenige Stunden später stirbt auf dem TransOzeana-Kreuzfahrtschiff RÜGEN ein Urlauber, als er während der Neptuntaufe in den Pool springt. Was zunächst nach einem Unfall aussieht, entpuppt sich bald als kaltblütiger Mord …

SIGRID HUNOLD-REIME
Janssenhaus

277 Seiten, Paperback.
ISBN 978-3-8392-1123-6.

FAMILIENBANDE Emma von Odenwald, 31-jährige Köchin aus Hannover und immer noch Single, fühlt sich gegenüber ihren erfolgreichen, glücklich verheirateten Eltern als Versagerin. Auch äußerlich hat sie mit ihnen keinerlei Ähnlichkeit. »Manchmal denke ich, dass ich ihnen ins Nest gelegt worden bin!«

Wie Recht Emma mit ihrer Vermutung hat, bringt kurze Zeit später ein Gentest zu Tage. Als sie ihre Eltern damit konfrontiert, nennen diese ihr widerstrebend eine Adresse in Ostfriesland und gestehen, dass es keine legale Adoption war. Emma macht sich auf die Suche nach ihrer Herkunft und stößt dabei auf ein Meer aus Lügen und Verstrickungen …

GMEINER

Wir machen's spannend

GABRIELE KEISER

Engelskraut

274 Seiten, Paperback.
ISBN 978-3-8392-1117-5.

TÖDLICHES PARADIES Bundesgartenschau in Koblenz. Wie Leonardo da Vincis Vitruvmann liegt der Tote im Paradiesgarten – nackt, mit ausgestreckten Armen und Beinen, inmitten einer Kahlstelle, die von ätzenden Unkrautvernichtungsmitteln herrührt. Seine Identität steht schnell fest: Jürgen Klaussner ist Mitte vierzig, Inhaber einer Koblenzer Apotheke und junger Familienvater. Warum wurde er ausgerechnet auf dem BUGA-Gelände getötet? Oder war es am Ende ein inszenierter Selbstmord?

Immer tiefer wird Kommissarin Franca Mazzari in einen Fall hineingezogen, der sie auch ganz persönlich betrifft …

MATTHIAS P. GIBERT

Rechtsdruck

366 Seiten, Paperback.
ISBN 978-3-8392-1130-4.

FALSCHE FÄHRTEN? Gerold Schmitt, ein arbeitsloser Autolackierer mit Kontakten zur rechten Szene, wird brutal zusammengeschlagen. Er überlebt nur knapp. Schmitt glaubt, dass es sich um den Racheakt einiger Türken handeln könnte, mit denen er Ärger hatte.

Wenig später werden in der Kasseler Nordstadt ein türkisches Ehepaar und ihr zwölfjähriger Sohn brutal ermordet. Die Ermittlungen konzentrieren sich auf den ältesten Sohn der Familie, da dieser kurz zuvor einen heftigen Streit mit dem Vater hatte. Doch bald kommen Hauptkommissar Paul Lenz ernsthafte Zweifel, ob er wirklich die richtige Spur verfolgt …

GMEINER

Wir machen's spannend

DIETER WÖLM

Mainfall

377 Seiten, Paperback.
ISBN 978-3-8392-1125-0.

NAMENLOS Ein Unbekannter wird bei Aschaffenburg halb tot aus dem Main gezogen. Es grenzt fast an ein Wunder, dass er noch lebt.

Kommissar Rotfux übernimmt den Fall. Der Fremde kann sich an nichts erinnern, nicht einmal an seinen Namen. Und niemand scheint ihn zu kennen. Einzig Oskar, ein kleiner Rauhaardackel, tröstet den Mann in seiner Einsamkeit. Als er einen Job und Unterkunft bei einer Witwe findet, könnte er eigentlich zufrieden sein. Doch die Vergangenheit lässt ihn nicht los …

MANFRED BOMM

Blutsauger

488 Seiten, Paperback.
ISBN 978-3-8392-1114-4.

DIAGNOSE MORD Im beschaulichen Geislingen am Rande der Schwäbischen Alb wird ein Mann nach einem Autounfall schwer verletzt in die Klinik eingeliefert. Kurz darauf stirbt er. Als es in derselben Nacht zu einem weiteren Todesfall kommt – eine Röntgen-Assistentin wird leblos zwischen ihren Apparaten entdeckt –, wird die Polizei verständigt.

Kommissar Häberle, der die Ermittlungen leitet, findet heraus, dass das Unfallopfer ein Arzt war, der an einer dubiosen Forschungsgesellschaft für Stammzellen beteiligt war …

GMEINER

Wir machen's spannend

Unsere Lesermagazine

2 x jährlich das Neueste aus der Gmeiner-Bibliothek

DIN A6, 16 S., farbig

10 x 18 cm, 16 S., farbig

24 x 35 cm, 20 S., farbig

GmeinerNewsletter

Neues aus der Welt der Gmeiner-Romane

Haben Sie schon unseren GmeinerNewsletter abonniert? Alle zwei Monate erhalten Sie per E-Mail aktuelle Informationen aus der Welt der Krimis, der historischen Romane und der Frauenromane: Buchtipps, Berichte über Autoren und ihre Arbeit, Veranstaltungshinweise, neue Krimiseiten im Internet und interessante Neuigkeiten.

Die Anmeldung zum GmeinerNewsletter ist ganz einfach. Direkt auf der Homepage des Gmeiner-Verlags (www.gmeiner-verlag.de) finden Sie das entsprechende Anmeldeformular.

Ihre Meinung ist gefragt!

Mitmachen und gewinnen

Wir möchten Ihnen mit unseren Romanen immer beste Unterhaltung bieten. Sie können uns dabei unterstützen, indem Sie uns Ihre Meinung zu den Gmeiner-Romanen sagen! Senden Sie eine E-Mail an gewinnspiel@gmeiner-verlag.de und teilen Sie uns mit, welches Buch Sie gelesen haben und wie es Ihnen gefallen hat. Alle Einsendungen nehmen automatisch am großen Jahresgewinnspiel mit ›spannenden‹ Buchpreisen teil.

GMEINER

Wir machen's spannend

Alle Gmeiner-Autoren und ihre Romane auf einen Blick

ANTHOLOGIEN: Zürich: Ausfahrt Mord • Mörderischer Erfindergeist • Secret Service 2011 • Tod am Starnberger See • Mords-Sachsen 4 • Sterbenslust • Tödliche Wasser • Gefährliche Nachbarn • Mords-Sachsen 3 • Tatort Ammersee • Campusmord • Mords-Sachsen 2 • Tod am Bodensee • Mords-Sachsen 1 • Grenzfälle • Spekulatius **ABE, REBECCA**: Im Labyrinth der Fugger **ARTMEIER, HILDEGUNDE**: Feuerross • Drachenfrau **BAUER, HERMANN**: Verschwörungsmelange • Karambolage • Fernwehträume **BAUM, BEATE**: Weltverloren • Ruchlos • Häuserkampf **BAUMANN, MANFRED**: Jedermanntod **BECK, SINJE**: Totenklang • Duftspur • Einzelkämpfer **BECKER, OLIVER**: Das Geheimnis der Krähentochter **BECKMANN, HERBERT**: Mark Twain unter den Linden • Die indiskreten Briefe des Giacomo Casanova **BEINSSEN, JAN**: Goldfrauen • Feuerfrauen **BLATTER, ULRIKE**: Vogelfrau **BODE-HOFFMANN, GRIT/HOFFMANN, MATTHIAS**: Infantizid **BODENMANN, MONA**: Mondmilchgubel **BÖCKER, BÄRBEL**: Mit 50 hat man noch Träume • Henkersmahl **BOENKE, MICHAEL**: Riedripp • Gott'sacker **BOMM, MANFRED**: Blutsauger • Kurzschluss • Glasklar • Notbremse • Schattennetz • Beweislast • Schusslinie • Mordloch • Trugschluss • Irrflug • Himmelsfelsen **BONN, SUSANNE**: Die Schule der Spielleute • Der Jahrmarkt zu Jakobi **BOSETZKY, HORST (-KY)**: Promijagd • Unterm Kirschbaum **BRÖMME, BETTINA**: Weißwurst für Elfen **BUEHRIG, DIETER**: Schattengold **BÜRKL, ANNI**: Ausgetanzt • Schwarztee **BUTTLER, MONIKA**: Dunkelzeit • Abendfrieden • Herzraub **CLAUSEN, ANKE**: Dinnerparty • Ostseegrab **DANZ, ELLA**: Ballaststoff • Schatz, schmeckt's dir nicht? • Rosenwahn • Kochwut • Nebelschleier • Steilufer • Osterfeuer **DETERING, MONIKA**: Puppenmann • Herzfrauen **DIECHLER, GABRIELE**: Glutnester • Glaub mir, es muss Liebe sein • Engpass **DÜNSCHEDE, SANDRA**: Todeswatt • Friesenrache • Solomord • Nordmord • Deichgrab **EMME, PIERRE**: Diamantenschmaus • Pizza Letale • Pasta Mortale • Schneenockerleklat • Florentinerpakt • Ballsaison • Tortenkomplott • Killerspiele • Würstelmassaker • Heurigenpassion • Schnitzelfarce • Pastetenlust **ENDERLE, MANFRED**: Nachtwanderer **ERFMEYER, KLAUS**: Endstadium • Tribunal • Geldmarie • Todeserklärung • Karrieresprung **ERWIN, BIRGIT / BUCHHORN, ULRICH**: Die Reliquie von Buchhorn • Die Gauklerin von Buchhorn • Die Herren von Buchhorn **FOHL, DAGMAR**: Der Duft von Bittermandel • Die Insel der Witwen • Das Mädchen und sein Henker **FRANZINGER, BERND**: Zehnkampf • Leidenstour • Kindspech • Jammerhalde • Bombenstimmung • Wolfsfalle • Dinotod • Ohnmacht • Goldrausch • Pilzsaison **GARDEIN, UWE**: Das Mysterium des Himmels • Die Stunde des Königs **GARDENER, EVA B.**: Lebenshunger **GEISLER, KURT**: Bädersterben **GERWIEN, MICHAEL**: Alpengrollen **GIBERT, MATTHIAS P.**: Rechtsdruck • Schmuddelkinder • Bullenhitze • Eiszeit • Zirkusluft • Kammerflimmern • Nervenflattern **GORA, AXEL**: Das Duell der Astronomen **GRAF, EDI**: Bombenspiel • Leopardenjagd • Elefantengold • Löwenriss • Nashornfieber **GUDE, CHRISTIAN**: Kontrollverlust • Homunculus • Binärcode • Mosquito **HAENNI, STEFAN**: Brahmsrösi • Narrentod **HAUG, GUNTER**: Gössenjagd • Hüttenzauber • Tauberschwarz • Höllenfahrt • Sturmwarnung • Riffhaie • Tiefenrausch **HEIM, UTA-MARIA**: Totenkuss • Wespennest • Das Rattenprinzip • Totschweigen • Dreckskind **HERELD, PETER**: Das Geheimnis des Goldmachers **HOHLFELD, KERSTIN**: Glückskekssommer **HUNOLD-REIME, SIGRID**: Janssenhaus • Schattenmorellen • Frühstückspension **IMBSWEILER, MARCUS**: Butenschön • Altstadtfest • Schlussakt • Bergfriedhof **KARNANI, FRITJOF**: Notlandung • Turnaround • Takeover **KAST-RIEDLINGER, ANNETTE**: Liebling, ich kann auch anders **KEISER, GABRIELE**: Engelskraut • Gartenschläfer • Apollofalter **KEISER, GABRIELE / POLIFKA, WOLFGANG**: Puppenjäger **KELLER, STEFAN**: Kölner Kreuzigung

GMEINER

Wir machen's spannend

Alle Gmeiner-Autoren und ihre Romane auf einen Blick

KLAUSNER, UWE: Bernstein-Connection • Die Bräute des Satans • Odessa-Komplott • Pilger des Zorns • Walhalla-Code • Die Kiliansverschwörung • Die Pforten der Hölle **KLEWE, SABINE:** Die schwarzseidene Dame • Blutsonne • Wintermärchen • Kinderspiel • Schattenriss **KLÖSEL, MATTHIAS:** Tourneekoller **KLUGMANN, NORBERT:** Die Adler von Lübeck • Die Nacht des Narren • Die Tochter des Salzhändlers • Kabinettstück • Schlüsselgewalt • Rebenblut **KÖHLER, MANFRED:** Tiefpunkt • Schreckensgletscher **KÖSTERING, BERND:** Goetheruh **KOHL, ERWIN:** Flatline • Grabtanz • Zugzwang **KOPPITZ, RAINER C.:** Machtrausch **KRAMER, VERONIKA:** Todesgeheimnis • Rachesommer **KRONENBERG, SUSANNE:** Kunstgriff • Rheingrund • Weinrache • Kultopfer • Flammenpferd **KRUG, MICHAEL:** Bahnhofsmission **KRUSE, MARGIT:** Eisaugen **KURELLA, FRANK:** Der Kodex des Bösen • Das Pergament des Todes **LASCAUX, PAUL:** Gnadenbrot • Feuerwasser • Wursthimmel • Salztränen **LEBEK, HANS:** Karteileichen • Todesschläger **LEHMKUHL, KURT:** Dreiländermord • Nürburghölle • Raffgier **LEIX, BERND:** Fächergrün • Fächertraum • Waldstadt • Hackschnitzel • Zuckerblut • Bucheckern **LETSCHE, JULIAN:** Auf der Walz **LICHT, EMILIA:** Hotel Blaues Wunder **LIEBSCH, SONJA / MESTROVIC, NIVES:** Muttertier @n Rabenmutter **LIFKA, RICHARD:** Sonnenkönig **LOIBELSBERGER, GERHARD:** Reigen des Todes • Die Naschmarkt-Morde **MADER, RAIMUND A.:** Schindlerjüdin • Glasberg **MAINKA, MARTINA:** Satanszeichen **MISKO, MONA:** Winzertochter • Kindsblut **MORF, ISABEL:** Satzfetzen • Schrottreif **MOTHWURF, ONO:** Werbevoodoo • Taubendreck **MUCHA, MARTIN:** Seelenschacher • Papierkrieg **NAUMANN, STEPHAN:** Das Werk der Bücher **NEEB, URSULA:** Madame empfängt **ÖHRI, ARMIN / TSCHIRKY, VANESSA:** Sinfonie des Todes **OTT, PAUL:** Bodensee-Blues **PARADEISER, PETER:** Himmelreich und Höllental **PELTE, REINHARD:** Inselbeichte • Kielwasser • Inselkoller **PORATH, SILKE:** Klostergeist **PUHLFÜRST, CLAUDIA:** Dunkelhaft • Eiseskälte • Leichenstarre **PUNDT, HARDY:** Friesenwut • Deichbruch **PUSCHMANN, DOROTHEA:** Zwickmühle **ROSSBACHER, CLAUDIA:** Steirerblut **RUSCH, HANS-JÜRGEN:** Neptunopfer • Gegenwende **SCHAEWEN, OLIVER VON:** Räuberblut • Schillerhöhe **SCHMITZ, INGRID:** Mordsdeal • Sündenfälle **SCHMÖE, FRIEDERIKE:** Wernievergibt • Wieweitdugehst • Bisduvergisst • Fliehganzleis • Schweigfeinstill • Spinnefeind • Pfeilgift • Januskopf • Schockstarre • Käfersterben • Fratzenmond • Kirchweihmord • Maskenspiel **SCHNEIDER, BERNWARD:** Spittelmarkt **SCHNEIDER, HARALD:** Räuberbier • Wassergeld • Erfindergeist • Schwarzkittel • Ernteopfer **SCHNYDER, MARIJKE:** Matrjoschka-Jagd **SCHRÖDER, ANGELIKA:** Mordsgier • Mordswut • Mordsliebe **SCHÜTZ, ERICH:** Judengold **SCHUKER, KLAUS:** Brudernacht **SCHULZE, GINA:** Sintflut **SCHWAB, ELKE:** Angstfalle • Großeinsatz **SCHWARZ, MAREN:** Zwiespalt • Maienfrost • Dämonenspiel • Grabeskälte **SENF, JOCHEN:** Kindswut • Knochenspiel • Nichtwisser **SPATZ, WILLIBALD:** Alpenlust • Alpendöner **STAMMKÖTTER, ANDREAS:** Messewalzer **STEINHAUER, FRANZISKA:** Spielwiese • Gurkensaat • Wortlos • Menschenfänger • Narrenspiel • Seelenqual • Racheakt **SZRAMA, BETTINA:** Die Konkubine des Mörders • Die Giftmischerin **THIEL, SEBASTIAN:** Die Hexe vom Niederrhein **THADEWALDT, ASTRID / BAUER, CARSTEN:** Blutblume • Kreuzkönig **THÖMMES, GÜNTHER:** Der Fluch des Bierzauberers • Das Erbe des Bierzauberers • Der Bierzauberer **ULLRICH, SONJA:** Fummelbunker • Teppichporsche **VALDORF, LEO:** Großstadtsumpf **VERTACNIK, HANS-PETER:** Ultimo • Abfangjäger **WARK, PETER:** Epizentrum • Ballonglühen • Albtraum **WICKENHÄUSER, RUBEN PHILLIP:** Die Magie des Falken • Die Seele des Wolfes **WILKENLOH, WIMMER:** Eidernebel • Poppenspäl • Feuermal • Hätschelkind **WÖLM, DIETER:** Mainfall **WYSS, VERENA:** Blutrunen • Todesformel **ZANDER, WOLFGANG:** Hundeleben

GMEINER

Wir machen's spannend